大家小书

《三国演义》试论

董每戡　著

北京出版集团公司
北京出版社

图书在版编目（CIP）数据

《三国演义》试论 / 董每戡著. — 北京：北京出版社，2020.3（2024.7重印）
（大家小书）
ISBN 978-7-200-14837-4

Ⅰ. ①三… Ⅱ. ①董… Ⅲ. ①《三国演义》研究 Ⅳ. ① I207.413

中国版本图书馆 CIP 数据核字（2019）第 066079 号

总 策 划：安 东 高立志 责任编辑：魏晋茹

· 大家小书 ·
《三国演义》试论
《SANGUO YANYI》SHILUN
董每戡 著

出 版 北京出版集团公司
北京出版社
地 址 北京北三环中路 6 号
邮 编 100120
网 址 www.bph.com.cn
总 发 行 北京出版集团公司
印 刷 北京华联印刷有限公司
经 销 新华书店
开 本 880 毫米 ×1230 毫米 1/32
印 张 11.125
字 数 183 千字
版 次 2020 年 3 月第 1 版
印 次 2024 年 7 月第 3 次印刷
书 号 ISBN 978-7-200-14837-4
定 价 59.00 元

总　　序

袁行霈

“大家小书”，是一个很俏皮的名称。此所谓“大家”，包括两方面的含义：一、书的作者是大家；二、书是写给大家看的，是大家的读物。所谓“小书”者，只是就其篇幅而言，篇幅显得小一些罢了。若论学术性则不但不轻，有些倒是相当重。其实，篇幅大小也是相对的，一部书十万字，在今天的印刷条件下，似乎算小书，若在老子、孔子的时代，又何尝就小呢？

编辑这套丛书，有一个用意就是节省读者的时间，让读者在较短的时间内获得较多的知识。在信息爆炸的时代，人们要学的东西太多了。补习，遂成为经常的需要。如果不善于补习，东抓一把，西抓一把，今天补这，明天补那，效果未必很好。如果把读书当成吃补药，还会失去读书时应有的那份从容和快乐。这套丛书每本的篇幅都小，读者即使细细地阅读慢慢地体味，也花不了多少时间，可以充分享受读书的乐趣。如果把它们当成补药来吃也行，剂量小，吃起来方便，消化起来也容易。

我们还有一个用意，就是想做一点文化积累的工作。把那些经过时间考验的、读者认同的著作，搜集到一起印刷出版，使之不至于泯没。有些书曾经畅销一时，但现在已经不容易得到；有些书当时或许没有引起很多人注意，但时间证明它们价值不菲。这两类书都需要挖掘出来，让它们重现光芒。科技类的图书偏重实用，一过时就不会有太多读者了，除了研究科技史的人还要用到之外。人文科学则不然，有许多书是常读常新的。然而，这套丛书也不都是旧书的重版，我们也想请一些著名的学者新写一些学术性和普及性兼备的小书，以满足读者日益增长的需求。

“大家小书”的开本不大，读者可以揣进衣兜里，随时随地掏出来读上几页。在路边等人的时候，在排队买戏票的时候，在车上、在公园里，都可以读。这样的读者多了，会为社会增添一些文化的色彩和学习的气氛，岂不是一件好事吗？

“大家小书”出版在即，出版社同志命我撰序说明原委。既然这套丛书标示书之小，序言当然也应以短小为宜。该说的都说了，就此搁笔吧。

《三国演义》的正统论及其虚实问题

——读董每戡先生的《〈三国演义〉试论》

李鹏飞

董每戡先生生于1907年，浙江温州人。1926年从上海大学中文系毕业后，加入中国共产党。1931年加入左翼作家联盟和戏剧家联盟，通过戏剧创作宣传革命。抗日战争期间，他又以戏剧创作宣传抗日。1943年，应邀进入大学任教，历任东北大学、南京金陵女子文理学院、上海剧专、大夏大学等校教授，开始投身中国戏剧史的研究。解放后，先后任湖南大学、中山大学中文系教授。1980年在广州病逝。在将近四十年的教学研究生涯中，董先生撰写了大量中国古典戏曲方面的研究著作，成为这一领域的著名专家[①]。《〈三国演义〉试论》一书则是

① 对董先生生平的介绍参考了《董每戡文集》“前言”，黄天骥撰。广东高等教育出版社1999年版。

这位戏剧史家唯一一部论述中国古典小说的著作，初版于1957年，后来经过增补，成为我们今天所看到这个面貌。

此书的初版本，是作者根据他1956年在中山大学所作的一次学术报告整理而成的，篇幅并不长。但到1959年，国内掀起了一场为历史人物曹操翻案的大讨论，进而发展到也要为《三国演义》中曹操这个文学人物翻案，甚至到了要否定这部小说艺术成就的地步。董先生当时已被打成“右派”，不能公开发表他的观点，于是通过对这本旧著的增补来表达他的意见。这就是为什么我们看到这本书里边充满了论辩和商榷色彩的原因了。

如今，60年过去了，当年的那场论辩早已成为历史的云烟，这本小书所争论的问题对今天的我们还有没有意义呢？

答案当然是肯定的！原因很简单：董先生当年所辩论的那些问题，今天任何一个读《三国演义》的人，也仍然还会遇到，也仍然会感到困惑。

比如说：罗贯中为什么要在这部小说中表现一种拥刘反曹的立场，以至于他把曹操塑造成了一个后世家喻户晓的奸臣，而把刘备以及他的部下都塑造成了忠义之士的典型呢？他是不是带着某种“偏见”刻意扭曲了历史上的曹操这个人物，同时也美化了刘备这个人物呢？

要说清楚这个问题并不容易。清朝康熙年间评点《三国演义》的毛纶、毛宗岗父子早就明白告诉我们：罗贯中确实是带着一种“偏见”来创作这部小说的。这个“偏见”就叫“历史正统论”，也就是一个王朝的建立是否具有合法性的问题。这个问题本身也很复杂。原因就在于，确立这个合法性的标准并不是一成不变的。在中国史学史上，这个合法性的标准有很多，比如，后起的王朝跟前代的王朝有没有血缘关系，如果有，那就是合法的，如果没有，那就不合法；又比如，后起的王朝定都的地点跟前代王朝是不是一样的？如果是一样，就是合法的；反之则不合法。还有其他的标准，这里我就不再一一罗列了。

那么，三国以后的历代史学家又是如何来确认魏蜀吴三国的合法性的呢？

有的史学家根据血缘标准，认定刘备是合法的，具备正统性，因为他姓刘，又是中山靖王之后，汉献帝还当面认他做皇叔了嘛；但也有的史学家认为曹魏是合法的，具备正统性，因为曹魏直接从东汉朝廷手中获得了政权，而且定都洛阳，跟东汉的首都在同一个地方。还有的史学家根据自己所处时代的特点来确认他们的正统性，从而得出各自不同的结论。

那么罗贯中所拥有的正统观当然就是拥刘反曹，亦即认为刘备和他所建立的蜀汉王朝是具备正统性的，因此他要拥护刘备一方，把他和他的部下塑造成忠义仁爱的典型，而曹操和曹丕所建立的曹魏王朝则是不合法的，不具备正统性，因此他要反对曹操一方，把他塑造成一位奸雄式的人物。而发生在1959年的那场大讨论中，有人就正是借口罗贯中是从所谓封建正统论的立场出发扭曲了曹操的形象，因而提出要为曹操平反的。

那么，既然确立正统性的标准有很多，那他罗贯中为什么就偏偏选择了拥护刘备、反对曹操这么一个立场呢？按毛氏父子的说法，罗贯中乃是从血缘关系来论的，那刘备当然就具备无可置疑的正统性了。但事情是不是就是如此简单呢？

当然不是！董每戡先生在他这本书中就给我们指出了另外两个原因：

第一，这跟罗贯中所生活并创作《三国演义》的具体时代背景有关。他置身元末，正当元朝这个由蒙古人统治的王朝已经变得十分黑暗腐朽之时，人民不堪其苦，南方的汉族人所领导的农民起义正风起云涌。罗贯中感受到这一时代的氛围，便在他的作品中确立刘备和他所建立的蜀汉为正统，或有借此来号召并鼓舞汉族人民起来反抗异族统治奴役的用意。

第二，罗贯中拥刘的同时反曹，也并不完全是因为他有了这么一个正统观之后对曹操这个历史人物进行了刻意扭曲，而是跟历史上曹操这个人物的特点有关，也跟三国之后的人们对曹操的评价有关。

人性本来就是复杂的，更何况那些重要的历史人物，他们往往具备更加复杂的性格和为人。历史上的曹操，陈寿在《三国志》的“武帝纪”中就说他“幼时，好游猎，喜歌舞，有权谋，多机变”，范晔的《后汉书》则引用当时一个名士许劭的话说曹操是“清平之奸贼，乱世之英雄”，这跟小说中许劭说曹操是“治世之能臣，乱世之奸雄”略有些不同，但这些评价都告诉我们一个共同的事实：那就是曹操的性格中确实有着奸诈的一面。刘宋时代的裴松之为《三国志》做注时更引录了大量野史文献，其中表现曹操为人自私、奸诈、狠毒一面的故事也颇不少。因此，董每戡先生指出，其实在三国时代及三国之后的时代，人们对曹操就已经有很多负面的看法了，比如距离曹操差不多两百年之后出现的《世说新语》这部书中，关于曹操的记载一共有14则，其中反面的记载就占了一半。而随着时间的推移，后人对于曹操的负面评价也在逐渐增加，到宋元时代，从上层的文人到底层的民众，对曹操大抵以厌恶的居多，而罗贯中正生活在这样的时代，所以他的小说反映出当时民众中比较普遍存在的这种对曹操的情感，应该说并不奇怪。

那么相对而言，刘备在正史和野史中的负面记载就比曹操要少得多，不仅要少得多，他还有一些令人感动的正面故事。其中最著名的自然就是他携民渡江这一件充分表现出他仁爱性格的事迹了。这件事在《三国志》的“先主传”中有明确记载，裴松之又引了几条后代史家盛赞刘备此举的材料加以佐证，罗贯中更在《三国演义》第41回对此加以了浓墨重彩的描写和渲染，刘备爱护百姓的仁爱形象从此也就深入人心了。

所以，我们可以看到，罗贯中拥刘反曹，既有这两个历史人物自身人格方面的原因，也有时代的原因，当然也跟罗贯中所选择的正统论立场有很大关系。其实，平心而论，罗贯中在小说中并非没有表现曹操雄才大略、唯才是举的一面，但不可否认的是，他同时也极特别地突出了他奸诈、狠毒、自私的一面；而对于刘备，他的态度则正好相反，几乎从不写他性格和为人上的负面因素，而只着重突出他令人动容的宽厚、仁爱与忠诚。如果我们非要说，作者对曹操的形象有扭曲（对刘备其实也是一种扭曲），从这一角度来看，也还是有一定的道理的。不过话又说回来了，罗贯中是在写小说，不是在写历史，因此董每戡先生指出，他这么做，不能说是一种扭曲，而是为了塑造人物、表达特定主题而运用的一种文学性的夸饰手段。

那么说到这儿，我们又自然带出了读《三国演义》时会要面对的另一个特别重要的问题，那就是：这部小说作为一部历史演义，它到底是历史还是小说呢？它里边有哪些是可信的真实的历史，哪些又是作者的改编和虚构呢？

这个问题也不是三言两语就能说清楚的。

清代乾嘉时期的著名史学家章学诚曾有过一个很有名的说法，他说《三国演义》是“七分实事，三分虚构”，当代有学者则指出应该是实事虚构各占一半。胡适先生也说数百年来，中国的老百姓都是从这部小说中了解三国历史的。

但如果我们想要精确地指出这部历史小说中历史和小说的成分各占多少比例，可能还要进行更细致深入的研究，不过，或许这一任务根本就是不可能完成的，更或者，我们根本就没必要去弄清楚这二者各自所占的比例。

如今，稍有一点文学知识的读者大概都知道：这部小说虽然是历史演义，其基本素材也取自历代史学家关于三国的记载，但它归根结底还是只能被当作一部小说来看待。但问题却又并不如此简单，因为从另一方面看，也会有人争辩说：它虽然是一部小说，但毕竟取材于历史，那它要不要对历史保持基本的忠实呢？如果允许作者进行改编和虚构的话，那这种做法又跟忠于史实之间是一种什么样的关系呢？更进一步说，历史小说的创作到底有没有某些必须遵循的原则呢？

这个问题又不容易回答了。董每戡先生对这一问题也提出了他的看法。

他在讨论关羽华容道义释曹操这一段情节时，首先指出历史上根本没有发生过这个故事，这完全是元代以来民间说话艺人的创造，罗贯中予以继承和发展罢了。而罗贯中这么做的目的则是为了更好地塑造小说中关羽和曹操这两个人物：关羽知恩图报，义重于山，而曹操则忘恩负义，机诈权变。曹操曾有恩于关羽，故关羽即使一时置刘备集团的重大政治利益于不顾，也要报答曹操的这份恩情；但曹操呢，关羽虽在危急关头救了他一命，但后来关羽失荆州、丧命于东吴吕蒙之手，其间接的原因却还是在于曹操鼓动东吴进攻关羽。当东吴杀了关羽，将其首级送到曹操手中时，曹操竟然说了一句："云长已死，吾夜眠贴席矣。"这样一来，就在对比中深刻地写出了关羽义薄云天的品格，同时也揭露了曹操薄情寡义的为人，从而充分达到了作者的写作目的，也给读者们留下了永远难以磨灭的深刻印象。董先生指出，这种地方我们就不必管他是否写得合于史实，而要看他写得好不好。这就是说，在这里，艺术的效果比历史的真实要更重要。而且，很重要的一点是，华容道这一段虚构情节的加入并没有改变历史的基本进程，也就是说，作者仍然是在一个真实的历史大框架中来展开必要的虚构的——这一点，算是笔者在董先生观点基础上所作的一点合理引申吧。

在谈著名的空城计的时候，董先生进一步论述了历史真实与艺术真实的关系，明确指出艺术真实高于历史真实。我们读历史小说的时候，要求的主要不是历史的真实，而是艺术的真实。如果我们要求历史的真实，那为什么要来读《三国演义》而不去读《三国志》呢？那么什么才是艺术的真实呢？那就是要让历史活起来，让历史人物活起来，让历史事件之间建立起一种活的有机的联系。即使这一事件是虚构的，也要纳入原有历史事件的逻辑脉络之中，从而让这些真实历史事件更显示出鲜活而丰富的意义来。

应该说，空城计是整部小说中十分著名的一个故事段落，在中国几乎家喻户晓，可以跟草船借箭、借东风这些故事相提并论，但董先生根据历史记载和前代史家的考证指出，这个故事当然不是历史真实，而是古代文献中所记载下来的一个传说而已，但罗贯中却完全置此传说的不可靠性于不顾，将它吸纳进了小说之中，加以了精彩的表现，借此刻画出了诸葛亮临危不惧、智勇双全的性格，也刻画出司马懿谨慎多疑的性格，更表现了十分惊险的心理较量的内容。这就让小说中的人物诸葛亮和司马懿变得更加立体，也更加真实，从而真正活起来了，就如同在我们眼前说话和行动一样生动可感。

此外，从空城计的原始传说来看，这个故事跟失街亭和挥泪斩马谡之间并无任何联系，完全只是一次意外的遭遇战。但罗贯中将其纳入小说之后，把它放在了失街亭和挥泪斩马谡之间，从而建立起了这个故事跟这两个故事之间的因果联系：正是因为马谡的失误导致了街亭这一重大战略要塞的丧失，于是诸葛亮才命令蜀军紧急撤退，仓促之中跟司马懿的大军在西城遭遇，发生了空城计这万分惊险的一幕。诸葛亮冒险成功，安全撤回汉中之后，紧接着就挥泪斩马谡了。这就是说，空城计更进一步说明了街亭战略地位的重要性，以及失去这一要塞是多么严重的过错，后边再接着写诸葛亮斩马谡，也就显得更加顺理成章了。这样一来，不仅原有的历史事件的意义以及其中所蕴含的历史教训变得更明显了，连空城计这一虚构的故事本身也获得了很高的真实性，即使如有些学者所指出的，这一故事其实并不太合乎情理，但我们也仍然乐于相信其真实性。这就是艺术的真实性超越历史的真实性获得了它在艺术上的胜利。

除了以上两个例子，在《〈三国演义〉试论》中，董先生还讨论了很多其他有争议的问题。比如，罗贯中的正统论应不应该被批判？他为什么要在小说中宣传忠义的思想？刘关张镇压黄巾起义这件事情应该如何评价？小说中有很多看上去是在宣扬所谓迷信思想的故事，又该如何评价？以及，这部小说究竟反映了什么样的现实和本质？

在董先生对这些问题进行了一一分疏之后，他才进入这本书的主体部分，也就是通过对小说中八个重要人物的深入分析来更进一步论定《三国演义》的艺术成就。这一部分论述更加精彩纷呈，透辟入理，读来令人感到津津有味，但笔者在此也就不再饶舌了，留待读者诸君自己去细细品鉴和评断吧。

2019年9月于北大人文学苑

目 录

自　序

在我们伟大的祖国很早就有了长篇的故事小说，众所周知的我国第一部完整而多彩的长篇历史小说《三国演义》早在元末（14世纪后半叶）就出现了，到明代中叶，它的艺术魅力不只吸引住都市的成人听众，连小孩的心也给迷住了，清梁章钜《制义丛话》卷七引陈大士《太乙山房稿自序》中说：

> 是年（按系神宗万历七年，陈际泰约十三岁）冬月，从族舅钟济川借《三国演义》，向墙角曝背观之，母呼食粥，不应；呼午饭，又不应。即饥，索粥饭，皆冷。母捉襟将与杖，既而释之；母或饭济川，问舅："何故借而甥书？""书上载有人马相杀事，甥耽之，大废眠食。"

这一部巨著反映了封建社会前期东汉末年三国纷争这一个历史

年代的错综复杂的真实情况，同时难能可贵地表达了自宋代以来直至元末的人民大众的理想和愿望，它是一部具有高度思想性和艺术性的长篇历史小说，更是我国第一部写战争有独特成就而为后来一切长篇演义“开山”的书。我国人民多少年来在它那儿获得了历史知识，战略知识，做人处世的道理，书写文章的技法，尤其可贵的是由它懂得了如何团结起来对付侵略的敌人，如何忠诚于自己的国家，从一切事实的具体叙述和人物的形象描绘中体会到胜利或失败的教训，等等。《三国演义》把文艺的最高任务——教育作用——完成得那么好，确是我国古典文学优秀遗产中相当杰出的作品，过去的人民珍视它，自然，现在的我们更珍视它。

我们知道完整而多彩的长篇小说本身便是一个浩大的工程，尤其是如《三国演义》这样的“七实三虚”[①]地依据正史编撰的长篇历史小说，更是一个不易完成的浩大工程，为的是它势必为正史所局限，作者不能尽情地驰骋自己的才能和想象，编撰起来难免左支右绌，有捉襟见肘之病；但是《三国演义》的作者处于这样的情况下，依然是椽笔纵横，了无挂碍，

---

① ［清］章学诚《丙辰札记》：“唯《三国演义》则七分实事，三分虚构，以致观者往往为所惑乱。”

写得活泼生动，紧凑细腻，既不脱离真实的历史情况，又不减弱浪漫主义的想象，尽管三国年代的史实是那么千头万绪，错综复杂，仍能保持了结构的完整性和精密性。就这样，这部作品虽不能被我们誉之为绝后，但无愧于说它是空前。

三国故事很难于处理，因它有很多限制，不容易寻找要表现的、所拥护和所反对的两个阵营：以谁作正？以谁作反？这最基本的问题就不易解决，因它不是可以凭空虚构的小说，而是必须不太脱离史实的历史小说。当时魏、蜀、吴的首脑人物同是参加镇压黄巾起义、后来彼此混战的军阀，作者要厚谁薄谁，便很难选择，即使由一己之意定下爱憎，写出来教大家相信并非易事，真是非大手笔不能办，大手笔罗贯中便集中了五百年间一大群大手笔的大成。

一、由口头传说到书本演义

《三国演义》一书不是在一个短时期，由罗贯中一个人的手创作出来的。在时间上说，约经过五百年的积累，在作者说，自然绝非一人，是经过了多少人民大众的口头传说，经过了多少说话人的敷饰加工，这位“后学罗贯中”[①]不过是汇集各说，增删编撰。不能否认，罗贯中在这上面花的精力特多，创造也不少，今天我们归功于他实不为过，即使我们现在所能看到的元至治刊本《全相三国志平话》也还只如鲁迅所说：“……惟文笔则远不逮，词不达意，粗具梗概而已。”到了罗贯中的手里才有今天的规模，关于三国故事的民间口头传说究竟如何？我们无从得知，不能强作解人，现在只想由民间说话人的讲史说起。

① 鲁迅《中国小说史略》：“罗贯中本《三国志演义》，今得见者以明弘治甲寅（1494年）刊本为最古，全书二十四卷，分二百四十回，题曰：‘晋平阳侯陈寿史传，后学罗本贯中编次。’”按实系嘉靖本。

三国故事的传说和讲史在唐代已经很盛，诗人李商隐的《骄儿诗》中曾提到过，这是谁都知道的。那么开始有三国故事的传说在我国民间流传的时期一定在唐代以前，起码在南北朝后期，人民口头便已有传说。倘这是可能的话，离汉末的时间还不很久，传说的真实性当然是有一些的，不至于离事实太远，这儿我不打算把臆想推理都放进去，只凭有典籍记载的来说，唐李义山的《骄儿诗》恐是最早的了，该诗说：

……
归来学客面，闲败秉爷笏。
或谑张飞胡，或笑邓艾吃。
豪鹰毛崱屴，猛马气佶傈。
截得青筼筜，骑走恣唐突。
忽复学参军，按声唤苍鹘。
……

鲁迅《中国小说史略》对此一事说：“似当时已有说三国故事者，然未详。”他治学态度严谨，在疑似之间，便不予肯定；实则这首诗告诉我们不只当时已有讲三国故事者，且有以三国故事为题材演参军戏了。为什么？诗中指出骄儿学玩用道具——朝笏，还骑着一段竹竿（青筤筜）当猛马，这“竹马儿”就是后世演剧持马鞭代马的前身。元代勾栏演出仍用“竹马儿”；这儿又明说是演“参军戏”：因提出了参军戏所仅有的两个角色的名称：“参军”“苍鹘”。演剧是比讲史更具体化、形象化的，给骄儿的印象特深，才归家后学着玩儿，这正显示了三国故事已盛行于唐代民间。至于讲三国故事的恐怕更多，因为段成式的《酉阳杂俎》中也已提到当时有市人小说，猜想热闹的三国故事定会成为市人小说之一种，像宋代“说三分”那样专家似的说话人很有可能出现，这是可以资本主义诸关系的基础业已形成一点来推想得到的。

我国自从隋朝重新统一天下起，商业资本已经发展。《隋书·食货志》载：

> 炀帝即位……始建东都……徙……天下诸州富商、大贾，数万家实之。

都市的规模也已不小。《隋书·百官志下》就有这样的记载：

> 京师东市曰都会，西市曰利人，东都东市曰丰都，南市曰大同，北市曰通远。

当时经营商业的还不只由诸州移来的富商、大贾，且有外国商人，就是所谓“诸蕃入丰都市交易”[①]的“诸蕃”。隋末的商业经济固然受战乱破坏，到了初唐便恢复，中唐以后大盛起来，可是这仍和隋代的原有商业经济的基础分不开，尤其在江都死于非命的昏君隋炀帝又意外地做了一件好事——开凿了自北通南的运河。南北交通便利，到唐代中叶以后，不仅国内的贸易繁荣，就是胡商的船舶也常常往来于各个港口，再加上铸钱的标准变更，银子的使用比前增加，尤其开始流通前未曾有的“飞钱”，因此，大大地促进了商业经济的发达和大小商业都市的形成和发展。所谓市民文学，就在这种经济基础上生长起来，群雄割据纷争的三国传说便开始作为唐代商业都市的产物——说话人的绝好材料。我们知道讲说一人一家的故事如《一枝花》之类已经把听众吸引得“自寅至巳”[②]，三国故事不是比这更热闹百倍吗？耸动听众，定不在话下的。降至宋、元两代，民间普遍流行以三国故事为题材的“讲史”——“说三分”，“傀儡戏”“皮影戏”甚而在“走马灯”上也采用三国人物的形象，姜白石《观灯口号十首》之七：

---

① 范文澜著《中国通史简编》。

② 元稹《寄白乐天书一百韵》诗自注：“尝于新昌宅说《一枝花》话，自寅至巳，犹未毕词。”按“一枝花”即《李娃传》中的李娃，系长安名妓。

纷纷铁马小回旋，幻出曹公大战年；
若使宗雄知此事，不教儿女戏灯前。

不消说到元代唱“诸宫调”风月紫云亭里也有唱“三国志先饶十大曲”的话，热闹的关目当然越来越多，魅惑观众、听众的力量自大。所以在元人散曲里常作为典故来运用，如周德清《咏双陆》的散曲说：

> 百一局似关云长单刀赴会。汉高祖对敌楚项籍，诸葛亮要擒司马懿，那两个地割鸿沟，这两个兵屯渭水。六梁似吕布遭围下邳。点颏如跳溪刘备。无梁如火烧曹孟德。撞门如拒水张飞。看诸葛纵擒蜀孟获，两下里马来回。

其他散曲提过的如：“三顾茅庐”，“出师未回，长星堕地”，“分香贾履纯狐媚”（马致远），“一举成功八阵图”（查德卿），“赤壁山正中周郎计”（无名氏），“他待学欺君罔上曹丞相”（杨澹斋），等等。至于元人杂剧和《三国志平话》的关目更多，倒是被《三国志演义》删弃了不少。而所存自宋以来的关目的思想倾向性则都是拥刘反曹的。

不过，虽说当时已有职业的讲史者和一大群听众，三国故事的内容恐还是很简陋朴素的，由元至治刊本的《三国志平话》可以推知，绝不会像我们今天所见的毛声山本罗贯中编的《三国演义》这样的多彩多姿；同时倾向性也不会像罗本那样显著，陈寿的《三国志》固也有他的立场倾向，却与平话、演义的不同，且未显得突出，到《三国志平话》才显出阵容对立鲜明，作者的立场倾向明确起来，谁正谁反，一目了然。《三国演义》就在这个基础上更加提高，拥刘反曹的倾向性突出地鲜明，因之凡所叙述都能深深地印入人们的脑海，起了空前巨大的作用，清顾家相在他的《五余读书廛随笔》中说：

> 盖自《三国演义》盛行，又复演为戏剧，而妇人、孺子、牧竖、贩夫，无不知曹操之为奸，关、张、孔明之为忠，其潜移默化之功，关系世道人心，实非浅鲜。

这里所称许的关系于世道人心的功劳，还只是从一般道德观念出发，只不过说人民从《三国演义》接受了辨别忠奸的教育罢了。其实，《三国演义》给人民教育，不只限于普通的做人处世，还有比这更重大的鼓吹尊汉的作用（虽说这不一定是罗贯中的主观意图），这恰在元末出现，就非同小可，《三国演义》的作者爱憎分明，艺术创造又特有成就，才能收到这样的效果。

《三国演义》整部大书，自黄巾起义、十常侍之乱写起，一直写到三国归晋止，其中主要对立的是蜀汉和曹魏，主要的人物自然是刘备和曹操，但人们对这两个人物的处理上就有了不一致的意见。《光明日报》载《记〈三国演义〉座谈会》[①]一文中说：

> 有人认为，《三国演义》中这些故事细节与正史记载不符的地方固然很多，但究竟只是一些细节，关系还不太大。重要的问题在于《三国演义》引导读者拥护刘备，反对曹操；而其善恶是非的基本标准，则是封建的正统思想，具体地说就是皇帝只应该由姓刘的人去做的思想。在《三国演义》中，凡是维护着刘家的封建政权的，就是好人；凡是不利于刘家的封建政权的，就是坏人。
>
> 但实际上，刘备不过是在一个腐朽的濒于崩溃的帝国的名义之下进行挣扎；曹操却在那样一个混乱分裂的时代，在他所统治的地区内有效地实行过一些发展生产的措施，而且正是凭借着这种实力，东征西讨，奠定了恢复中国统

① 见1954年1月29日《光明日报》。

一的基础，这些都在历史上有一定的进步意义。曹操本人，也是一个文才武略、赫赫不凡的人，并不完全是《三国演义》里面那样令人憎恶的形相。

用历史家的眼光看这问题，是这样的；但罗贯中是演义家，《三国演义》不是历史书，当然有所不同。同时，历代人对曹操的看法，确实因代而异，这是事实，这里不妨谈一下演化的情况，至于为什么如此，不拟臆说。

大致说来，拥刘反曹、兴汉灭魏的倾向性，到了宋代开始才有，我们知道在北宋就有了这样的记载，苏轼《东坡志林》说：

王彭尝云："途巷中小儿薄劣，其家所厌苦，辄与钱，令聚坐听说古话。至说三国事，闻刘玄德败，颦蹙有出涕者；闻曹操败，即喜唱快，以是知君子、小人之泽，百世不斩。"

在"为曹操翻案"时，就有人对这条材料下论断说：

这当然不是凭空虚构，但那是曹操的形象被歪曲了以后的事，不能用来证明人民的选择。

我同意“不是凭空虚构”一语，下文还需待考。民间传说的来源是深远的，在我们还没有划定曹操被所谓“歪曲”的开始时间之前，很难断定传说是“被歪曲了以后的事”；并且论者说明不是由于“人民的选择”，也只重用了“宁为曹公奴，不为刘备上客”那两句据说是张鲁说的话，下边我分析完曹、刘两个艺术形象后会详尽地补说，此姑不论。问题是我们知道当曹操生时及稍后便有人骂他，当他出场不久的建安初头，陈琳为袁绍作《檄州郡文》里，就从他的祖宗骂起，罗列了一大堆罪行，虽然这是敌方的宣传品，靠不住，却不完全出于捏造事实，打个对折，也还有五成是真的。曹操读到檄文才出了一身大汗，愈了头风，就为的是被击中了要害。当然，在今天我们看来，那五成事实中有一些是不能称之为罪恶的，可以不把它计算在内。起码，两晋、南北朝已经褒贬各有，“毁誉参半”了。离曹操生时不很远，居然有那种情况，即使如写《三国志》的陈寿，身为承魏之后的晋臣，不得不捧他，却在大捧一顿中间夹一句：“矫情任算”，也许陈承祚深怕由此招来麻烦，立刻跟一句“不念旧恶”，遮盖一下。显然，在他人看来依然是微言讥刺，因为曹操只在作为“政治手腕”来运用时才“不念旧恶”，实际上，他是最念旧恶的。大英雄具小心眼[1]，由《魏书·崔琰传》中的几句话可以概见，陈承祚说：

初，太祖性忌，有所不堪者：鲁国孔融，南阳许攸、娄圭，皆以恃旧不虔见诛；而琰最为世所痛惜，至今冤之。

这只是少数事例，都不外乎在某一点上得罪过他；至于在无数次征伐战中把人民上千上万，甚至无数万地“屠之”“坑之”的，更甭提了，所以连晋陆机也不客气说：

曹氏虽功济诸华，虐亦深矣，其民怨矣！

我实在无法理解这些话都由于“封建意识”或“正统观念”作祟才说的。再举一个也是晋代人，而他本身就不大懂得什么正统和歪统的后赵主石勒为例，他自己固然不是个什么好东西，那是另一问题，不去管它，他居然认为曹操不是正大光明的大

① 《曹瞒传》：“太祖为人佻易无威重……然持法峻刻，诸将有计画胜出己者，随以法诛之，及故人旧怨，亦皆无余。其所刑杀，辄对之垂涕嗟痛之，终无所活。初，袁忠为沛相，尝欲以法治太祖，沛国桓邵亦轻之，及在兖州，陈留边让言议颇侵太祖，太祖杀让，族其家，忠、邵俱避难交州，太祖遣使就太守士燮尽族之。桓邵得出首，拜谢于庭中，太祖谓曰：‘跪可解死邪！’遂杀之。……其酷虐变诈，皆此类也。”

丈夫。他说：

> 大丈夫行事，宜礌礌落落，如日月皎然，终不效曹孟德、司马仲达，欺人寡妇孤儿，狐媚以取天下也。

问题实不那么简单，至于裴松之注《三国志》所征引的更数不清，举不胜举；即使非历史传说之类书，如刘宋时期刘义庆所著的《世说新语》一书，也是差不多，其中共约有十四条和曹操直接有关系，看起来恰“毁誉参半”，各占七条。过去有所谓“盖棺论定”之说，到南北朝应该是论定的阶段，那么，曹操便是两罪相兼，既好且坏的人；同时，后世强调他的坏处，只能说是夸大了，却不能说是绝对“歪曲”了。

回头再说苏东坡自己就有那种心情，脍炙人口的《念奴娇·赤壁怀古》一词就是以高昂的调子歌颂“三国孙吴赤壁”使曹操“樯橹灰飞烟灭”这种英雄行为的。那么，鼎足三分，刘备属正统，曹操属反面，而孙权得地利，凭借长江天险，割据偏安，可以时左时右，举足轻重的情况划分得清清楚楚，说是北宋初期就已开始定下来，似无不可。这儿，还可以再举一例说明拥刘反曹的倾向性，张耒《明道杂志》说：

京师有富家子，少孤，专财。群无赖百方诱导之，而此子甚好看弄影戏，每弄至斩关羽，辄为之泣，属弄者且缓之……

看到斩关羽就不忍看下去，且为之痛哭流涕，这和上举的“途巷中小儿”不完全相同吗？这种倾向对不对是另一问题，北宋人有这种倾向则已是事实。到南宋这种倾向更厉害，至于对曹操虽也间有褒的，却很少，贬他的则很多。如洪迈在《容斋随笔》卷十二“曹操用人”条：

曹操为汉鬼蜮，君子所不道；然知人善任使，实后世之所难及。荀彧、荀攸、郭嘉皆腹心谋臣……皆以少制众，分方面忧。操无敌于建安之时，非幸也。

这是有贬有褒；又如同书卷第十“贼臣迁都”条：

自汉以来，贼臣窃国命，将欲移鼎，必先迁都以自便。董卓以山东兵起，谋徙都长安；……高欢自洛阳迁魏于邺……朱全忠自长安迁唐于洛……曹操迎天子都许，卒覆刘氏。魏、唐之祚，竟为高、朱所倾，凶盗设心积虑，由来一揆也。

这儿就把他归入董卓、高欢、朱全忠一类了。但由宋代人对曹操的态度而论，有一点跟前乎宋和后乎宋的历代人都一样，那就是对曹操的军事、政治和文学的才能始终都是十分佩服，尤其对他的“打击豪强”“唯才是举”等优点都相当称赞，甚至连《三国演义》的作者们也不抹杀他是个“不世出”的英雄，足见“公道自在人心”。我们知道《通鉴纲目》的作者朱熹总算最强调蜀汉正统的了，他虽曾说曹操是“命世奸雄”，却还不能不说句公道话：“然仆终爱之，不忍与司马昭诸人争雄也。”为什么爱？为什么不忍？还是为了佩服他的雄才。贬他的原因自然不一，像朱熹那样，就由于封建的“正统观念”，他人也不少由于此。可是不能简单化，原因是相当复杂的，也有因为他生性残酷、好杀人民的，我想不能抹杀这一点，一些心中最关怀最热爱人民的人，至少应该站在汉末大部分人民的立场想想，何况除了这些以外，或更有由于其他原因而谴责曹操也说不一定。总之，必须细致地分析。

到元代，褒他的更少见了。比较起来，罗贯中的态度还算是公正的。他既贬他的“奸”，仍佩服褒奖他的“雄”，有点近似于马致远，马有一支散曲就是褒贬兼施：

［庆东原］……三顾茅庐，问高才天下知，笑当时诸葛成何计？出师未回，长星坠地，蜀国空悲，不如醉还醒，醒而醉。

夸才智曹孟德，分香贾履纯狐媚，奸雄那里？平生落得只两字征西。不如醉还醒，醒而醉。画筹计，堕泪碑，两贤才德谁相配？一个力扶汉基，一个恢张晋室，可惜都寿与心违，不如醉还醒，醒而醉。

东篱此曲消极颓废的思想，姑不去管它，我引它只为了证明一点：元代人对曹操的看法，大致还以此为比较不偏倚的，马氏毕竟还尊他跟诸葛亮一样是才德少人相配的“贤”者，只对他的阴险性格作风有厌恶之感，并讥刺他一生奸诈“狐媚以取天下”，徒然恢张了晋室，落个“为人作嫁”的结果而已。而末了这一点，即对曹操有好感的人也有如此看法，明代所谓有法家精神的李卓吾在所著《藏书》的《魏世纪》里从头到尾说曹操的好话，末了一段也有东篱所感慨的意思，他说：

魏之前后五帝，共享国四十一年。其一被弑，其二见废，唯丕与叡仅存，然则魏武亦枉苦心矣。本欲灭吴并蜀，以一天下，孰知吴、蜀未灭，而已先灭耶？又岂料俯仰之间，四十余年，荡然遂无复有耶？己取天下于人，若此其难；人取天下于己，若此其易。难易之故，吾知虽以曹公之多智，亦必不能逆为之筹矣，可不悲与？……吾又以是观之，丕七年，叡十四年，是魏之有天下也，实则仅仅二十又一年也。只有二代相继而为帝也，魏武不亦枉哉，而苦心乎哉？悲夫！

这固是题外的话，不妨附及。

然而，话得说回来，两宋以前，曹操在人民心目中还不是一个坏蛋，尤其在唐代，岂止不被人民痛恨，甚至被推崇备至。也曾有人想解释其所以然，如清人顾家相说："魏、晋以后，篡弑相仍，效尤接踵，故于曹操不加贬抑。"这个解释太勉强，且不符合事实。唐代并无篡弑相仍，为什么唐代诗人歌颂他们的开国天子唐太宗，还说"神武同魏祖"呢？这样拿一代奸雄曹操来比拟他们自己崇敬的天子，真是唐以后的人所不可思议的。因此，无怪于大诗人杜甫作《丹青引（赠曹将军霸）》诗的开头第一句也便说："将军魏武之子孙"，同样的是歌颂曹将军，而不是讥嘲他为奸臣的后代儿孙，这是显然的；不过另有一点，不能不在此补说几句。那年"为曹操翻案"时，论者说唐太宗是颂扬曹操的，说他"拯救了沉溺，扶持了颠覆”。跟着有些人都当学舌的鹦鹉了。实则所根据的原始材料——《祭魏武帝文》的意思恰和论者所臆想的相反。最近有人总算踏实些了，找到了原始材料，可是仍然只引自“以雄武之姿”起，至“匡正之功，异于往代”止，掐头去尾来证明“唐太宗李世民就称赞过曹操”做文章，那么，为了实事求是，免得今后依然有“人云亦云”起见，看一下该祭文主要的一段是有必要的，文中说：

> 夫民离政乱，安之者哲人；德丧时危，定之者贤辅。伊尹之臣殷室，王道昏而复明；霍光之佐汉朝，皇纲否而复泰；立忠履节，爰在于斯。帝以雄武之姿，当艰危之运。栋梁之任，同乎曩时；匡正之功，异于往代：观沉溺而不救，视颠覆而不持，乖钧国之情，有无君之迹……

据我个人的理解，这段文章的重点是最后四句，整段的意思，无非是说曹操“匡正之功，异于往代”，不如殷伊尹、汉霍光那样能够拯救沉溺、扶持颠覆，仍以封建头子的口吻谴责他“乖钧国之情，有无君之迹”，还不配做个“哲人”，绝没有如论者所说佩服赞美的意思，仅有“雄武之姿”四字带点儿吹嘘而已，其他最低限度也是“微词”。其实，如果唐太宗真的赞美，倒不一定是曹操的光荣；相反地，有所贬责才合乎我们今天为曹操洗刷“奸臣”罪名的逻辑，因李世民之有浓烈的“封建意识”是不在话下的。但一到了宋代就完全相反了，倒是宋太祖得国有点近乎篡夺，反而在北宋时期就少有说曹操好话的了，虽编《资治通鉴》的司马光公然帝魏，实则仍不能算彻头彻尾的帝魏者，除了《资治通鉴》里特地声明只为了纪岁时月日之便而以魏为继汉统者之外，他人的记闻中也可以举条材料来证实他对曹操依然有不满情绪，张端义《贵耳集》卷中：

> 司马公语元城曰：“因看《三国志》，识破一事，曹公平日之奸，至此尽矣。临死作遗令，令者，世之遗嘱也。操之遗令，谆谆数百言，下至分香卖履之事，家人婢妾，无不处置，独禅代之事，此子孙自为，吾未尝教为之，实以天下遗子孙，自享汉臣之名，奸雄虽死，亦有术也。操夜卧圆枕，啖野葛尺许，饮鸩酒至一盏，恐人报己，扬此声以诳人，遗令又扬此声以诳后世。”

张氏所记若属实，则司马君实和他人没有两样，憎恶曹操的奸诈权术，为人阴险，如出一辙。当日的人民不免也有这种看法，几乎都反对生性好杀、野心勃勃的曹操。《三国演义》的作者们之有这种反魏帝蜀的思想，可说是由来久矣，尤其南宋时期，中原地区沦于异族之手，这倾向更甚于前，也就是说，特别当社会的主要矛盾是民族矛盾，且特殊尖锐的时候，这种倾向也趋强烈。例如当采石抗金一战胜利之后第四年夔州知府王十朋追念起蜀汉来，他在《谒昭烈庙文》里拿刘备比汉高祖和光武帝，连带他对占据中原时常征伐南方的曹操很不客气，该文便以两句不客气的话作结说：

> 我虽有酒，不祀曹魏。

他不仅对刘备追怀敬仰，在《谒武侯庙》文里对诸葛亮更敬佩，并斥陈寿所说“将略非长”是错误的；同时在文末说：

> 梦观八阵，果至夔府，庙貌仅存，风流可睹。旁有关、张，一龙二虎，安得斯人，以御外侮。

王十朋当然知道诸葛、关、张都不曾参加过任何对外族的反侵略战争，写诗文的人必然“浮想联翩”，认为他们是汉民族中杰出的英雄人物，在南宋正被金人侵略的年代，就需要他们，所以有这种联想。又如有爱国思想的词人姜白石在过巢湖的时候，马上就欣羡起孙权以书退走由北方来侵略的曹操的故事，写下了“一江春水走曹瞒”的词句；尤其那充满了爱国精神，吟过“王师北定中原日，家祭无忘告乃翁”的诗人陆放翁更大声疾呼地写下了：

邦命中兴汉，天心大讨曹。

这样对曹操的恶感，想不只是当时个别士大夫所有，可能两宋的人民普遍都有，宋、元两代的说话人或演义家就继承了下来，而罗贯中更予以发扬，在《三国演义》中特别抓住曹操来攻击，即使他人也怀篡汉之心或践称帝之实的都宽容了过去，只不放过曹操。例如孙坚，第六回书“匿玉玺孙坚背约”中有这么一回事：

坚得玺，乃问程普。普曰：“……后来子婴将玉玺献与汉高祖，后至王莽篡逆，孝元皇太后将玺打王寻、苏献，崩其一角，以金镶之；光武得此宝于宜阳，传位至今，近闻十常侍作乱，劫少帝出北邙，回宫失此宝，今天授主公，必有登九五之分，此处不可久留，宜速回江东，别图大事。”坚曰：“汝言正合吾意，明日便当托疾辞归……”

孙坚因此便有了代汉称帝之心，虽然后来仍然质去了玉玺，罗贯中对孙坚匿玺起称帝之意却并不予以批判。玉玺到了袁术手里，这个自诩“吾家已四世三公，百姓所归”的袁术就不客气了，“欲应天顺人，正位九五”，阎象谏他，他还发脾气。他说：

“吾袁姓出于陈，陈乃大舜之后，以土承火，正应其运；又谶云：‘代汉者，当涂高也。’吾字公路，正应其谶，又有传国玉玺，若不为君，背天道也。吾意已决，多言者斩。”遂建号仲氏，立台省等官，乘龙凤辇，祀南北郊，立冯方女为后，立子为东宫，因命使催取吕布之女为东宫妃……（第十七回）

这样由得玉玺“思僭帝号”起，终至于真的称起帝来的举动，倘比起曹操的“挟天子以令诸侯”来，更是大逆不道。若论当时的情况，确如曹操在大宴铜雀台时对群僚所说的：“如国家无孤一人，正不知几人称帝，几人称王！”

可是《三国演义》偏拿并未真正篡权称帝的曹操来作为全书首要的打击对象，集中了火力把深恶痛绝的感情始终对准了曹操射击，出人意外地轻轻地放过了怀篡汉之心的孙文台和践称帝之实的袁公路，处处独对自称“有功汉室”和“不辱主命”的曹操斥之为“托名汉相，其实汉贼”，强调“北定中原”，“兴复汉室”，当不是罗贯中个人的意见，而是宋、元两代人民的共同看法。也就因此，汉中山靖王之后的刘备便成为奉天承运的正统派首领了。

《三国志平话》和《三国演义》作者的立场，也可说就是当时的人民大众的立场，拥刘反曹这分明的爱憎情感，也就是宋、元两代人民的思想感情，这部历史小说在我们心目中之所以有极高的评价，也就为了它能表达群众的理想和愿望，因而充满了崇高的爱国主义精神，正如列宁所说：

> 我们对于艺术的意见并无关重要，就是艺术激动起千百万人之中的几百人，甚至成千人的感情，也没有用处。艺术是属于人民的，它的根源应该放在劳动群众的最密的部分，它必须成为这些群众能懂得它而且喜爱它的东西，它必须表达这些群众的感情、思想和意志，必须提高它们。它必须在群众之中鼓舞艺术家而努力去使他们发展。

《三国志平话》，尤其《三国演义》的编撰者基本上是做到了这些，但其所以能如此，还是因为作者们，连罗贯中在内都懂得人民的思想感情和意志，而且能表达它们、提高它们。近来有人说罗贯中可能有以这部历史小说鼓吹民族革命运动的企图，大概就由此而来。不过，罗贯中有无这种鼓吹民族革命的主观意图，我们不能臆断；但强调以义相结合，忠于大汉正统，对元末或清代的读者是可能会有联想及汉室实指汉族的客观效果的，这只要看后来——晚清的两个汉贼把它列为禁书，就可证实它的效果。这两个汉贼就是张德坚和丁日昌。张在《贼情汇纂》中说：

> 贼（指太平天国）之诡计，果何所依据？盖由二三黠贼，采稗官野史中军情，仿而行之，往往有效，遂宝为不传之秘诀，其裁取《三国演义》《水浒传》为尤多。

这里虽然说人民起义是仿行了《三国演义》和《水浒传》中的军事技术，但他憎恨的真意却不在此，而在乎以义相团结采取了军事行动来忠于汉族，因而大大妨碍了满洲皇朝的统治，敌人和汉奸都不能不憎恨倡导忠义的《三国演义》和《水浒传》。那么，毫不意外地，到了同治七年（1868年）刽子手丁日昌在充当江苏巡抚任时便札饬严禁小说，开列应禁书目中列了《三国演义》和《水浒传》合刻的《汉宋奇书》。但尽管汉贼明令禁止，而人民还是想尽方法听三国故事或读《三国演义》，也就是相反地更鼓励了人民去读它，致获得普遍而巨大的影响。我国人民不管识字和不识字，大致都能知道三国故事，便是罗贯中的功劳。

固然，罗贯中的《三国演义》的基本结构是因袭于元人的《三国志平话》，但增饰敷衍几乎达十倍之多，而艺术创造的高度成就又非《三国志平话》所能企及。可惜我们很少知道关于罗贯中本人的历史。鲁迅在《中国小说史略》上如此说：

> 贯中，名本，钱唐人（明郎瑛《七修类稿》二十三，田汝成《西湖游览志余》二十五，胡应麟《少室山房笔丛》四十一），或云名贯，字贯中（明王圻《续文献通考》一百七十七），或云越人，生洪武初（周亮工《书影》），盖元明间人（约 1330—1400 年）。所著小说甚夥，明时云有数十种（《志余》），今存者《三国志演义》之外，尚有《隋唐志传》《残唐五代史演义》《三遂平妖传》《水浒传》等；亦能词曲，有杂剧《龙虎风云会》（目见《元人杂剧选》），然今所传诸小说，皆屡经后人增损，真面殆无从复见矣。

可是在元遗民贾仲明的《续录鬼簿》中却说：

罗贯中，太原人，号湖海散人，与人寡合。乐府、隐语，极为清新。与余为忘年交，遭时多故，天各一方。至正甲辰复会，别来又六十年，竟不知所终。

《续录鬼簿》作于明永乐二十年（1422年），他说至正甲辰（1364）还晤面过，跟他又属忘年交，说的话一定可靠，那么，罗贯中也是元末遗民，正如他的别号“湖海散人”，也许祖籍是太原，遭时多故，后流浪到杭州去，大半生都在杭州度过吧？这条材料相当重要，只要肯定了罗贯中是元末人，那么，他编撰《三国演义》的年代，不致拖得太后，书中思想便“来有所自”了。同时，明王圻《稗史汇编》中说：

……如宗秀罗贯中，国初葛可久，皆有志图王者。乃遇真主，而葛寄神医工，罗传神稗史。

在元末明初的“有志图王者”也就是从事民族革命活动的志士，如果再根据清徐渭仁《徐钢所绘水浒一百单八将图题跋》所说：

施耐庵感时政陵夷，作《水浒传》七十回；罗贯中客伪吴，欲讽士诚，续成百二十回。

这位志士还跟元末长江下游的人民起义军首领张士诚[①]有过相当的关系，张士诚后来走上了错误的道路，在1367年被朱元璋军攻占平江俘虏了，上引“欲讽士诚”，恐就在1356年至1367年的事，所欲讽谏的或就是纠正他的错误，要他继续民族革命反抗元朝的统治，若由这些材料来判断，《三国演义》中所强调的汉室也许实指汉族；不过上举两条材料是否完全可靠，我们还无法肯定，当然不能依据它来下判断；同时由《三国演义》中作者对黄巾起义的看法来说，就不像是和元末的农民运动者站在一样的观点立场的；再则，在整部演义中也很难找到明显涉及反对外族侵略的章节。因此，我们不能臆断罗贯中的创作意图中有鼓吹民族革命的主观愿望，倘是说《三国演义》在元、清两代发生了类似的客观效果，我想是可以的。

总之，以上所举，已经是把所能看到的有关材料集中总结了，在此外正史、传记中是找不到有关罗氏生平记载的。这是

① 1353年在苏北起义，据高邮，自称诚王，国号周。1356年渡江南下，攻占长江下游三角洲一带，南迁平江，改称吴王（1363年）。

为什么呢？我想是因罗贯中并不出身于高门高第，生平也无显赫的功名，从而不属于士大夫阶层；但他有文才，结果便成为杭州某书会或某雄辩社的成员，而且是其中的能手。上举各书固不必全出诸罗氏之手，至少都经过他点窜，如果照我这样臆测，和他之有新兴市民的意识，甚至有人民所具有的热烈的爱国主义思想是完全符合的，那么，对这位雄辩社社员或书会才人的评价就该很高。

关于罗贯中的生存年代和编撰演义至脱稿的时间，文学史家们向来都含糊其词，可是，近年读到了中国科学院文学研究所编写的《中国文学史》第三册第八三七页有这么一段话：

> 根据传说罗贯中曾经充当过张士诚的幕客。明朝人王圻的《稗史汇编》说他“有志图王”，是一个具有政治抱负的人。后来明太祖朱元璋统一了中国，他改而从事“稗史”的编写工作，《三国志演义》可能就是这个时候脱稿的。

所谓“就是这个时候”是指明太祖统一中国之后。我并不同意这个说罗贯中在明太祖统一中国之后才“改而从事‘稗史’的编写工作”和《三国演义》脱稿是在洪武年间的论断。为什么？有四个理由：

（一）王圻是明嘉靖间人，上距明太祖统一中国之时已有百来年，他得之于传闻，无论如何不及活在元末明初的贾仲明的话可靠。

（二）贾仲明不但跟罗贯中生活在同一时期，且为忘年交，所谓“忘年”，当然是罗贯中的年龄比他大得很多，至少二十岁，多则三十岁。贾氏在明永乐二十年（1422年）已八十岁（见《续录鬼簿·序》），那么，至正甲辰（1364年）还只二十二岁，比他年长很多的罗贯中便是五十来岁的人，这也就是说，罗贯中的生年约在元仁宗皇庆、延祐初（1312—1315年），到明太祖1368年以后统一中国，已是离花甲不远了（按常遇春于1369年克开平，元帝走喀喇和林止）。

（三）《三国演义》是一部正如明高儒所说“陈叙百年，该括万事”的书，头绪纷繁，人物众多，情节复杂，场面壮大的一百二十回大书，一个气魄磅礴、笔力雄健的作家才有可能办好这个巨大的工程，如果说罗氏在明洪武年间（1368—1398年）始“改而从事‘稗史’的编写工作”，就年龄来估量，是有问题的，凡编写巨著者在青、壮年时代自然有那样雄伟的才气和魄力，到老年不能不衰退，六七十岁或八九十岁的罗贯中极少可能有那样的雄心和办好那样大工程的精力，当在情理之中。

（四）一个有政治抱负的作家，在元末汉族人民抗元朝统治的当口，强调汉族正统，鼓吹以忠义相砥砺相团结来尊汉攘蒙，无疑是一种爱国主义精神的表现。《三国演义》里的思想正和那个时代的要求合拍。[①]倘在驱逐了异族、统一了中国之后，就没有强调这一方面的必要，所谓“正统”，本是封建反动的理念，因历史条件不同，它的意义也自不同，所得的效果不消说也各异。因而推定罗贯中的生存及《三国演义》成书的年代不是件小事，而是头等重要事。要不然《三国演义》的优劣就难肯定了。我认为罗贯中那么强调大家以义相结、忠于汉室的正统观念，最主要的原因是由于长期以来的客观现实促成的。关于这一点，顺便将我近年的《困读偶识》里的一条录供参考：

---

① 按自元末顺帝至正元年（1341年）湖广、岭南、山东各地兵起，跟着方国珍、刘福通、李二、徐寿辉、郭子兴、张士诚、朱元璋、韩林儿、明玉珍、陈友谅等纷纷起义抗元，这些起义军几乎都是被异族压迫最甚的所谓“南人”——南方的汉人；其次，这一阶段的内部矛盾也相当复杂，起义将领们各自割据称王，互相攻杀，近似于汉末军阀们混战。至于张士诚、方国珍都为民族敌人战败而降元，直到至正末年，朱元璋始削平群雄，命徐达等北伐，打恢复汉族河山统一中国的战争。这些现实情况，可能就是推动罗贯中撰写《三国演义》的因素，尤其前者给了他强调汉族正统和北伐中原的巨大启发。

1972年春偶读章士钊氏《柳文指要》上，卷二十第九节说：

宋俞德邻《佩韦斋辑闻》载：

司马光著《资治通鉴》，垂万世法，独以魏接汉统，疑蜀中主非中山靖王之后，至诸葛伐魏，皆以入寇书，此不可晓。周小宗伯掌三族之别，以辨亲疏；秦置宗正；汉因之，以叙九族，平帝更名宗伯，五年，又于郡国置宗师，以纠皇室亲族世代；后汉置宗正师，掌序录三国嫡庶之次，与宗室亲属近元，安有汉室尚存，而玄德敢冒中山靖王之后者？孔明一代伟人，且生于汉氏，安有不知玄德，而轻于以身许之者？况操、丕之奸雄，使玄德而冒靖王之胤，其讦之亦久矣，顾岂待后人议之耶？"晋史自帝魏，后贤合更张，世无鲁连子，千载徒悲伤。"文公此诗，其意微矣。

司马君实帝魏，与朱晦庵之正统论，千载疑狱，虽迄无定论，然袒朱者十之八九，几有统于一尊之势，即右司马诸微眇论点中，亦不闻有人追溯到子厚、化光，使涑水稍张其军。……诚不料封建王朝之妄图造作罔论，以锢蔽天下后世人，使不得移易一步，接近人民本位，用涤荡其久久固滞之顽旧思想，趋势竟至于此。

俞德邻，字宗大，号大迂山人，永嘉籍，举咸淳癸酉进士，宋亡不仕。……查德邻著籍永嘉，属于永嘉学派，自始即与晦庵立异，至《正统论》，犹不敢违牾晦庵，是其为传统目论所压拶，不得摆落，由此可见。

戡按在今天更应该“接近人民本位”，斥“正统论”为顽旧思想，章氏所云是对的；然以此指责南宋人，恐未可，俞氏之例，正足以说明治学、论事必须依唯物辩证法，否则绝不能认识事物之实质，尤其论史事，必须以时间、地点、条件三者来衡量，论者自己又必须暂时迁居到古人的生活里去生活，才能议论准确。俞氏既属永嘉学派，对任何事物当有和晦庵不同的看法，永嘉学派的思想认识在当时说来是比较进步的，章氏说俞氏“自始即与晦庵立异”，即因此故；那么，为什么独对“正统论”“不得摆落、不敢违牾”呢？不值得我们做深长思吗？是否“正统论”在锢蔽人心这坏的一面之外也有它好的另一面呢？倘可“一分为二”来看，我以为那好的另一面即民族主义思想，表现为异口同声地痛骂北来侵略者，当阶级斗争退居次位而民族斗争白热化的南宋时期，正是一些有心人借以唤起当时人心抗敌卫国的爱国主义思想。这儿有一个关键性的重大问题，我们必须特加注意，自从那个唐末五代的“儿皇帝”石敬瑭于936年成为晋高祖、937年把燕云十六州之地双手奉送给契丹之后，南北对峙的局面逐渐形成，为时共长达四百数十年。[①]金承辽后，南宋时期的民族矛盾特殊尖锐，于是，这种痛恨北来侵略者的思想精神，正是当日中国人民极迫切需要的，别说宋元两代的人民需要这种思想精神，即在朱元璋收复故地统一中国之后很久，还有人为这一事要大家注意北方的敌人提高警惕呢！明谢肇淛在《五杂组》里说：

> ……盖山后十六州，自石晋予狄几五百年，彼且自为故物矣。一旦还之于中国，彼肯甘心而已耶？其乘间伺隙，无日不在胸中也。

就因为有这几五百年南北对峙的具体环境，给好些年代人

① 燕云十六州：（一）幽州，（二）蓟州，（三）瀛州，（四）莫州，（五）涿州，（六）檀州，（七）顺州，（八）新州，（九）妫州，（十）儒州，（十一）武州，（十二）蔚州；以上均属河北地。（十三）云州，（十四）应州，（十五）寰州，（十六）朔州；以上均属山西地。幽州镇以妫、檀、新、武四州为山后；河东镇以云、应、寰、朔为山后，山后也称山北、山南。北都为契丹所有，便可随时侵扰中国，从此河北大平原无险可守，河东也仅存雁门关一处险要了，所以契丹、女真、蒙古统治者相继取得南攻的胜利。

民心理上留下深刻的印象，影响到他们对一切事物的看法，也就是说，如果没有那样特殊的社会环境，宋、元两代的人民不会那样“异想天开”地憎恨北方统治者的。正如《共产党宣言》里所指出的：

> 人们的观念、观点、概念，简言之，人们的意识，是随着人们的生活条件，人们的社会关系，人们的社会生活改变而改变的。

社会生活环境决定了他们有一种跟唐代人迥不相同的感受，这就使占据中原时常征战南方的曹操这个北方统治者平白地顶了黑锅。唐代的柳子厚、吕化光等未及“身历其境”，故和晦庵、德邻等生活于南宋的人有不同的感觉和见解，而永嘉学派诸前辈的思想恰同晦庵在这方面的思想一致，俞氏之所以不立异违牾，实即不违牾当时的时代，人民的意志，这才是“正统论”在当时的实质，非不足道的现象。唐代的柳子厚、吕化光就因时间、地点、条件不同，始有拥护统治北中国、常征伐南方的曹魏，贬抑时受侵略的南方统治者刘蜀和孙吴的思想认识，他们若和晦庵、德邻同时，恐未必然。别说他人，即以帝魏的北宋司马君实而论，北宋还不是南北对峙特甚的时候，帝魏者虽已不多，却在司马君实外尚有其人，但他似已闻到了民族矛盾初步上升的气息，因之不能“慷慨陈词”，在《资治通鉴》里那样左躲右避，“闪烁其词”，看他“忸怩作态”地倡正闰之辨，只承认为了纪岁时月日之便而帝魏，可知。[①]何况晦庵、德邻身处北中国已为金人席卷的当口？我们应该说南宋、元、明末、清代民族矛盾激烈的各时期，“祖朱者十之八九，几有统于一尊之势”，非人力也，乃时势使然也。同样地，《三国演义》由其成书的年代来说，原非作者们有意以顽旧的拥汉反魏的封建正统思想来蛊惑人心，相反地从“接近人民本位”的观点出发，具有了王十朋那种“我虽有酒，不祀曹魏”和陆放翁所说“邦命中兴汉，天心大讨曹”的思想感情，强调了尊汉反元的作用，符合了元代中国人民的意志，其价值不可谓之低，其声名实于焉不朽。为什么？就因为罗贯中运用了适合于元末客观现实之情势的斗争形式。列宁说过：

① 太宗雍熙三年（986年）与辽战于岐沟，败绩；至道年间（995—997年）辽频频入寇。真宗景德元年（1004年）澶渊会盟。仁宗庆历元年（1041年）契丹求地。神宗熙宁八年（1075年）割河东地与辽；元丰七年（1084年）司马光上《资治通鉴》。

马克思主义要求我们一定要用历史的态度来考察斗争形式问题，脱离历史的具体环境来提这个问题，就等于不懂得辩证唯物主义的起码要求。

元末顺帝至正年间，汉族人民纷纷起义抗元的具体环境不仅促使有政治抱负的罗贯中强调忠义和正统来拥汉反魏；即起义领袖朱元璋也不例外，他在那封写给另一起义领袖明玉珍的信里，便把镇压红巾的刽子手视为跟镇压黄巾的曹操是从同一个模子里倒出来的货色，他说：

王保保（扩廓帖木儿）以铁骑劲兵，虎踞中原，其志殆不在曹操下。

于是我以为《三国演义》自编写到脱稿的时间不像是在朱元璋统一中国之后的洪武年间，是以罗贯中客张士诚幕前后的成分为多，为什么如此臆测呢？为的是这一段正是元末民族斗争特殊激烈的时期，应当时斗争的需要，这位“有志图王”者才强调汉室正统，北伐中原，而占据北方常征伐南方的曹操才被视为民族敌人的替身，要不然，曹操不会在《三国演义》里作为主要被谴责的对象的。

罗贯中倘确如王圻所说在明初始“传神稗史”的话，那么，贾仲明对老朋友这巨大的新成就，怎么一无所闻，且至于不知他的下落呢？似乎不可能。也许他在复会那一年就已知罗氏在编撰《三国演义》，所以后来没有特别提这一点的必要；然而洪武初年为什么还不见刊本呢？因为《三国演义》是一部近百万言的巨著，限于人力物力，鸠工剞劂，颇费时日，即使如我所臆测的，它是从公元1341年至1369年近三十年之间编撰至脱稿的，洪武年间天下初承平，也不可能立刻刊印成书，那一个时期只能用他的手稿传抄及说话艺人之间的口头传授，因而在所谓弘治本、实即嘉靖本之前的刊本未之见。明代中期万历初年陈际春读得入迷的，若非我们能看到的嘉靖壬午（1522年）的印本，也当是弘治间的印本。被近人颂扬为法家的李卓吾（经嘉、隆、万三朝，1527—1602年）在所著《焚书》卷四《杂述》里有一篇《题关公小像》：

古称三杰，吾不曰萧何、韩信、张良；而曰刘备、张飞、关公。古称三友，吾不曰直、谅与多闻；而曰桃园三结义。呜呼！唯义不朽，故天地同久，况公皈依三宝，于金仙氏为护法伽蓝，万亿斯年，作吾辈导师哉！某也四方行游，敢曰以公为述。唯其义之，是以仪之；唯其尚之，是以像之。

所谓“桃园三结义”，非《三国志》所有，当由于《三国演义》来，他也许读过了弘治间的印本吧？但我们不能因未见更早的明初刊本而想象它是在洪武年间才脱稿的。我这样说或者仍然有人怀疑：既然贾仲明和罗贯中复会之后已经有《三国演义》，仅仅未完稿而已，为什么贾仲明在《续录鬼簿》里不提起它呢？其实，这并不难理解，因《续录鬼簿》是一部只记载乐府类著作的书，所以仅著录了罗贯中的《龙虎风云会》剧本而不及其他。当然这只是我个人未成熟的看法，特提出来商榷。

罗贯中在当时运用半文半白的文体，以三国时代的史实为材料，通过了高度的艺术技巧，表达了当时人民的意志和愿望，执行以义相结、忠于汉族的爱国主义教育。这样地来估量，罗贯中对祖国的功绩就不能算少了，他无愧于被我们尊崇为伟大而优秀的古典文学作者之一。

然而，或有人会说罗贯中不能单独承受这样的荣誉，《三国志平话》的作者们该分享，这话是没有错的，不过《三国志平话》虽已完成了故事的基本构架，究竟是结构未趋完整，描写艺术也还粗糙，并不如《三国演义》那样活泼动人，甚至连一些关键性的关目也只轻轻描过。例如赤壁之战，是对鼎足三分有决定性意义的一次战争，不只《三国演义》写来规模宏大，紧张动人，连由此而出的戏剧《群英会》也多么动人，令人百看不厌！而《三国志平话》叙鲁肃引孔明见周瑜一直到滑荣路（华容道）只用了不多的篇幅，并不如何突出，而且文笔简陋，半通不通，逊色多了。原因是《三国志平话》本只是宋元时期说话人的底本，甚至是提纲。鲁迅说：

> 观其简率之处，颇足疑为说话人所用之话本，由此推演，大加波澜，即可以愉悦听者。

这话完全正确。因为是提纲式的东西，所以没有多所刻画，不免简率，罗贯中就是为它推演，为它大加波澜的人，因此《三国演义》愉悦读者，而功劳也就在这里。当然，不能否认这其中有部分是其他说话人所加的波澜，不能由罗贯中一人掠美，但集大成的是罗贯中，使波澜壮阔的是罗贯中，仅这些艺术创造就够惊人，值得我们学习的了。

那么，我们进而谈谈《三国演义》这部书究竟反映了什么样的历史真实，也就是究竟写出了哪些本质的问题。不过因为这部小说是历史小说，有百分之七十是依据历史记载的，鲁迅就说过：

> 凡首尾九十七年事实，皆排比陈寿《三国志》及裴松之注，则亦仍采平话，又加推演而作之。

谈起来不免涉引史实来说明编撰者如何创造故事和人物，我想这样谈法，或许也有点好处。

二、《三国演义》所反映的本质

《三国演义》是一部长篇历史小说的“开山”著作，不比一般的小说（在外国，小说这一名称就含虚构的意义），读者总稽考历史以证虚实，问题便由此产生，所以《三国演义》就比其他章回小说的问题多些，连带着对它的评价发生了困难，现在我想先澄清一些疑问。自然，我的思想水平与业务水平都不足以负此重任，不过试谈读《三国演义》可能提出来的几个问题，然后总结出它究竟反映了怎样的历史真实，写出了怎样的现实本质，尽管我个人的意见未必正确，当作问题提出来请教高明也是好的。

第一个提出的问题，还是前面提到的正统和忠义问题。《三国演义》特别强调的是汉正统，以中山靖王之后的刘备为直系正统，不只反对汉贼曹操，甚至被联合的东吴孙权也不过是汉臣，并不被重视，第四十四回周瑜要诸葛瑾去拉诸葛亮过来共事孙权，当时诸葛亮说过这样的话：

孔明曰："兄所言者，情也；弟所守者，义也。弟与兄皆汉人，今刘皇叔乃汉室之胄，兄若能去东吴，而与弟同事刘皇叔，则上不愧为汉臣，而骨肉又得相聚，此情义两全之策也。不识兄意以为何如？"

尊汉安刘就是主张和"汉贼不两立，王业不偏安"的诸葛亮的目的，也是《三国演义》作者所着重描写的。也就因此，在我接触到的人中就有从正统上着眼否定《三国演义》的思想价值的，即1953年冬在北京召开的《三国演义》座谈会上也有人发表了类似的意见，据1954年1月29日《光明日报》所记中就有这样的话：

有人认为，正统思想根本是一种极端反动的思想，封建帝王制造和宣传这种思想，用来辩护自己的统治的合法性，用来证明自己的统治的不可动摇性，用来慑服和欺骗人民，使人民对自己的统治发生敬畏的甚至某种程度上"爱戴"的感情；同时用来排斥别的封建势力的竞争，保障自己独占对人民的统治和剥削。因此，我们对于《三国演义》

中正统思想的表现，应该肯定地把它看作是这部名著中的消极性的因素，也就是所谓封建性的糟粕，在认识上予以批判和剔除。

这些人说：正统观念就是封建意识，今天的我们不能承认强调封建的正统观念是进步的和对我们有教育意义的话是没有什么错，我们当然是反封建的，不过我们该看他怎样运用这一观念，因为敌人的武器，我们也可以拿来打击敌人，故而不能一概而论。刘备确是皇汉后裔，何妨在当时借用尊汉来号召人民完成统一天下的事业？这要求统一是当时人民的愿望。不只刘备用这个法宝，连曹操也以汉天子为招牌来挂羊头卖狗肉，足见这法宝确乎是个法宝，同时不仅曹操来冒借，就在罗贯中所属的年代元末的农民起义也还借用过去皇朝的名义来号召。为便利计，就引范文澜等人编的《中国通史简编》中的话来做证吧：

刘福通——永年县人韩山童，借白莲会烧香聚众，宣言天下当大乱，弥勒佛降生在河南江淮间，信徒颍州人刘福通与徒党罗文素、成文郁、杜遵道、王显忠、韩咬住，称山童是宋徽宗八世孙，应该做中国君主，这是包含有种族意义的有力号召，广大人民即时围绕在这个号召下，发生摧毁蒙古统治的力量。

请想！韩山童自姓韩，宋皇朝自姓赵，居然还来冒认皇亲，那么，刘备自是名正言顺了，《三国演义》也这样地运用正统，是符合当时人民的愿望的，不能说是封建意识，相反倒可以认为充满了爱国主义的精神。

至于宣扬忠义，这确是《三国演义》所最强调的，不仅第一回的回目首句就是《宴桃园豪杰三结义》，连其他回目中也有“义”字，如第十回的《勤王室马腾举义》，第二十八回的《会古城主臣聚义》，第五十回的《关云长义释曹操》，第五十三回的《关云长义释黄汉升》，第六十三回的《张翼德义释严颜》，第一百一十一回的《诸葛诞义讨司马昭》等，有许多回的内容中强调“忠义”更不用说起了。同样地“忠义”运用到正的方面去，它的意义就不同了。我们不能看得那么呆板，相反地，有时还可承认忠义是优秀的道德，《水浒传》中所强调的也是这一种优秀道德，所以堂名就取了“忠义堂”。

自然，《水浒传》中人物那种“不求同日生，但愿同日死”的生死交情和忠义行为都是受了三国故事影响然后有的，朱武对史进就说过“虽不及关、张、刘备的义气，其心则同”。也许有人会说《水浒传》是小说，小说人物口中的话不足为据，那么，举一件史实来做证吧。《宋史·岳飞传》：

……六年，太行忠义社梁兴等百余人慕飞义，率众来归。……又命梁兴渡河，纠结忠义社，取河东、河北州县。……梁兴会太行忠义及两河豪杰等，累战皆捷，中原大震。

这里所说的是以“忠义”号召结社抗金的史实，也足以说明“忠义”二字在宋代的作用。因此，宋、元两代的说话人，尤其是像罗贯中那样有才能的演义家，就有意识地拿“忠义”来教育群众，我们知道《水浒传》一书虽是施耐庵所作，却也和罗贯中有关。[1]

总之，施、罗都一样看重“忠义”之为用至巨，明李贽在《忠义水浒传序》中便道破了这个秘密：

《水浒传》者，发愤之所作也。……施、罗二公，身在元，心在宋；虽生元日，实愤宋事，是故愤二帝之北狩，则称大破辽以泄其愤；愤南渡之苟安，则称灭方腊以泄其愤。敢问

① ［明］高儒《百川书志》卷六《史部野史》：“《忠义水浒传》一百卷，钱塘施耐庵的本，罗贯中编次。”

泄愤者谁乎？则前日啸聚水浒之强人也，欲不谓之忠义不可也。是故施、罗二公传《水浒》而复以“忠义”名其传焉。[1]

最近就有说《水浒传》里那个后来受招安的宋江把梁山泊的“聚义厅”改为“忠义堂”是宋江投降主义的一条大罪状。如果实事求是地认真研核起是非来，标榜“忠义”实不自宋江始，可说是由于南宋抗金时期太行忠义社所采取的斗争形式，启发了处于元朝黑暗统治之下的作者施耐庵，所以写到第二十回（据百二十回本《水浒全传》）《梁山泊义士尊晁盖》里一首绝句就明白地提出它的艺术构思的重要点：

古人交谊断黄金，心若同时谊亦深。
水浒请看忠义士，死生能守岁寒心。
（下“·”系笔者所加）

晁盖在第四十七回（李卓吾评容与堂百回本和百二十回本同）里就首先肯定了这一点：

---

① 李氏所论固有是处，然云征方腊为泄愤，殊欠正确。此实系艺术形象宋江所犯最严重的错误。李氏思想有很大的局限性，视历来的起义造反者为“贼臣”，故有是说，于此，姑不具论。

晁盖道："俺梁山泊好汉，自从火并王伦之后，便以忠义为主，全施仁义于民。一个兄弟下山去，不曾折了锐气。新旧上山的兄弟们，各各都有豪杰的光彩……"

尽管《水浒传》里的艺术形象宋江后来确实接受了朝廷的招安而成为地道的投降派，然在当初他未必便"别有用心"，我以为只不过继承了晁盖的遗志才把"聚义厅"改为"忠义堂"。至于说在"义"字上加一"忠"字，就只能忠于皇帝而别无可能忠于国家、忠于民族之类好的一面的话，恐或不然，最低限度，跟处于被外族侵凌的南宋及元代人民的想法是相龃龉的，那只是某些今人的看法罢了，也正因为当时有那样的社会生活条件，作者才产生具有爱国主义精神的思想意识——"忠义"，而且得到了当时的人民和后代的人民叫好。我记得列宁说过：

评价个人的社会活动时会发生的真正问题是：在什么条件下可以保证这种活动得到成功。

真正的马列主义者最重视"条件"，因为任何一种观点的形成，离不开它所依据的客观现实赋予的"条件"，绝不会无所依据地凭空出现[1]，文艺作品的思想意义何尝不如此？它也依据当时社会的条件不同而有所不同，南宋、元代甚至明末和清代都给了强调“忠义”以适当的条件，所以施耐庵及其《水浒传》和罗贯中及其《三国演义》都保证得到了成功，绝非后代人可以不分青红皂白地随便全盘否定的。这也就是说，我们谈论古人作品中所提出来的东西，必须遵循列宁指示的方法来办理，他说：

> 在分析任何一个社会问题时，马克思主义理论的绝对要求，就是要把问题提到一定的历史范围之内。

那么，罗贯中在《三国演义》中那样处处强调“忠义”来兴汉，就不无道理了。倘使我们也反对《水浒传》及《三国演义》里的“忠义”，我们就应该跟极反动的清人金连凯画等号，他在所著荒谬的《灵台小补》的《梨园粗论》中说：

> 夫盗弄潢池，未有不以此（演剧）为可法……《三国志》

① 恩格斯说：“必须重新研究全部历史，必须详细研究各种社会形态存在的条件，然后设法从这些条件中找出相应的政治、司法、美学、哲学、宗教等等的观点。”

上慢忠义,《水浒传》下诱强梁,实起祸之端倪,招邪之领袖,其害曷胜言哉！此观剧之患也。

事实上，《三国演义》强调“忠义”也确曾收其成效，在我们看来不是“害”，而是给后代起过好作用。例如清陈康祺《郎潜纪闻二笔》卷十所载：

明末李定国，初与孙可望并为贼，蜀人金公趾在军中，为说《三国演义》，每斥可望为董卓、曹操，而期定国以诸葛。定国大感曰：“孔明不敢望，关、张、伯约，不敢不勉。”自是遂与可望左；及受明桂王封爵，自誓努力报国，洗去贼名，百折不回，殉身缅海，为有明三百年忠臣之殿，则亦传习郢书之效矣。

宋、元两代的说话人或演义家就懂得而且善于运用这个武器，所以一开头就提出“义”字，特别安排下以义相结合而效忠汉室的“宴桃园豪杰三结义”的场面，本来，刘、关、张三人并没有结拜兄弟，只不过友情特别好，有如骨肉罢了。《三国志·蜀书·关羽传》：

先主与二人寝则同床，恩若兄弟，而稠人广坐，侍立终日，随先主周旋，不避艰险。

《张飞传》也说：

少与关羽俱事先主，羽年长数岁，飞兄事之。

足见是罗贯中的安排，而且是有意的，因为结拜兄弟这一方式原是我国古代人民进行阶级斗争和民族斗争的一种团结内部的组织形式，人民爱好这种形式，尽管三国纷争是内部的矛盾斗争，说话人或演义家仍可以拿这结义方式做模范，教一切有心人团结起来反抗压迫或侵略。同时，罗贯中也只把《三国志平话》已经有的桃园结义加以强调罢了，深深地印入了后代人民的脑海，有了崇祀他们的“三义祠”，明李卓吾便有《过桃园谒三义祠》的诗：

世人结交须黄金，黄金不多交不深。
谁识桃园三结义，黄金不解结同心。
我来拜祠下，吊古欲沾襟。
……

桃园桃园独蜚声，千载谁是真弟兄？

千载原无真弟兄，但闻季子位高金多能令叔嫂霎时变重轻。

并且，后来凡有民族革命意识的秘密会社大都以桃园结义为榜样。譬如说清代的秘密会社三合会[①]入会的誓词中就说：

吾人同生同死，仿桃园结为兄弟，姓洪名金兰，结为一家。……两京十三省同心一体，讨灭仇敌，恢复明朝。

其他一切有民族革命意识的团体几乎都采取了这桃园结义的方式，执行忠于汉族的任务，由此足见《三国演义》所强调的忠义给后代人民确有了巨大影响。

---

① 范文澜《中国通史简编》："康熙十三年（甲寅）三合会成立。三合会或称'天地会'，或称'三点会'，支派有清水会、匕首会、双刀会等名目……会众自称'洪门'（隐洪武字及朱姓），共同宗旨是反汈（隐清字）复汩（隐明字）……凡富贵人、学问家、官吏、农夫、商人、兵士、流氓、盗贼、乞丐，不论身份，只要志存忠义，愿意反清复明，都得立誓入会为洪家兄弟。……团结力很强。会员遍布海内外，成为清朝的大敌，清末民族革命运动中，洪门义士，尤其是海外洪门表现了极大的功绩。"哥老会亦如是，又称"汉留"，意思是说汉朝或汉族留下来的，这些会社都受了三国故事的影响。

然而曾有论者举出明末人民起义领袖罗汝才自称“曹操王”为证，说“想移动一下这个铁案”，我看这“孤证”不能移动说曹操坏话的铁案。一因我们无法知道他取这绰号的原因为何；二因罗汝才是志在“横行天下”而不想其他的人，他是不是以曹操作为“横行天下”的典范呢？李自成就瞧不起他这个人。相反地，我们知道明、清两代的人民起义领袖就有很多个被《三国演义》的艺术魅力吸引住，如张献忠、李自成、张格尔、洪秀全、杨秀清等都是热爱它的，而且崇拜书中蜀汉方面的人物，尤其诸葛亮和五虎将的军事才能和忠勇善战，所以他们都拿它作为“玉帐秘本”来学习作战策略和技术，关于这些，仅是少见文字记载罢了，这儿还可以举为人尚不多见的杨秀清的诗——而也是太平天国军队里的宣传品为例：

果然英雄

匡扶天主到天堂，弟妹真忠万古扬。

扫灭世间妖百万，英雄胜比汉关张。

果然雄壮

壮勇人人志可风，豪雄胜愈蜀黄忠。

搴（搴）旗斩将谁能敌？指日升平奏武功。

果然英雄

古称关张最英雄，天国名臣志亦同。
报国有心欣御侮，浑身是胆喜冲锋。
开疆拓土诚无敌，斩将牵（搴）旗实可风。
扫荡胡氛如反掌，果然英雄果然忠。

这几首诗都见之于《天情道理书》，并且王阮亭的《陇蜀余闻》中提到：张献忠在绵州七曲山上为关羽建祠并题诗立碑；刘銮《五石瓠》里说他："日使人说《水浒》《三国》诸书，凡埋伏攻袭皆效之。"顾深在《虎穴生还记》里说到在太平军中常讲《三国演义》，全军官兵都"环而听之如堵"。足以证明它的艺术魅力使忠义闪耀着光芒射入大多数人民起义军的心坎了。

估计第二个可能提出来，也是早已有多人提出来的问题，他们说正统派的首领刘、关、张都是参加镇压黄巾起义的人物，这一事实便证明了刘、关、张是反动头子。《三国演义》的开宗明义第一回就是《宴桃园豪杰三结义，斩黄巾英雄首立功》。这样地捧反动的人物，《三国演义》哪来进步的思想性呢？这确是个不易解释的问题。

按陈寿《三国志·蜀书·先主传》说：

灵帝末，黄巾起，州郡各举义兵，先主率其属，从校尉邹靖讨黄巾贼，有功，除安喜尉。

裴松之注引《典略》说：

平原刘子平，知备有武勇，时张纯反叛，青州被诏，遣从事将兵讨纯，过平原，子平荐备于从事，遂与相随，遇贼于野，备中创，阳死，贼去后，故人以车载之，得免。后以军功，为中山安喜尉。

按汉末主持镇压黄巾起义的是皇甫嵩、卢植、朱儁。刘备也确做了帮凶，手上确曾沾染过汉末农民的鲜血，这样的罪行也不必勉强为他洗刷，不过他是为历史条件所局限：出身成分本是个没落的王孙，在那个历史年代里，想有所作为，便不能脱出这个“进身之阶”；而今天的我们，不能以今天的眼光看历史人物。实际上，重要的还在于《三国演义》编撰者对黄巾问题的处理方法。如果《三国演义》把刘、关、张的镇压黄巾事件当作本书的中心重点来写，那就不对了。《三国演义》恰好没有那样做，只以黄巾事件作为全书的引子，且写得特别少，仅占全书一百二十回中的一回的三分之二，为的是要由此一事件引出书中的主要人物，如刘、关、张三人和曹操，作者的目的仅此而已，因之黄巾问题不只不是书中的重点，连作为次要的资格都够不上。我们读文艺作品就该有主次之分，轻重之别，抓住主因和重点来看人物的性格行为，不能本末倒置，所以黄巾问题不该成为问题。至于《三国演义》中称黄巾为贼，也似乎赞成这些人镇压黄巾，那是不可讳言的，是演义家落后的一面，他们生在那样的封建社会，不可能脱出这种历史性的局限，我们无法对他们苛求；同时，作者对当时的农民起义的看法虽然是错误的，他却能看到了当时统治阶级的腐朽，暴露出一些黑暗现象，说明了农民之所以起义，这总该是好的。《三国演义》一开头，就摆出农民之所以起义的原因：

……汉朝自高祖斩白蛇而起义，一统天下。后来光武中兴，传至献帝，遂分为三国，推其致乱之由，殆始于桓、灵二帝。桓帝禁锢善类，崇信宦官。及桓帝崩，灵帝即位，大将军窦武、太傅陈蕃，共相辅佐。时有宦官曹节等弄权，窦武、陈蕃谋诛之，机事不密，反为所害。中涓自此愈横。……后张让、赵忠、封谞、段珪、曹节、侯览、蹇硕、程旷、夏晖、郭胜十人，朋比为奸，号为“十常侍”。帝尊信张让，呼为“阿父”，朝政日非，以致天下人心思乱，盗贼蜂起。

这段叙述是没有错的，错的仅加以盗贼两字，这是由当时占统治地位的思想而来的局限性，我们不苛求14世纪的编写者能有百分之百的正确，要看他们对客观的认识如何。跟着写道：

> 青、幽、徐、冀、荆、扬、兖、豫八州之人，家家侍奉大贤良师张角名字。……角与二弟商议曰："至难得者，民心也。今民心已得，若不乘势取天下，诚为可惜。"遂一面私造黄旗，约期举事。……四方百姓，裹黄巾从张角反者四五十万。贼势浩大，官军望风而靡。

依我看，这个写法是高明的，最低限度，比今人崇仰的大法家李卓吾所写《黄巾贼张角传》正确得多，那么罗贯中"可告无罪"了。马克思说：

> 作家必须辨别他从现实所提出的东西和他从意识所提出的东西。

古典的作家从意识提出的评价很难完全正确，甚至绝大部分是错误的，倘能就现实提出了一些比较真实的东西，我们就得肯定他在这方面的成就，何况黄巾问题不过只被用作引子，就更无损于这部书的思想性了。

总之，拥护既存的皇朝，反对那些不利于皇朝的人，这样的思想在我们现在看来自然是落后，甚至反动的；但我们对古典作品中这种思想，还不能以今天我们的角度来评价，斯大林在《与德国作家路德维希的谈话》中谈到普加乔夫的起义说：

（他们）反对地主，可是拥护好皇帝。

封建社会的人民都有这一种历史时代所赋予的思想局限性；封建制度社会里虽都宣扬“王道”和“仁政”，却从未有过真的什么“王道”“仁政”，总是压迫、剥削人民的，至多只程度的轻重之分，但在人民看来，轻总比重好些，因而在封建社会制度下生活的人民就有了“抚我则后，虐我则仇”那种简单朴素的爱憎思想。唐人皮日休诗有“诈仁犹自王”句，纵“真仁”是没有的，即“诈仁”也还不恶，最低限度得对人民“仁”一下子，当时究竟可以获得民心，及到露出“不仁”的“庐山真面”时人民才知道以前是“诈仁”，才反对，多少古代打天下的都是那样得天下，但终因“诈”而失天下。罗贯中就以古代人民“抚我则后，虐我则仇”的原则来处理近一百年间混战的历史事件；再加罗贯中和当时久处异族统治下的人民一样身生元日、不忘宋朝，必然对民族的皇朝怀想无已，他们都不但希望驱除异族、恢复汉族的江山，且极端憎恨无比黑暗、无比残暴的元朝统治。作为“三等汉人”且仅比“乞丐”高一级的“书会才人”[①]，才写出个别表现出我们今天所说的封建落后意识的章节。在我们可以指明，却不应该认为有了这些章节就不好，至于否定了《三国演义》的价值，因为这些章节并不妨碍绝大部分鼓舞人们起积极影响的优点，我们不是虚无主义者，不愿从人民手里夺掉《三国演义》。那么，我如上的解释《三国演义》所强调的正统、忠义和涉及黄巾等问题，想不是强词夺理地为《三国演义》文过饰非吧?

还有一个问题，要想谈谈，虽不及前面所说的问题重要，却也该把它明确一下才好。就是《三国志平话》和《三国演义》都有“七星坛诸葛祭风”“五丈原诸葛禳星”一类“借风”“禳星”的近于“妖异”的迷信事迹。于是，有人说《三国演义》宣传迷信，是落后意识，不是进步思想，认为《三国演义》没有什么价值。

---

① 蒙古族统治中国后即分全国人民为四等：（一）蒙古人，（二）色目人，（三）汉人，（四）南人。又分人为十等：（一）官，（二）吏，（三）僧，（四）道，（五）医，（六）工，（七）猎，（八）民，（九）儒，（十）丐。

确确实实，《三国演义》中很多这类描写，尤其是“祭风”和“禳星”是大写特写的，我对这问题的看法是：这些被人视为妖异的描写，却正是古代纯朴天真的人民的创造想象，要战胜自然、驯服自然的理想，并不是落后意识，相反的是健康的意图，但也许有人觉得我这说法是近年来写文章者照例的漂亮话，不足以说服人。那么，我说得具体些吧。

这里先谈禳星。

《三国演义》上所反映的是当时一般人民——尤其是劳动群众的看法，不仅不足为病，反而是反映了当时人民的思想真实。在这里我可以举个例来对照着说明：如果看看英国大文豪莎士比亚的作品，就得到绝好的证明，触类而通。莎士比亚是生在哥白尼发表《天体运行轨道》（1543年）后二十多年——1564年的英国，而16世纪的英国人民还是把“占星学”当作科学来运用，他们坚信天上的一颗星就代表地上一个人的命运，因为占星学家是说天上的物体对下界人类的生命和运气都有直接关系，而且起决定的作用，因之莎士比亚剧本人物的口中往往说出关于星辰如何左右人的命运的话。

我不是说莎士比亚的作品中也有这样的描写，便可以证明罗贯中是正确的，我只是要说明不管中国、外国的古代人民都有这样的理想罢了。事实确是这样的，可以说任何国家的古代人民都有这样观照自然和欲征服自然的伟大理想，是积极向上的，不是消极落后的，人民敬爱合自己理想的大政治家诸葛亮能有这种本领，他们是衷心喜悦的！所以接受了人文主义的莎士比亚也会和有新兴市民意识的罗贯中一样领会了人民的理想，而且反映了当时人民的思想的真实，我们不应该认为这样描写是宣传迷信，拖人落后，倘若真这样想，是违反历史主义的。

罗贯中如实地把那个历史年代的人民大致都有的思想意识写了出来，一方面为了加强书中人物的性格，一方面显示出时代在这些人物身上所加的烙印，使我们感觉到他反映出当时现实的真实，这正是罗贯中的现实主义的成就。①

---

① 狄纳莫夫作苏联版《莎士比亚全集》序文："托勒密的陈旧残破的制度，炼金术者的智慧，科学和生活割裂——这些全是莎士比亚时代科学的特征。……但是古代的传说和神话对莎士比亚实比科学更有兴味。……十六世纪起，人民委实也把占星学当成一种科学，他们坚信一颗大星和某一人的命运是分不开的。……我们若果把莎士比亚剧中人物的迷信完全当成莎士比亚见解是不妙的。莎剧中的人物的迷信正是构成他们性格的一部分。……当时的人民（以后稍迟一点也如此）一见到天上出了什么事，就以为地下也定有影响。彗星的出现、日蚀、流星全是危险灾难的先兆。莎士比亚就很巧妙地运用这种迷信来加强他作品的效果。""许多莎氏创造的人物全相信命运和星子有关。……但是作者本人不见得一定相信这些迷信，他之所以描写他，因为他乃是其人物性格中的一部分。"

《三国演义》写诸葛亮知道风的有无，不只借东风一事，有过好多处。即在他初出茅庐不久，第四十回《诸葛亮火烧新野》中就提到：

> 又唤赵云……多藏硫磺、焰硝引火之物。曹军入城，必安歇民房，来日黄昏后必有大风，但看风起，便令西、南、北三门伏军，尽将火箭射入城去……

当然，祭风或借风绝对是浪漫主义的想象，作者为了加强诸葛亮的性格，才运用这种可贵的想象。我们该尊重《三国演义》中的浪漫主义传统，这种积极的浪漫主义的想象，实不是毫无现实基础的空想，而是有史实为依据的，那就在《三国志·周瑜传》中：

> ……同时发火，时风威猛，悉燃烧岸上营落，烟炎涨天，人马烧溺死者甚众……

足见赤壁之战时有大风是事实，否认这个船舰因风被烧的只有曹操一人。《江表传》：

瑜之破魏军也，曹公曰：“孤不羞走。”后书与权曰：“赤壁之役，值有疾病，孤烧船自退，横使周瑜虚获此名。”

我们不同情曹操，当然不跟曹操一样否认这一次有大风，不只赤壁战时有大风，到曹操逃至华容道时风还未止。《山阳公载记》说：

公船舰为备所烧，引军从华容道步归，遇泥泞，道不通，天又大风……

大风来得恰好，又起了那么大的作用，人民便不能不把自己的想象附加上去，演义家也就把这些想象更夸饰，“祭”或“借”就是夸饰，有意识地夸张强调人物的性格形象，夸张强调出现性格的环境情势，都是为了突出事物，所以夸饰人物的某一特殊的行为。

《三国志平话》和《三国演义》不只在“借风”上有所夸饰，连用火攻一事就已有了创造，这次主张用火攻的原不始于周瑜，也不是由于诸葛亮所写的“欲破曹公，宜用火攻，万事俱备，只欠东风”这十六字药方，若依据《三国志》，是黄盖的建议：

瑜等在南岸。瑜部将黄盖曰："今寇众我寡，难与持久，然观操军，方连船舰，首尾相接，可烧而走也。"乃取蒙冲斗舰数十艘，实以薪草，膏油灌其中，裹以帷幕，上建牙旗，先书报曹公，欺以欲降。

《三国志平话》开始变化，说自周瑜至众官手心上都写了"火"字，也就是说大家都主张用火攻；借风则出自诸葛亮，还说有天地以来有三个人能借风：第一个是轩辕黄帝拜风后为师，使风降了蚩尤；第二个舜帝拜皋陶为师，使风困了三苗；诸葛亮是第三个，可以助东南风一阵，这个创造是够大胆的，也是够浪漫的。到了罗贯中手里再加想象创造，写得活龙活现，就坐实了这足智多谋、上知天文、下明地理的军师跟天也有了交情似的。然而，爬上七星坛，披发仗剑，口中念念有词，真有点牛鼻子老道的气息，过分夸饰，始令人有"状诸葛之多智而近妖"的感觉，罗贯中还是受了《三国志平话》所说"呼风"的影响，但我们把它当作想象夸饰来加强性格看，仍无大碍。

此外如写了为小霸王所斩的琅琊宫道人于吉（第二十九回），我想是演义家有意和以"左慈掷杯戏曹操"（第六十八回）批判曹操一样拿于吉一事来批判孙策的急躁好杀，仍有其积极意义，于吉为人民爱戴是因他“普救万人，未曾取人毫厘之物”，孙策不从力求人民拥护方面去努力，反妒起于吉来，当然是孙策的错误。因此，罗贯中就以这一事件批判了“小霸王”的“霸道”。

总之，对左慈的写法几乎大半是依据《后汉书·左慈传》来想象加工，于吉道人一事，本于北齐颜之推《还冤记》①，但《吴录》所载隐士高岱被杀的故事也有点仿佛相似，那是说隐于余姚的高士高岱精于《左传》，孙策想要他出来，所以自己先涉猎一下《左传》，准备跟他谈谈，可是有人告诉孙策说高只把他看作一个武人，不懂经传，若问高时倘不答复便是轻视；同时这人又去对高岱说孙将军很好胜，不能有问必答，答得太好，一定危险。因此两相晤谈时，高就支支吾吾了。孙策把他关了起来，但高是名高望重的人，许多时人和好友便都去露坐请愿释放高岱，人数之多，填塞数里，少年气盛的孙策就更怒，索性杀死了高岱。这显然的，是因这位高士颇得人望，证明孙策骄矜自大，偏激忌才，和对付于吉是没有什么差别的。大概孙策确是这样的缺德应该暴露批判，同时也可以因此

---

① 《花朝生笔记》：“《三国演义》记于吉事甚怪异。按北齐颜黄门之推《还冤记》云……罗氏政自有本，稍点缀耳。”

显出自己所称许的领袖迥然不同，而一定要是弘毅宽厚，知人善任如刘皇叔那样的人。

至于第六十九回《卜周易管辂知机》的管辂卜卦、赵颜求寿等自是迷信，而且近乎插话，可以不写，这些无疑是糟粕。同时，罗贯中也无疑地有宿命论思想，和对黄巾的看法错误一样，在他身上确实有这落后的一面，时代的局限，他无能超越，况且宿命论思想在我国古代的作家脑子里几乎都或多或少地具有，不独罗贯中一人有，这和释、道两教深入民间有关，我们可以指出这是落后的意识，无用甚至有毒的糟粕。却不以此严责罗贯中，更不能因此而贬低了《三国演义》的价值，因此，我要这样说：罗贯中究竟是封建时期的人，《三国演义》究竟是封建时期产生的书，要是说这部书中没有封建性的糟粕，那是说不过去的，好在糟粕有却不太多，这便是难能可贵，同时所有的糟粕都不足以使《三国演义》损失了应有的光芒。

当然，我们谈古典文学作品该批判它的糟粕部分，表扬它的优秀部分，但在我的认识上是以为这不是半斤八两地一半对一半，主要的任务还是在寻找它的优点究竟优在何处和优到什么程度，因为我们的积极目的是向遗产学习，并怎样继承。不过仅仅这样，就已非易事，以我的水平而论，更无法做到。

《三国演义》是14世纪后期的作品，在它以前虽已有讲史，却并未有过这样长篇的东西，无论在思想上，或写人、写事的艺术技巧上，都有缺点，不必为《三国演义》讳；但也不必去刻意寻找出来一一批判，我只想试为探索一下它的优点在哪里。

关于读《三国演义》可能引起的问题还有很多，以上所说几点不过是比较重要的问题，所以提出来谈。那些次要的，如有人说曹操在历史上是有其进步性的一面，并不如罗贯中所写的那样；关云长在华容道放走曹操是丧失立场，敌我不分或报恩主义等问题，容在后面谈人物创造时再谈，这里姑且不赘了。从此进而谈谈《三国演义》究竟反映了什么样的历史真实，也就是本书所反映的现实本质是什么。我事先要声明：我所说的只是我个人的未成熟的意见。

赤壁大战，孙、刘获得胜利是历史上三国鼎立局面形成的先声，这以前，《三国演义》所写的几十回书都是序曲，但在这序曲中不只写出了所谓“三国”和三国的重要人物的来源，也说明了三国鼎立之前的阶级内部矛盾是怎样的性质和如何的尖锐，不只有统治阶级内部的斗争，也有被压迫阶级和统治阶级的斗争。虽说作者并不同情被压迫阶级的起义，却仍能反映当时的现实，也就是作者从意识上提出来的可能是错误的，如称黄巾军为“贼”；但从现实材料提出来的问题，如暴露了统治阶级的黑暗腐败的情况，毕竟是可贵的，又因为所叙述的时期很长，情况又十分复杂，而作者能做到结构严谨，层次分明，确不是易事。

这里，为了易于了解全书的脉络起见，试简要地划分一下阶段。

我以为作者虽以蜀汉为正统编撰这部书，曹魏毕竟是正面的敌对阵营，因此不能只依照刘备的一生事迹来叙述，须处处也依照曹操的一生事迹来顺序下去，因为后来的统一局面也是由曹魏这边发展完成的，在反映历史真实这一点说，仍然不能把曹魏完全变成处于从属地位，所以仍相对地叙述下去。

这里我先谈曹魏方面。

这方面固是由头叙到尾，主要的却以曹操的死为界，占全书的三分之二（自第一回至第七十八回）。依照曹操一生的三个时期为区分来写：曹操的第一阶段是讨十常侍和董卓之乱，以董卓之死结束了这一阶段（自第二回至第九回）。作者在这一阶段写出什么历史真实呢？主要的是写曹操如何联合当时的大、中、小地主——士族和非士族出身的人士跟擅权专政的宦官和董卓做斗争。第二阶段是由李傕、郭汜之乱起到官渡之战止（自第十回至第三十回）。这一阶段是曹操后半生事业的根源，主要是联合与自己差不多的中、小士族和非士族出身者跟大士族如“四世三公”的袁本初之类人物做斗争，就在这里显出了曹操的进步性。第三阶段是群雄割据相互混战的时期（自第三十一回至第七十八回），这阶段主要是写曹操居高临下地跟蜀、吴斗争，为后来“三国归晋”打下了基础，开辟了甚至于铺平了道路。罗贯中虽然依照预定计划很有效地打击了曹操的种种劣点，但也不敢完全抹杀他的另一面——比较好的行为，立场明确，倾向性极强，然而不违背历史真实，这便是罗贯中的高明之处，值得我们学习的。

自然，原是要以蜀汉为主，写这方面应该是主要的，所以这位大手笔的神通还是在这方面施展，突出的动人的场面都为蜀汉而安排而展现。《三国演义》的不朽全在于此，这得归功于作者把主次、轻重掌握得正确，要不然，是无法做到这样生动有力的。

为了明确起见，我也试为划分一下阶段：

当然以刘备的一生为主，他是主将。刘备的一生的转折点是联吴攻魏获得大胜利的“赤壁之战”，战前是东奔西走，一无所成；战后顺手取得荆、襄数郡为根据地，以闪电式的手段，发展到四川，成立了独立的王国，而他一生最主要的活动则是由三顾茅庐起到白帝城托孤止（自第三十七回至第八十五回）。然而罗贯中在这里特显神通，在保持结构的完整性之外来个重点突出，就以指挥军事、内政、外交的诸葛亮为重点，竟聚精会神地用近七十回书（自第三十七回至第一百零三回）写成了《诸葛亮传》。有人说没有把刘备写好也是因此，我是不完全同意这种看法的，我以为写诸葛亮的才能，至少可以附随地显出刘备的优点——“知人善任”。倘使刘备没有这个优点，诸葛亮纵有天大的本领也无能展其所长，而刘备的后半生事业也不会完成得那么好；况且在“赤壁之战”以前已经摹写过刘备的品性行为，如“北海救孔融”“义不受徐州”“闻雷失箸”“携民渡江”等等正面描写，倘接下去还用这样的手法，就落入俗套，所以一变而侧重写诸葛；同时，如果不这样写，蜀汉在刘备死后的后半期就无法处理得好，会变成虎头蛇尾，前紧后松。虽说后半段已经是三国鼎立的尾声，却为时并不短暂，所以还用大力来写出“七擒孟获”、“六出祁山”及“九伐中原”等重要而热闹的场面，而这恰好又是《诸葛亮传》方面的重要关目，也是正面刻画一代名臣诸葛亮实践“鞠躬尽瘁，死而后已”这有名的诺言的情况。写诸葛亮、姜维都那么忠心耿耿地为蜀汉服务到底，令人感动而受到了教育。同样地，和蜀汉的后半期一样，曹操死后的魏方一切活动，也是曹魏的余波，自司马氏掌权起直到晋统一天下止又可说是三国的总结部分，在这部分中着重写曹魏的邪恶行为结果受到司马氏以同样的手段对付他的子孙（第一百一十九回《再受禅依样画葫芦》），曹魏得到应得的报复。

《三国演义》全书所反映的社会现实，便是《三国演义》的本质所在，这本质就是写东汉末年三国时期的内部矛盾。第一阶段是写大、中、小士族和非士族人士跟宦官外戚之间的矛盾；这一阶段，虽有农民反抗统治阶级的压迫而起义的黄巾军和统治集团予以残酷的镇压这个事实被揭露，但只作为本书的引子来处理，主要的是写大、中、小士族和非士族人士联合集团跟十常侍和外戚的斗争，而这个斗争在董卓入洛阳、曹操避董卓的刀锋而逃出洛阳后就告结束（第一回至第四回）。第二阶段是写中、小士族和非士族人士联合跟大士族之间的矛盾，这阶段的情况比较复杂，用以叙述的回数也比较多（至少是第五回至第三十一回都是写这方面的），以灭董卓、败二袁结束。第三阶段是写军阀和军阀之间的矛盾，由三国逐渐形成至三国归晋止（自第三十二回至第一百二十回），其中尤以赤壁大战前后（第四十三回）至《陨大星汉丞相归天》（第一百零四回）为最中心的部分。也就是这三个阶段的矛盾造成了无数次的武装斗争，作者把这些武装斗争写得十分火爆，也附带地反映了当时人民在水深火热中渴望统一的情况，但作者并不像自然主义者那样摄影记录式地处理矛盾，选定以汉为正，以魏为反，紧紧地抓住这个意念来反映这一历史时期的社会现象和它的本质。

《三国演义》真实而又深刻地揭露了当时各个政治集团之间的矛盾，反映了当时封建社会的各种现象，这是《三国演义》一书的目的。但这些复杂的矛盾，这些纷繁的现象，都由“兴汉灭魏”这一条线索把它贯串起来，颂扬刘备集团，反对曹操集团，是因此之故。照理，孙权是可以不为这个思想服务，而事实上也不为这个思想服务的，可是作者也把他拉到这方面来，统一在这个思想下面，因为孙权毕竟是汉臣，所以诸葛亮舌战群儒时也以兴汉灭魏这个在当时起号召作用的幌子来说东吴，认为曹操无父无君，若臣事曹操也是无父无君，显然作者是看重这一点的。其实，当时的三大政治集团都各为自己的集团利益打算，才引出那么复杂那么尖锐的矛盾，何尝真的把汉室放在心上？就是中山靖王之后的刘备也不过是借用这个在当时是冠冕堂皇的幌子罢了。因为东汉末年汉室已腐朽不堪，崩溃在即，只是在当时希望出现统一局面的人民心理上对汉皇朝还存在着幻想，所以曹操不敢明目张胆地推翻汉皇朝，只敢挟天子以自重；曹丕敢于那样做，却也还要耍受禅的把戏，这些都足以说明汉室尽管不行，当时人民还是尊重汉室的，曹操父子所惧的不是孙、刘两个政治集团，真正怕的还是当时中国的人民，只好耍花样，弄玄虚。那么，刘备以原本宗室的身份打着兴汉灭魏的旗帜，自然符合人民的愿望，有巨大的号召力量。

就因为这样，罗贯中也拿它来作为《三国演义》一书贯串封建社会内部矛盾斗争的线索，这样地写演义，不只可以使结构情节的脉络分明，而且也符合当时中国封建社会的人民的理想，《三国演义》的影响所以能深入历代的人心，为历代人民所热爱。

三、通过主要人物形象看三国

文学作品主要是依靠人物形象来表达思想的，因此，想谈谈《三国演义》的人物创造艺术，并以这为本《试论》的重点。通过作品中主要人物的形象说明这一部一百二十回大书所包含的思想意义，这样，在试论和内容分量分配上说，不免显得有头小尾大、比例不匀之憾！但在论述一部文艺作品来说，也许比烦琐考证，或空谈概说要切实些，我想就这样地试为处理。不过，《三国演义》所创造成功的人物实在太多，几乎有一大群典型形象，经几百年，都还活在人民的脑子里，在此自不能一一谈及，只能选首要人物中八个人来试论，当作举例。

第一个还是谈曹操。

这位在舞台上的大白脸，性格特别复杂，罗贯中把他创造得最成功。照理，创造曹操形象最难，因为他虽生性阴险好杀，但另一面，在历史上是个比较进步的人物，却要把他作为打击的主要对象，实在不易处理。曹操在少年时有些放荡，但桥玄、何颙等人都很重视他；他壮时也确实做过一些好事，显得特别有才能，在当时说，确起了些进步作用，当时的中原地带久经战乱，弄得人民不是死亡便是逃亡，田地荒芜。

《三国志·魏书·陈群传》说：

> 况今丧乱之后，人民至少，比汉文、景之时，不过一大郡。

同书《卫觊传》也说：

> 关中膏腴之地，顷遭荒乱，人民流入荆州者十余万家。

这些记载，照当时情形说，一点也不夸张，也许真情实况有甚于此。《后汉书·董卓传》就说得比这严重得多：

> 李傕、郭汜相攻长安，城空四十日，强者四散，羸者当食，二三十年间，关中无复人迹。

同时，《晋书》第二十六也说：

献帝至安邑，御衣穿肘，唯以野菜以为糇粮，自此长安城中尽空，并皆四散，二三十年间，关中无复行人。

曹操如果没有大才能、大魄力，要在这样的基础上发展大事业，绝无可能，而这位大白脸就来一下大手笔，实行压抑豪强，同时采取屯田政策，企图恢复生产。当时虽然十室九空，豪强之家依然利用时局纷乱大肆兼并，剥削贫苦人民更甚于平时。曹操就对世族大家施以压力，使人民稍得喘息的机会，当时也就因为被剥削过分严重，所以“民皆剽轻，不念产殖，其生子无以相活，率皆不举”。曹操既压抑了豪强，减轻了人民的痛苦，接下施行以“民屯为主，军屯为辅”的屯田政策，并以“断水为陂”的办法来兴修水利灌溉事业，使农业生产恢复发展，更在关中设置盐官，以盐卖所得换取耕牛，不只供给在关中的人民，连以前流入荆州的十余万思归的农民也供给，像这类事实都可以证明曹操是有进步性的。但结果脸上还被后代人抹上了白垩，又是为了什么呢？

当然事出有因。一因，即使是汉末的全中国人民，事实上绝大部分不可能深切了解曹操所做的那些好事——那些推动历史发展的进步性作用，为什么呢？因曹操终一生只统一了北方，人民讲究现实利益，受到过实惠的人才会了解他而说他的好话，可是那时北方的人民早因连年战乱，不是死亡便是逃亡，所剩下来在饥饿线上挣扎的已经不很多，固然，那些逃亡出去的后来有些陆续回到中原地区来，却仍有不少人的前辈曾尝过曹操“屠之”或“坑之”的滋味，《曹瞒传》就这样说：

董卓之乱，人民流移东出，多依彭城间，遇太祖至，坑杀男女数万口于泗水，水为不流。

同样地，由南方迁到北方来的，他们的前辈或自己都曾受过曹操损害，例如曹操在大破袁绍之后，把那些人民移徙到黄河以西；后来破张鲁，又把汉中人民八万余口迁去实长安和三辅。这些人民都有怀土之心，不乐于迁徙到地荒土瘠的北方去，迫于势，不得不服从，以前就有过一次事实可证，《魏书·蒋济传》：

……然百姓怀土，实不乐徙，惧必不安。太祖不从，而江、淮间十余万众，皆惊走吴。

这就说明了被强迫迁徙到北方来的，不可能人人都感激曹操的恩德；永远住在南方的人民不用说恨他到极点，领教过无数次的征伐战，事实可能使他们认为曹操不是扶助他们的“后”，而是残虐他们的“仇”。那么，绝大多数人民正义的意见能不能构成民间传说而世世代代相传下来呢？我看十分可能而也是十分正义的，我们绝不能说人民没有自己的选择，也不能“囫囵吞枣”地归咎于“封建意识”或“正统观念”。因为那些人民自己或他们的儿孙都有权诅咒曾给他们巨大痛苦的统治者。

二因，这倒跟当时占统治地位的封建迷信思想意识稍有点儿关联，就是因他的为人阴险毒辣，这和宋、元两代以儒家的“仁慈”、释家的“慈悲”和道家的“无为”三种思想杂糅起来的思想都不相容，跟中国人民的传统的优秀道德也大相矛盾，所以为人民所痛恨。《三国演义》主要的就是抓着这方面来予以谴责。罗贯中确是根据各种记载来放大描绘，并非以意为之，冤枉好人。

这里举两条例证，以示一斑。《曹瞒传》说：

太祖少好飞鹰走狗，游荡无度，其叔父数言之于嵩，太祖患之。后逢叔父于路，乃阳败面㖞口，叔父怪而问其故，太祖曰：“卒中恶风。”叔父以告嵩，嵩惊愕，呼太祖，太祖口貌如故。嵩问曰：“叔父言汝中风，已差乎？”太祖曰："初不中风，但失爱于叔父，故见罔耳。"嵩乃疑焉。自后叔父有以告嵩，终不复信，太祖于是益得肆意焉。

自少就这样阴险奸诈，长大了当然更有甚于此，裴松之注引《世语》说：

太祖过伯奢，伯奢出行，五子皆在，备宾主礼。太祖自以背卓命，疑其图己，手剑，夜杀八人而去。《孙盛杂记》曰：太祖闻其食器声，以为图己，遂夜杀之，既而凄怆曰："宁我负人，无人负我！"遂行。

这便是《三国演义》第四回和戏剧《捉放曹》的根据。"宁我负人，无人负我！"这是多么毒辣的话。有了这样的心肠，被作为打击的对象而挨后人唾骂不也是活该吗？所以说曹操被当作反派人物，理所当然。

然而罗贯中的高明，不是在于写坏蛋之写得好，反派人物总是易于突出的，易于成功的，我认为罗贯中的高明为我们所不能企及之处，是镂刻出具有复杂性格的曹操，既痛予打击，又没有抹杀他的才能特出。我们读《三国演义》不是既憎恨曹操，又佩服他的本领吗？这是什么缘故呢？就因为罗贯中创造典型的方法基本上符合了恩格斯所说的：

每个人是一个典型，但同时又是一个性格分明的人。

写出了人物的共性，也写出了人物的个性，从而构成了有血有肉的典型，不光写缺点，也隐隐约约地透露出优点，所以生动、丰富，永远活在人们的脑海里。那么，罗贯中是怎样抓特征来概括的呢？我认为他只紧紧地抓住两个字来生发的，那两个字就来之于以下的语句之中：

孙盛《异同杂语》：

……尝问许子将："我何如人？"子将不答，固问之，子将曰："子治世之能臣，乱世之奸雄。"太祖大笑。

罗贯中就根据"子治世之能臣，乱世之奸雄"二语，尤其抓住其中"奸雄"两字来生发，既极力摹写他的"奸"，也不忘他的"雄"，所以我认为罗贯中没有违反历史真实，就在能活画出一个奸臣曹操，也活画出一个英雄曹操，同时又捏合为一个典型；如果有人不相信我这说法，可以看罗贯中所塑造奸臣董卓形象，这是被彻头彻尾否定的人物，极力写他的昏聩无能而又奸恶荒淫，足见罗贯中在此等处大有斟酌，丝毫不马虎，而也说明了罗氏的手法高明。

在此，也不妨举个例，第八回就如此介绍：

……自此愈加骄横，自号为“尚父”，出入僭天子仪仗；封弟董旻为左将军鄠侯，侄董璜为侍中，总领禁军。董氏宗族，不问长幼，皆封列侯。离长安城二百五十里，别筑郿坞，役民夫二十五万人筑之；其城郭高下厚薄一如长安。内盖宫室仓库，屯积二十年粮食。选民间少年美女八百人实其中，金玉彩帛珍珠堆积不知其数。家属都住在内。卓往来长安，或半月一回，或一月一回，公卿皆候送于横门外。卓尝设帐于路，与公卿聚饮。一日，卓出横门，百官皆送。卓留宴，适北地招安降卒数百人到。卓即命于座前，或断其手足，或凿其眼睛，或割其舌，或以大锅煮之。哀号之声震天，百官战栗失箸，卓饮食谈笑自若。又一日，卓于省台大会百官，列坐两行，酒至数巡，吕布径入，向卓耳边言不数句，卓笑曰：“原来如此。”命吕布于筵上揪司空张温下堂。百官失色。不多时，侍从将一红盘托张温头入献。百官魂不附体。卓笑曰：“诸公勿惊。张温结连袁术，欲图害我。因使人寄书来，错下在吾儿奉先处，故斩之。

公等无故，不必惊畏。”众官唯唯而散。

寥寥几百字，把董卓这个大坏蛋的穷奢极欲、骄横凶暴都端出来了，跟写曹操形象大大不同。董卓没有“雄”的特征，只有“凶”或“庸”的成分，所以后来中了王允的“连环计”，《三国演义》中的计多且都精彩，第一个就是“连环计”，给董卓中了头彩。前面一段叙述还只粗线条地勾勒他“无恶不作”的性格轮廓，跟着以具体的事实证明他荒淫昏庸的精神面貌，是一个表里无二致的大坏蛋。这且不说，可贵的是这部大书从头到尾写阶级对立矛盾和统治阶级内部矛盾，才出现了金戈铁马、厮杀驰骤火爆的斗争场面，斗智斗力，各具精彩动人的艺术魅力。然而多少个奇诡的计谋里，最有异彩的是这个“连环计”，为什么这么说呢？我以为这个一百二十回大书，写了那么多的男人在斗争环境中生活，却不曾写出不带血腥气、火药味的故事，“连环计”可算是唯一的，真是“万绿丛中一点红”。也许有人说整部书中有两个“连环计”，董卓和曹操都中了计，第四十七回《庞统巧授连环计》，使曹操的战船、人马“灰飞烟灭”，这不说明曹操不“雄”而“庸”吗？不，其实不然。曹操知道那个时令不会有东南风，才不提防火攻而中计，这只是偶然性，所谓“天有不测风云”，不是他昏庸无能的结果。再说，王允这个“连环计”之所以为这部“相斫书”生色的不是设计巧妙，而是编写者有才能地创造了唯一女性的光辉形象——貂蝉。她不属于当时统治阶级的任何一个阶层，是被压迫阶级且被视为最卑贱的奴婢、妾媵阶层的一员，可是她富有爱国主义精神，能公而忘私，有舍死忘生的勇毅性格。得啦，我不多说，还是抄引原文：

……忽闻有人在牡丹亭畔，长吁短叹，允潜步窥之，乃府中歌伎貂蝉也。其女自幼选入府中，教以歌舞，年方二八，色伎俱佳，允以亲女待之。是夜允听良久，喝曰：“贱人将有私情耶？”貂蝉惊跪答曰：“贱妾安敢有私！”允曰：“汝无所私，何夜深于此长叹？”蝉曰：“容妾伸肺腑之言。”允曰：“汝勿隐匿，当实告我。”蝉曰：“妾蒙大人恩养，训习歌舞，优礼相待，妾虽粉身碎骨，莫报万一。近见大人两眉愁锁，必有国家大事，又不敢问。今晚又见行坐不安，因此长叹，不想为大人窥见。倘有用妾之处，万死不辞。”允以杖击地曰：“谁想汉天下却在汝手中耶！随我到画阁中来。”貂蝉跟允到阁中，允尽叱出妇妾，纳貂蝉于坐，叩头便拜。貂蝉惊伏于地曰：“大人何故如此？”允曰：“汝可怜汉天下生灵！”言讫，泪如泉涌。貂蝉曰：

“适间贱妾曾言：但有使令，万死不辞。”允跪而言曰：“百姓有倒悬之危，君臣有累卵之急，非汝不能救也。贼臣董卓，将欲篡位，朝中文武，无计可施。董卓有一义儿，姓吕，名布，骁勇异常。我观二人皆好色之徒，今欲用‘连环计’：先将汝许嫁吕布，后献与董卓；汝于中取便，谍间他父子反颜，令布杀卓，以绝大恶。重扶社稷，再立江山，皆汝之力也。不知汝意若何？”貂蝉曰：“妾许大人万死不辞，望即献妾与彼。妾自有道理。”允曰：“事若泄漏，我灭门矣。”貂蝉曰：“大人勿忧，妾若不报大义，死于万刃之下。”允拜谢。

确实出乎王允的意料，他料不到“贱民”阶层中居然有这样一个关心国家安危大事的人，而且是个年轻的歌伎，他不能不起敬，拜之如天神，乞求她可怜天下生灵，尤其在告诉她欲用“连环计”谍间董吕父子反颜后，她居然斩钉截铁地答以愿万死不辞，要他马上将她献去，一点犹豫都没有，这样果断的性格更不能不使王允惊异。话不絮烦，从此，王司徒得巧施“连环计”，先将貂蝉引诱吕布，许嫁与他；后又嫁貂蝉于董卓，弄得他两个昏头昏脑，父子反颜，至于董太师大闹凤仪亭，掷戟泄愤，种下死因。这儿不想引用原文，倒要说几句有关貂蝉的情况。元人杂剧里有以为她原是吕布的未婚妻，因黄巾作乱而失散，偶得重逢，破镜复圆，如此，未免有点儿“无巧不成书”的味道，我以为不如《三国演义》所写两人本无瓜葛来得好些。这且不去说它。“连环计”纯出于艺术虚构，所依据仅《魏书·吕布传》中：

> ……然卓性刚而褊，忿不思难，尝小失意，拔手戟掷布。布拳捷避之，为卓顾谢，卓意亦解。由是阴怨卓。卓常使布守中阁，布与卓侍婢私通，恐事发觉，心不自安。先是，司徒王允以布州里壮健，厚接纳之。后布诣允，陈卓几见杀状。时允与仆射士孙瑞密谋诛卓，是以告布使为内应。……布遂许之，手刃刺卓。

虚构成故事，可以说是十分出色，原因虽由于故事相当动人，主要却由于作者懂得如何写人物形象，在故事情节的矛盾冲突中刻画了王允、貂蝉、董卓、吕布四个鲜明的性格，才产生非凡的艺术魅力，所以后来改编为戏剧能吸引住成千上万剧场观众的心。

话说回来，作者写奸而庸的董卓如此，可以说是尽情鞭挞；写曹操就不一样，复杂、细致，完全依据当时人民对他的有褒有贬的看法来写，不为史家那些帝蜀帝魏所左右，曹操出场不久的英雄姿态才能出现在开头几回书里，谁也不能抹杀作者对客观事物的认识，一般读“演义”的人往往不重视它，故特在此提一下。譬如在第四回书里：

……酒行数巡，王允忽然掩面大哭。众官惊问曰：“司徒贵诞，何故发悲？”允曰：“今日并非贱降，因欲与众位一叙，恐董卓见疑，故托言耳。董卓欺主弄权，社稷旦夕难保。想高皇诛秦灭楚，奄有天下，谁想传至今日，乃丧于董卓之手，此吾所以哭也。”于是众官皆哭。坐中一人独抚掌大笑，曰：“满朝公卿，夜哭到明，明哭到夜，还能哭死董卓否？”允视之，乃骁骑校尉曹操也。

满堂哭声中突然出现大笑声，且说出那样的快人快语，一群懦弱无能只知哭泣的公卿面前忽然站出这么一个与众不同的英雄形象，真是“鹤立鸡群”，不褒自褒。

允怒曰：“汝祖宗亦食禄汉朝，今不思报国而反笑耶？”操曰：“吾非笑别事，笑众位无一计杀董卓耳。操虽不才，愿即断董卓头，悬之都门，以谢天下。”允避席问曰：“孟德有何高见？”操曰：“近日操屈身以事卓者，实欲乘间图之耳。今卓颇信操，操因得时近卓。闻司徒有七宝刀一口，愿借与操入相府刺杀之，虽死不恨。”允曰：“孟德果有是心，天下幸甚！”遂亲自酌酒奉操，操沥酒设誓，允随取宝刀与之。操藏刀，饮酒毕，即起身辞别众官而去。

毅然，决然，大义凛然，是个英雄人物，不过，要杀董卓何必要七宝刀，不是什么刀都可用吗？读者和听众也许以为作者如此写是讥贬曹操的“奸诈”，不！实是褒奖他的机灵用心，就在本回书前头有过伍孚刺卓一事，落个被剖剐的结果，他岂可效暴虎冯河式的伍孚那样傻干？一定得好谋而成才行，他计上心来，借宝刀行刺，等于是未进前门，先开后户，一个机灵人才有这样细密的布置。作者并不怀着憎恶曹操的感情，相反的是怀着喜爱的感情来写曹操。1962年，我在长沙看到湘昆剧团演《曹操献剑》一剧，照老规矩用“丑”扮而不用“净”扮曹操，我以为很正确。因曹操与董卓、二袁斗争阶段都是以英雄姿态出现的，是个正面人物，“丑”角的鼻梁上虽也抹点儿白垩，却不表示人品的奸诈阴险，是表示人物的幽默机智而已。话一笔表过，且看曹操的具体行为：

次日，曹操佩着宝刀，来至相府，问丞相何在。从人云：“在小阁中。”操径入。见董卓坐于床上，吕布侍立于侧。卓曰：“孟德来何迟？”操曰：“马羸行迟耳。”卓顾谓布曰：“吾有西凉进来好马，奉先可亲去拣一骑赐与孟德。”布领命而去。操暗忖曰：“此贼合死！”即欲拔刀刺之。惧卓力大，未敢轻动。卓胖大不耐久坐，遂倒身而卧，转面向内。操又思曰：“此贼当休矣！”急掣宝刀在手。恰待要刺，不想董卓仰面看衣镜中，照见曹操在背后拔刀，急回身问曰：“孟德何为？”时吕布已牵马至阁外，操惶遽，乃持刀跪下曰：“操有宝刀一口，献上恩相。”卓接视之，见其刀长尺余，七宝嵌饰，极其锋利，果宝刀也，遂递与吕布收了；操解鞘与布，卓引操出阁看马。操谢曰：“愿借试一骑。”卓就教与鞍辔，操牵马出相府，加鞭望东面而去。布对卓曰：“适来曹操似有行刺之状，乃被喝破，故推献刀。”卓曰：“吾亦疑之。”正说话间，适李儒至，卓以其事告之。儒曰：“操无妻小在京，只独居寓所。今差人往召，如彼无疑而便来，则是献刀；如推托不来，则必是行刺。便可擒而问也。”卓然其说，即差狱卒四人往唤操。去了良久，回报曰：“操不曾回寓，乘马飞出东门，门吏问之，操曰：‘丞相差我有紧急公事。’纵马而去矣。”儒曰：“操贼心虚逃窜，行刺无疑矣。”卓大怒曰：“我如此重用，反欲害我！”儒曰：“此必有同谋者，待拿住曹操便可知矣。”卓遂令遍行文书，画影图形，捉拿曹操。擒献者，赏千金，封万户侯，窝藏者同罪。

多么惊险的时刻，曹操能心神镇定，态度从容，改刺为献，应付过去了。然明知“露馅”了，便借着有好马之机一溜烟地逃走，才带出后回书《发矫诏诸镇应曹公》，正面地展开了火爆的战斗场面，就在这个斗争过程中，作者也仍然没有忘记颂扬曹操的优点，如在第五回里诸镇手下无一特有本领的大将，董卓方面却有一个猛勇的吕布，而且还有：

……卓大喜曰：“吾有奉先，高枕无忧矣！”言未绝，吕布背后一人高声出曰：“割鸡焉用牛刀？不劳温侯亲往。吾斩众诸侯首级，如探囊取物耳。”卓视之，其人身长九尺，虎体狼腰，豹头猿臂，关西人也：姓华名雄。

果然，华雄着实英勇，诸将都败在他的手下，迫得“众皆失色”，尤其公推出来的盟主袁绍以为“可惜吾上将颜良、文丑未至，得一人在此，何惧华雄”？但事情不那么简单，这两位了不起的上将后来就死在关羽的青龙偃月刀下，说明并没有什么了不起，可是一脑门子考究身份地位的袁氏兄弟就小觑了身份卑下的关羽，下面论关羽节会引“斩华雄”的细节，于此不赘；但在这一场合，作者有意表扬曹操的“唯才是举”这个优点，还得指出来。二袁素以“四世三公”的家迹自豪，比任何人都重视身份地位些，所以知道了关羽正“跟随刘玄德充马弓手”，就老大不高兴，乃弟袁术是“一丘之貉”，便禁不住大喝：“汝欺我众诸侯无大将耶？量一弓手，安敢乱言，与我打出！”请看，曹操这时采取了什么态度：

……曹操急止之曰：“公路息怒。此人既出大言，必有勇略。试教出马。如其不胜，责之未迟。”袁绍曰：“使一弓手出战，必被华雄所笑。”操曰：“此人仪表不俗，华雄安知他是弓手？”关公曰：“如不胜，请斩某头！”操教酾热酒一杯与关公饮了上马。关公曰：“酒且酌下，某去便来。”出帐提刀，飞身上马。

固然，“斩华雄”这一细节的主要目的在于颂扬关羽，我却希望读者勿忽略同时颂扬曹操能用人的优点。在这一细节里虽然着墨不多，寥寥几笔，但与二袁对比之下，曹操自是可人！作者写出这一点，也即重视了曹操的进步性，因他不只不以身份地位来量人，甚之敢于用“负污辱之名，见笑之行，或不仁不孝而有治国用兵之术”[①]的人，作者在此等处并不带什么主观偏见。总的说来，曹操自己出身于非士族，思想上有一定的进步性，尤其当登场不久，他的行为几乎都是显示他有政治见解和抱负的，这一次他发动围攻董卓，自知社会的地位、威望不够，才公推“四世三公，门多故吏，汉朝名相之裔”的袁本初为盟主以资号召，并非佩服他的军事和政治才能，到第六回书各怀异心，曹操和董卓战于荥阳，大败而回，“绍令人接至寨中，会众置酒，与操解闷”。

饮宴间，操叹曰：“吾始兴大义，为国除贼。诸公既仗义而来，操之初意，欲烦本初引河内之众，临孟津、酸枣，诸将固守成皋，据廒仓，塞轘辕、太谷，制其险要；公路率南阳之军，驻丹、析，入武关，以震三辅，皆深沟高垒，勿与战，益为疑兵，示天下形势，以顺诛逆，可立定也。今迟疑不进，大失天下之望，操窃耻之！”绍等无言可对。

---

① 《三国志·武帝纪》：十五年春，下令“……若必廉士而后可用，则齐桓其何以霸世！今天下得无有被褐怀玉而钓于渭滨者乎？又得无盗嫂受金而未遇无知者乎？二三子其佐我明扬仄陋，唯才是举，吾得而用之”。

> 既而席散，操见绍等各怀异心，料不能成事，自引军投扬州去了。

他的设想本很正确，只是诸镇都想保存实力，不敢和董卓硬拼，“同床异梦”。当时曹操手下的兵力最薄弱，但他有雄心勇气，敢于在荥阳交手，固然战败，却不是他的无能，相反透露出足够的军事才能和胆略，为后来做到了符合打统一战的当时趋势做张本，一直到官渡之战破袁绍，书中不时地写出曹操的各种优点，可看出作者反映历史真实的公正态度。东汉末年军阀割据混战场面就从这一回书开始展开，很有必要介绍各个重要头目的性格，读者不可轻轻放过作者的一些画龙点睛之笔。

我认为读《三国演义》切不可以平凡的作者例罗贯中，平凡的作者写坏蛋，就只会将万恶归于一身，不会写出复杂的性格，所以他们笔下的人物是没有血肉的，罗贯中写曹操虽有时也透露了他的优点——机智、乐观和积极，主要的仍是细琢他的奸诈、阴险和毒辣。这里我举两个例来说吧。例如第十七回：

> 却说曹操兵十七万，日费粮食浩大，诸郡又荒旱，接

济不及。操催军速战。李丰等闭门不出。操军相拒月余，粮食将尽，致书于孙策，借得米十万斛，不敷支散。管粮官任峻部下王垕入禀操曰：“兵多粮少，当如之何？”操曰：“可将小斛散之，权且救一时之急。”垕曰：“兵士倘怨如何？”操曰：“吾自有策。”

垕依命以小斛分散，操暗使人各寨探听，无不嗟怨，皆言：“丞相欺众！”操乃密召王垕入曰：“吾欲问汝借一物，以压众心；汝勿吝。”垕曰：“丞相欲用何物？”操曰：“欲借汝头以示众耳。”垕大惊曰：“某实无罪！”操曰：“吾亦知汝无罪，但不杀汝，军心变矣；汝死后，汝妻子，吾自养之，汝勿虑也。”

垕再欲言时，操早呼刀斧手推出门外，一刀斩讫，悬头高竿，出榜晓示曰：“王垕故行小斛，盗窃官粮，谨按军法。”于是，众怨始解。

曹操的阴险毒辣，居然厉害到这样程度，真是可怕极了！这比起杀吕伯奢一家来有所不同，那只是因疑错杀，不是一开始就居心要害人；杀王垕显然是为了自己的利益，预谋杀人，揭露他的内心恶毒，又进一层。罗贯中原是要把作为打击对象的曹操的罪案铸成，使这个反面人物形象具有充分的说服力，不能不通过一系列具体的事件来体现，罗贯中就以细致而具体的手法描叙，令人读了，谁都会动心，然而他所费的笔墨并不很多。例如上举这一节，全用极简短的对话，逼真传神地突出了奸雄的性格行为，获得了鞭挞曹操的巨大效果，这绝不是平凡的作者所能办到的。甚至，还在这一回书中，再用另一种笔调写出了“割发代首”：

……自统大军进发，行军之次，一路麦已熟，民因兵至，逃避在外，不敢刈麦，操使人远近遍谕村人父老及各处守境官吏曰：“吾奉天子明诏，出兵讨逆，与民除害，方今麦熟之时，不得已而起兵，大小将校，凡过麦田，但有践踏者，并皆斩首。军法甚严，尔民勿得惊疑！”

百姓闻谕，无不欢喜称颂，望尘遮道而拜。官军经过麦田，皆下马，以手扶麦，递相传送而过，并不敢践踏。

操乘马正行，忽田中惊起一鸠，那马眼生，窜入麦中，践坏了一大块麦田。操随呼行军主簿拟议自己践麦之罪。主簿曰：“丞相岂可议罪？”操曰：“吾自制法，吾自犯之，何以服众？”即掣所佩之剑欲自刎。众急救住。

郭嘉曰：“古者《春秋》之义，法不加于尊。丞相总统大军，岂可自戕？”操沉吟良久，乃曰：“既《春秋》

有法不加于尊之义，吾姑免死。”乃以剑割自己之发，掷于地，曰：“割发权代首。”使人以发传示三军曰：“丞相践麦，本当斩首号令，今割发以代。”于是三军悚然，无不凛遵军令。

曹操无时无刻不施用险诈的权谋，像上面所举的类似的章节，在《三国演义》一书中很多，真可说是“俯拾即是”。就以上举两节来说，也已充分地表现了“奸雄”曹操的政治手腕可怕到令人哭笑不得；并且曹操一生杀人极多，罗贯中就特别细致地描述曹操多次杀人，而写得几乎有各种各样的杀法，也便在这些细腻地刻画曹操的外形和内心上面，使这个奸雄的形象既鲜明又完整，培养起后代人对权奸曹操深恶痛绝的感情。

曹操作为《三国演义》全书中主要打击的对象，倘仅我在前面所说的那样暴露、鞭挞他的阴险毒辣，还是不够的，要使在读者的心中深深地埋下憎恶的根，必须有更多的描写，也就是说刻画他的内心精神的活动固然是极其重要的，但一个典型形象的构成，也需要用更多的手法突出他，补足他，多方地描绘，才使形象趋于更完整，突出而有血肉。《三国演义》的作者是长于这种艺术创造的，决不放弃更深入地挖掘性格，同时作者也知道这种厌恶还只是从道德观念出发的厌恶，一定要从政治的角度去揭发，才能把这厌恶的情绪提高，集中到政治原则上来，为全书的主题思想服务得更好，但是作者如要达到这样的目的，必须在生活中找出典型的矛盾、典型的事件，并须找到适合于曹操个性的行为来描绘，这样，才显得生动有说服力。罗贯中就这样地写下了一些章节。例如第二十回《曹阿瞒许田打围》中的描写：

……曹操骑爪黄飞电马，引十万之众，与天子猎于许田。军士排开围场，周广二百余里。操与天子并马而行，只争一马头，背后都是操之心腹将校。文武百官，远远侍从，谁敢近前？

当日献帝驰马到许田，刘玄德起居道旁。帝曰："朕今欲看皇叔射猎。"玄德领命上马，忽草中赶起一兔。玄德射之，一箭正中那兔。帝喝彩。

转过土坡，忽见荆棘丛中，赶出一只大鹿，帝连射三箭不中，顾谓操曰："卿射之！"操就讨天子宝雕弓、金钺箭，扣满一射，正中鹿背，倒于草中。

群臣将校，见了金钺箭，只道天子射中，都踊跃向帝呼"万岁"，曹操纵马直出，遮于天子之前以迎受之。众皆失色……竟不献还宝雕弓，就自悬带……

曹操在“许田射鹿”一事中显露了跋扈不臣的端倪，其实也即是这具有险诈性格的曹操的试探，马上也得到试探的反应——“众皆失色！玄德背后，云长大怒，竖起卧蚕眉，睁开丹凤眼，提刀拍马便出，要斩曹操”。固然因玄德“摇手送目”给制止住了，一触即发的药线却埋下了。毕竟，曹操这种所谓“欺君罔上”的行动，在继董卓之后，又是内部斗争相继不绝的年代，难免引起祸端的。况且这样的行为，在当时说，也是违反人民意志的。因为在那个年代，汉帝虽然庸懦无能，人民群众对汉皇朝还怀着幻想，封建的正统思想还强固地存在于人民的脑子里，曹操这样跋扈行凶，便不只引起群僚的反感，也不符合当时人民的愿望。因此，“托名汉相，实为汉贼”的罪名由此开始加到他身上来，事实上，也更有甚于此的举动，接着引出了第二十四回《国贼行凶杀贵妃》：

且说曹操既杀了董承等众人，怒气未消，遂带剑入宫来弑董贵妃……当日，帝在后宫，正与伏皇后私论董承之事，至今尚无音耗，忽见曹操带剑入宫，面有怒容。帝大惊失色。操曰：“董承谋反，陛下知否？”帝曰：“董卓已诛矣。”操大声曰：“不是董卓，是董承！”帝战栗曰：“朕实不知。”操曰：“忘了破指修诏耶？”帝不能答。操叱武士擒董妃

> 至。帝告曰："董妃有五月身孕，望丞相见怜！"操曰："若非天败，吾已被害，岂得复留此女为吾后患！"伏后告曰："贬于冷宫，待分娩了杀之未迟。"操曰："欲留此逆种，为母报仇乎？"董妃泣告曰："乞全尸而死，勿令彰露。"操令取白练至面前。帝泣谓妃曰："卿于九泉之下，勿怨朕躬！"言讫，泪下如雨。伏后亦大哭。操怒曰："犹作儿女态耶？"叱武士牵出，勒死于宫门之外。

残杀大臣，又弑妃逼君，甚至这个妃正怀着五个月的胎儿也遭残杀，在那个历史年代是大逆不道的行为，而也是绝残忍的行为，为道德、政治都所不许，尊汉的人民自然不能饶恕曹操这种跋扈行凶的罪恶。同时，这样的事情在封建制度社会是常出现的所谓重大事件，不是偶然而是必然有的现象。曹操的性格就通过这典型环境中的典型事件表现出来了，这是主要的；至于作者运用人物的对话来传达人物相互之间的关系和每个人物的内心活动，也有他的成就，写得真实传神，很能培养起读者对汉贼曹操憎恶的情感，由此，突出了作品的思想性。跟着，仍然根据这事件更把曹操的罪恶行为加深揭露，一步一步往上推到了第六十六回的高峰：

操连夜点起甲兵三千，围住伏完私宅，老幼并皆拿下，搜出伏后亲笔之书，随将伏氏三族尽皆下狱。平明，使御林将军郄虑持节入宫，先收皇后玺绶。

是日，帝在外殿，见郄虑引三百甲兵直入，帝问曰："有何事？"虑曰："奉魏公命收皇后玺。"帝知事泄，心胆皆碎。

虑至后宫，伏后方起，虑便唤管玺绶人索取玉玺而出。伏后情知事发，便于殿后椒房内夹壁中藏躲。

少顷，尚书令华歆引五百甲兵入到后殿，问宫人："伏后何在？"宫人皆推不知。歆教甲兵打开朱户，寻觅不见，料在壁中，便喝甲士破壁搜寻。歆亲自动手，揪后头髻拖出。

后曰："望免我一命！"歆叱曰："汝自见魏公诉去！"后披发跣足，二甲士簇拥而出……

且说华歆将伏皇后拥至外殿，帝望见后，乃下殿抱后而哭。歆曰："魏公有命，可速行。"后哭谓帝曰："不能复相活耶？"帝曰："我命亦不知在何时也！"

甲士拥后而去，帝捶胸大恸。见郄虑在侧，帝曰："郄公！天下宁有是事耶！"哭倒在地。郄虑令左右扶帝入宫。

华歆拿伏后见操，操骂曰："吾以诚心待汝等，汝等反欲害我耶！吾不杀汝，汝必杀我！"喝左右乱棒打死，随即入宫，将伏后所生二子，皆鸩杀之，当晚将伏完、穆顺等宗族二百余口，皆斩于市。朝野之人，无不惊骇。

这样一下子残杀这么多的人，谁不惊骇？谁不憎恨？这些都是后来第八十回“曹丕废帝篡炎刘”的先声，灭汉兴魏的前兆，在全书中是极重要的章节，也是曹操被打击的重要因素，比起性格上一般的缺点要大得多，所以作者对这两件事深恶痛绝，极力刻画曹操的心狠，到了第七十八回《传遗命奸雄数终》时便运用想象，极写曹操的做贼心虚，疑神见鬼，种因得果，至于“每夜合眼便见关公”；继而“忽见伏皇后、董贵人、二皇子并伏完、董承等二十余人，浑身血污，立于愁云之内，隐隐闻索命之声”。移居到别宫去住，仍“又闻殿外男女哭声不绝”。这样，他不得不自承“获罪于天”，最后不能不“长叹一声，泪如雨下”，终至于“气绝而死”！这是符合人民愿望的想象，也足以想见作者是如何地对他切齿痛恨，才不厌其详地予以描述，实则是居心要把这汉贼鞭挞到死而后已。

同时，这样的描写之显得必要，是因为上面杀吕伯奢一家，杀王垕等表现曹操的阴险毒辣、诡计多端的行为，固然本质上也具有政治意义，却往往很容易被人们误解为只从传统的道德观念出发，挖掘他性格上的缺点而已；但依据全书的主题思想，必须更多地予以政治性的致命的打击，从而，有了另一些正面写他在政治上的为非作歹、跋扈凶残的行为。这样写，不只增加曹操这个形象的复杂性，而且也使这本书丰富了政治意义。这些作为正面描写，暴露汉贼曹操的罪恶行为，使奸雄曹操的典型形象塑造得更具体鲜明，这在艺术创造上说是相当成功的。

然而，曹操尽管有不臣之心，而且证据很多，事实上，终他的一生并未有篡汉称帝之实，予以集中打击，也许不能使人心服。因此，作者要坐实他是别有用心，写他本不为己称帝，而为儿子计，在五十六回《曹操大宴铜雀台》中写他“常念孔子称文王之至德，此言耿耿在心”。所以“不慕虚名而处实祸”；第二次又在第七十八回《传遗命奸雄数终》中再说：“苟天命在孤，孤为周文王矣。”这样一来，后来曹丕篡汉称帝，便变成不过是奸雄的既定计划和遗命罢了。于是，曹操被狠命打击，也就千万活该，说服力就增强了。

由这些地方看来，作者在塑造曹操这一典型上是花了很大的气力的。并且，作者在这些具体描写之外，更加以直接鞭挞，有多处用另一种手法处理他——嘲笑这气焰熏天不可一世的权奸的狼狈相，使读者感到痛快！那是纯以笑剧的或漫画的手法夸张地嘲笑他的章节，既写了徐母拿石砚打他，祢衡裸衣击鼓骂他，又写了左慈以道术戏他。之外，更写些曹操丢人现眼的场面。例如第十二回濮阳遇吕布：

却说曹操见典韦杀出去了，四下里人马截来，不得出南门，再转北门，火光里正撞见吕布挺戟跃马而来。操以手掩面，加鞭纵马而过。吕布从后拍马赶来，将戟于操盔上一击，问曰："曹操何在？"操反指曰："前面骑黄马者是也。"吕布听说，弃了曹操，纵马向前追赶。

曹操拨转马头望东门而走，正逢典韦。韦拥护曹操，杀条血路到城门边，火焰甚盛，城上推下柴草，遍地都是火。韦用戟拨开，飞马冒烟突火而出。曹操随后亦出。方到门道边，城门上崩下一条火梁来，正打着曹操战马的后胯，那马扑地倒了。操用手托梁，推放地下，手臂须发，尽被烧伤……

事实上曹操的文才武略都是特出的，所以他非常自负，自许为不世出的英雄，现在既成为主要的打击对象，就非暴露他的一些丑态不可，用讽刺、嘲笑的方法达到这个目的，写用戟击曹操的头盔，以火梁打倒他的战马，还不够，加以火烧自许是英雄的丞相大老爷的手臂须发，活生生地画出了他的狼狈相来。这是一幅讽刺的漫画，一幕令人捧腹的笑剧。

接下，在第五十八回潼关遇马超：

马超、庞德、马岱引百余骑，直入中军来捉曹操。操在乱军中，只听得西凉军大叫："穿红袍的是曹操！"操就马上急脱下红袍。又听得大叫："长髯者是曹操！"操惊慌，掣所佩刀断其髯。军中有人将曹操割髯之事告知马超，超遂令人叫拿短髯者是曹操。操闻知即扯旗角包颈而逃。

曹操正走之间，背后一骑赶来，回头视之，正是马超，操大惊，左右将校见超赶来，各自逃命，只撇下曹操。超厉声大叫曰："曹操休走！"

操惊得马鞭坠地。看看赶上，马超从后使枪搠来，操绕树而走。超一枪搠在树上，急拔下时，操已走远。

这次的狼狈相更被刻画得淋漓尽致，完全符合了人民的愿望，使读者感觉到痛快之至！作者不仅写出了这些使曹操丢脸出丑的事，还生怕读者忘记，又在第六十回借张松的口把这些事件做了总结来嘲笑一番，挖苦一场：

操谓松曰："吾视天下鼠辈犹草芥耳，大军到处，战无不胜，攻无不取，顺吾者生，逆吾者死，汝知之乎？”松曰：“丞相驱兵到处，战必胜，攻必取，松亦素知。昔日濮阳攻吕布之时，宛城战张绣之日，赤壁遇周郎，华容逢关羽，割髯弃袍于潼关，夺船避箭于渭水，此皆无敌于天下也。”

这样一来，所谓奸雄曹操就被作者鞭挞得遍体鳞伤。的确，罗贯中憎恨曹操，可说达到极点了，时刻暴露他、打击他、讪笑他，直到他病死前后还痛骂他。写他的病开始于见关羽的首级，接下砍伐跃龙祠旁大树，触犯树神，梦中挨了这样的骂：

……汝盖建始殿，意欲篡逆，却来伐吾树神，吾知汝数尽，特来杀汝！

这自然是封建迷信的糟粕，来源于郭邠《魏晋世语》：

太祖自汉中至洛阳，起建始殿，伐濯龙祠而树血出。

及《曹瞒传》：

王使工苏越徙美梨，掘之，根伤尽出血。越白状，王躬自视而恶之，以为不祥，还遂寝疾。

依此，曹操也迷信，说明那个年代的任何人都有思想局限性，到病时精神分裂才有各种胡思乱想，因此，曹操的头脑疼痛得不可忍。像这样的写法很容易引人责备，认为是迷信荒唐，但在这里的用意并不如此，宿命观点在当时的人是固有的，即更迟一点年代也还不能没有，未可厚非；加之作者写下这些章节本意在打击曹操，也就是作者代表人民借梨树神的嘴把曹操痛骂一顿罢了；这样的用法不仅一节，同样地还借华歆的嘴、华佗的嘴来痛骂。华歆介绍华佗的医术时说：

若患五脏六腑之疾，药不能效者，便以麻肺汤饮之，须臾就如醉死，却用尖刀剖开其腹，以药汤洗其脏肺，剥肺剜心，其病人略无痛疼……（据弘治本）

华佗是古代的名医，能医奇疾还可以相信，但这种剖腹、洗脏腑、剥肺、剜心的治法，多少带点夸张，分明是作者有意针对曹操来讥刺、嘲骂，结果，经华佗诊视后也就是这个说法：

> 大王头脑疼痛，因患风而起，病根在脑袋中，风涎不能出，枉服汤药，不可治疗。某有一法，先饮麻肺汤，然后用利斧砍开脑袋，取出风涎，方可除根。

无异骂他的头脑、五脏、六腑里都是些龌龊恶毒的东西，必须剖腹、破脑、剥肺、剜心来洗涤，詈骂竟厉害到这个程度。可是作者不只骂他，还要他自己招认才满足，于是有这样的招供：

> 操叹曰："圣人云：'获罪于天，无所祷也！'孤天命已尽，安可救乎？"

这口供是作者代拟的。作者痛恨汉贼，一定要他自己在临死时招认"获罪于天"，过去年代的人认为天的意志便是人民的意志，既然获罪于天，也便是获罪于人民，这等于说"获罪于民，无所逃也"。这才说他死时不能不遗嘱造七十二疑冢，不令后人知道他埋葬的地方，怕后人发掘。为什么怕？还不是说人民恨他恨到透顶了吗？当然，这不是演义家个人的意见或夸张描写，实自宋以来的人都作如是想，如宋范成大奉使过漳河"疑冢"时的诗就说：

一棺何用棺如林，谁复如公负此心？

元人陶宗仪《辍耕录》卷二十六载：宋俞应符题“疑冢”诗更说得露骨，想见他深恶痛绝的思想感情：

生前欺天绝汉统，死后欺人设疑冢。
人生用智死即休，何有余机到丘垄？
人言疑冢我不疑，我有一法君未知。
直须尽发疑冢七十二，必有一冢藏君尸。

其实曹操未必不知此法，也许七十二冢都是空的，倘有一冢是真的，岂不等于“此地无银三百两”的笑话，那曹操还能成为“非常之人，超世之杰”吗？

这些是人民传说中的曹操生前死后的事，《三国演义》一点也不遗漏地加工描写下来，这是作者对反面人物曹操深恶痛绝的情感的流露。同时，这些憎恶情感也正是正直的人民的情感。《三国演义》的倾向性，在这些态度上显露出来，作者显然不是有人所说的“平凡的陋儒”，而是一位极富倾向性的现实主义的大师。

第二个谈刘备。

编撰者也选择了特征来生发、来概括。我看所抓的是跟反面人物曹操的阴险毒辣正相反的品性行为——“宽仁厚道”。这是我国优秀的传统道德，编撰者就要刘备具现这种优良品质，打入人民的心坎，使人民更喜爱他、拥护他。《三国志·蜀书·先主传》说：

先主不甚乐读书，喜狗马、音乐、美衣服，身长七尺五寸，垂手下膝，顾，自见其耳，少语言，善下人，喜怒不形于色，好交结豪侠，年少争附之……

《三国演义》的写法，并不见过分夸张，依据了这个原坯，同时也抓住这篇传的末尾数语为依据而写他的品性和行为。原文这样：

评曰：“先主之弘毅宽厚，知人待士，盖有高祖之风，英雄之器焉。及其举国托孤于诸葛亮，而心神无贰，诚君臣之至公，古今之盛轨也。机权干略，不逮魏武，是以基宇亦狭；然折而不挠，终不为下者，仰揆彼之量，必不容己，非唯竞利，且以避害云耳。”

因此，编撰者特显聪明，只在赤壁之战以前写他的“弘毅宽厚”“知人待士”，如在第十一回《刘皇叔北海救孔融》及第十二回《陶恭祖三让徐州》中写他的义侠。第二十一回《曹操煮酒论英雄》中以“闻雷失箸”来答复的机智。第二十四回《皇叔败走投袁绍》及第三十一回《玄德荆州依刘表》写他的折而不挠。第三十七回《刘玄德三顾茅庐》写他的“知人待士”等等。这些优点都是一个蓄大志、办大事者所必须具有的。作者要抬高这位正统派领袖，就在他的军师诸葛亮未出场之前先予以分别地描绘，让出后边的篇幅来写诸葛亮，因为写诸葛亮的一切行动显然就是奉行这位领导人的意旨，刘备的好处也会附随地显现出来。这种手法是够灵活的。

这里，不想把所写出来的各种优点一一予以说明，只选最重要的事举例。首先该谈的是他的能忍耐且机智这一点。

他的对手也是个最有智慧的人，时刻在注意他的举动，实在不容易对付。因而他也特别小心隐忍，为了提防曹操谋害，便“就下处后园种菜，亲自浇灌，以为韬晦之计”。然而这种欲伸先屈，装作没有大志的行动，还不能使曹操相信，所以曹操说出一句：“玄德，学圃不易。”似无心实有意的带试探性的话，终又来煮酒论英雄，这显然是进一步的试探虚实，说明不是刘备学圃不易，而是想逃过曹操的迫害不易。事实上，曹操一生都没有给异己者逃脱，不是被他奴役，便是被他囚禁或虐杀，独刘备能避免此种灾难，足见刘备的智慧不低于曹操。这样对比着写，虽然用的笔墨不多，以一事就足以概括了刘备的机智。艺术的形象是经过单一的事物来展示典型的。艺术家只要抓住本质的现象予以概括的描绘，通过“煮酒论英雄”这一具体的事件，不只表现出曹操，更能展示出刘备的复杂的精神世界。

作者这样处理：

操曰：“适见枝头梅子青青，忽感去年征张绣时，道上缺水，将士皆渴，吾心生一计，以鞭虚指曰：‘前面有梅林。’军士闻之，口皆生唾，由是不渴。今见此梅，不可不赏。又值煮酒正熟，故邀使君小亭一会。”

玄德心神方定，随至小亭，已设樽俎，盘置青梅，一樽煮酒，二人对坐，开怀畅饮。

酒至半酣，忽阴云漠漠，骤雨将至，从人遥指天外龙挂，操与玄德凭栏观之。

操曰：“使君知龙之变化否？”玄德曰：“未知其详。”操曰：“龙能大能小，能升能隐，大则兴云吐雾，小则隐芥藏形，升则飞腾于宇宙之间，隐则潜伏于波涛之内。方今春深，龙乘时变化，犹人得志，而纵横四海。龙之为物，可比世之英雄。玄德久历四方，必知当世英雄，请试指言之。”

玄德曰：“备肉眼，安识英雄？”操曰：“休得过谦。”玄德曰：“备叨恩庇，得仕于朝，天下英雄，实有未知。”操曰：“既不识其面，亦闻其名。”玄德曰：“淮南袁术，兵粮足备，可为英雄？”操笑曰：“冢中枯骨，吾早晚必擒之。”玄德曰：“河北袁绍，四世三公，门多故吏，今虎踞冀州之地，部下能事者极多，可为英雄？”操笑曰：“袁绍色厉胆薄，好谋无断，干大事而惜身，见小利而忘命，非英雄也。”玄德曰：“有一人，名称八俊，威镇九州，刘景升可为英雄？”操曰：“刘表虚名无实，非英雄也。”玄德曰：“有一人血气方刚，江东领袖，孙伯符乃英雄也？”操曰：“孙策借父之名，非英雄也。”玄德曰：“益州刘季玉，可为英雄乎？”操曰：“刘璋虽系宗室，乃守户之犬耳，何足为英雄！”玄德曰：“如张绣、张鲁、韩遂等辈皆何如？”操鼓掌大笑曰：“此等碌碌小人，何足挂齿！”玄德曰：“舍此之外，备实不知。”操曰：“夫英雄者，胸怀大志，腹有良谋，有包藏宇宙之机，吞吐天地之志者也。”玄德曰：“谁能当之？”操以手指玄德，复自指曰：“今天下英雄，惟使君与操耳。”

玄德闻言，吃了一惊，手中所执匙箸，不觉落于地下。时正值天雨将至，雷声大作，玄德乃从容俯首拾箸，曰：“一震之威，乃至于此！”操笑曰：“丈夫亦畏雷乎？”玄德曰：“圣人，迅雷风烈必变，安得不畏！”将闻言失箸，轻轻掩饰过了。操遂不疑玄德。

这一段文章充满了闲情逸致，却隐约中有刀光剑影；表面上是对饮谈心，骨子里是机智斗赛；看文情悠闲得有致，瞧心机险诈得出奇！这样地精雕曹操和刘备的内心活动，细腻、生动，紧紧地抓住了读者的心，为刘备惧，为刘备喜！刘备的闻言失箸，是常人的惊慌失措的常举，以闻雷失箸来掩饰，则是能人的机智，也可说是英雄的坚毅（并非胆怯）的性格，刘备形象的丰富性就此形成了。

我读了“煮酒论英雄”一段文章，加深了对罗贯中创造人物形象的艺术的理解。不过罗贯中真正用力精雕细琢的不是刘备的机智，而是刘备的“弘毅宽厚”。这是我国历代人民所希望于圣君贤相应具有的品德，封建时期的人民也重视这种品德，《三国演义》的作者自然更重视，所以多处描写刘备具有这个优点。如第三十五回初用徐庶时，玄德具言跃马檀溪之事：

福曰："此乃救主，非妨主也。终必妨一主。某有一法可禳。"玄德曰："愿闻禳法。"福曰："公意中有仇怨之人，可将此马赐之，待妨过了此人，然后乘之，自然无事。"

玄德闻言色变曰："公初至此，不教吾以正道，便教作利己妨人之事，备不敢闻教。"

福笑谢曰："向闻使君仁德，未敢便言，故以此言相试耳。"玄德亦改容起谢曰："备安能有仁德及人，惟先生教之。"

福曰："吾自颍上来此，闻新野之人歌曰：'新野牧，刘皇叔；自到此，民丰足。'可见使君之仁德及人也。"

玄德乃拜单福为军师。

在论曹操时曾引过借王垕的头建立自己的威信一事，比比刘备这样的好心肠，这个距离有多远？对比多鲜明？我们不应把作者描写这些细节看作是无关宏旨的，它和一些重大事件的出现有同等重要的意义。刘备和曹操是两个最主要的对立斗争的形象。作者不只必须用各种艺术手法描绘他和他在政治倾向上的对立，还必须用各种艺术手法描绘他们的道德及心理的性质也是对立的。那么，这里所写刘备不利己的优点，不是寻常的闲笔墨了，就因为这种不利己是优良品德，仁德及人更是领袖人物不可缺的品德。作者肯定刘备是这样的人，所以水镜先生司马德操说：“天命有归，龙向天飞，盖应在将军也。”又因之，徐庶、孔明、庞统等贤能为之用，人民都拥戴他。刘备一生的事业基础就建立在这上面，即曹操忌他也因为这一点。

同时，作者也有意抓住这两个对立的领袖人物性格上相反的特点来渲染，既然很成功地刻画了曹操的阴险毒辣，自然更用力刻画刘备的“弘毅宽厚”，于是在第四十一回《刘玄德携民渡江》中就描写得更具体、更细致，一写不够，再写；再写不够，三写刘备的精神面貌和具体行动，那些章节是这样的：

> 忽哨马报说：“曹操大军已屯樊城，使人收拾船筏，即日渡江赶来也。”众将皆曰：“江陵要地，足可拒守；今拥民数万，日行十余里，似此，几时得至江陵？倘曹兵到，如何迎敌？不如暂弃百姓，先行为上。”玄德泣曰：“举大事者必以人为本，今人归我，奈何弃之！”百姓闻玄德此言，莫不伤感！

刘备能把自己的利益和全家大小的生命都置之度外，独恋恋于十数万赴难的义民，固然因为懂得“举大事者必以人为本”的道理，难能可贵的是真能不顾一切地做到了爱护人民。[①]刘备的高贵品质在这典型的环境中具体地显露出来，照理，这样描述了似乎足够力量，但作者并未满足，接下一而再地把这典型事件予以描述：

简雍……失惊曰：“此大凶之兆也！应在今夜！主公可速弃百姓而走。”玄德曰：“百姓从新野相随至此，吾安忍弃之？”雍曰：“主公若恋而不弃，祸不远矣。”玄德问：“前面是何处？”左右答曰：“前面是当阳县，有座山，名为景山。”玄德便教就此山扎住。时秋末冬初，凉风透骨，黄昏将近，哭声遍野。

甚至再而三地描述：

---

① 《蜀书·先主传》：“或谓先主曰：‘宜速行保江陵，今虽拥大众，被甲者少，若曹公兵至，何以拒之？’先主曰：‘夫济大事必以人为本，今人归吾，吾何忍弃去！’”所以习凿齿说：“先主虽颠沛险难而信义愈明，势逼事危而言不失道。……恋赴义之士，则甘与同败。观其所以结物情者，岂徒投醪抚寒含蓼问疾而已哉！其终济大业，不亦宜乎！”

张飞保着玄德，且战且走，奔至天明，闻喊声渐渐远去。玄德乃才歇马。看手下随行人，止有百余骑；百姓老小并糜竺、糜芳、简雍、赵云等一干人，皆不知下落。玄德大哭曰："十数万生灵，皆因恋我，遭此大难，诸将及老小皆不知存亡，虽土木之人，宁不悲乎！"

这样反复、具体地写出了刘备的"弘毅宽厚"，既反映了历史真实，也获得了艺术真实。我觉得极符合刘备的身份和习性。刘备虽是王孙，究竟是在人民队伍中生活过来的人，过过织席、卖履的穷苦日子，他很理解人民，所以能爱人民。因之在第四十三回《诸葛亮舌战群儒》中，作者还借诸葛亮的口大加称赞说："当阳之败，豫州见有数十万赴义之民，扶老携幼相随，不忍弃之，日行十里，不思进取江陵，甘与同败，此亦大仁大义也。"这确是大仁大义行为，况弃妻子而不顾，独恋恋于义民，非弘毅宽厚的刘备不能办，要是拿这来和阴险毒辣的曹操的行为一比，真相去太远了。这样的人教当时的人民如何不爱护？这便是人民理想中的领导人物，书中的正面英雄典型。罗贯中没有写坏了他的形象，可以说已把刘备面面写到，由此一转笔锋写他一生最大的优点——"知人善任"。

其实，写刘备的"知人"早就着意写过，这可以举对赵云为例。刘备一见赵云就“甚相敬爱，便有不舍之心”（第七回），结果在临别时有这么一番情景：

玄德与赵云分别，执手垂泪，不忍相离……玄德曰：“公且屈身事之，相见有日。”洒泪而别。

就这样，使赵云感知遇之恩，肯为他舍死忘生，很自然地出现了长坂坡“单骑救主”（第四十一回）的场面，便在当时也还补足刘备的善信人：

正凄惶时，忽见糜芳面带数箭，踉跄而来，口言：“赵子龙反投曹操去了也。”玄德叱曰：“子龙是我故交，安肯反乎？”张飞曰：“他今见我势穷力尽，或者反投曹操以图富贵耳。”玄德曰：“子龙从我于患难，心如铁石，非富贵所能动摇也。”糜芳曰：“我亲见他投西北去了。”张飞曰：“待我亲自寻他去，若撞见时，一枪刺去！”玄德曰：“休错疑了。岂不见你二兄诛颜良、文丑之事乎？子龙此去，必有事故。我料子龙必不弃我也。”

在这种谣诼纷纭的情况下，刘备居然能始终坚信赵云，绝不是一个无“知人之明”和无“坚定主张”的人所能做到的。因此，到最后第八十五回《刘先主遗诏托孤儿》中，更加用力写他对更重要的人物诸葛亮的“心神无贰”，就在这最后也还再总结他的“知人善任”：

……先主以目遍视，只见马良之弟马谡在傍。先主令且退。谡退出。先主谓孔明曰：“丞相观马谡之才如何？”孔明曰：“此人亦当世之英才也。”先主曰：“不然，朕观此人言过其实，不可大用。丞相宜深察之。”

所以后来在第九十六回《孔明挥泪斩马谡》时会有这样的话：

蒋琬问曰：“今幼常得罪，既正军法，丞相何故哭耶？”孔明曰：“吾非为马谡而哭，吾想先帝在白帝城临危之时曾嘱吾：‘马谡言过其实，不可大用。’今果应此言，乃深恨己之不明，追思先帝之明，因此痛哭耳。”

同时在以马谡事结了“知人”之后，马上又结生前的“善任”及对孔明的“心神无贰”：

先主泣曰：“君才十倍曹丕，必能安邦定国，终定大事。若嗣子可辅则辅之，如其不才，君可自为成都之主。”

这一番话，是编撰者特意写“君臣之至公，古今之盛轨”的，偏有些人好以“小人之心，度君子之腹”，说刘备的话别有用心；同时，同样地第四十二回《张翼德大闹长坂桥》中所写：

云纵马过桥，行二十余里，见玄德与众人憩于树下。云下马伏地而泣。玄德亦泣。云喘息而言曰：“赵云之罪，万死犹轻！糜夫人身带重伤，不肯上马，投井而死，云只得推土墙掩之，怀抱公子，身突重围，赖主公洪福，幸而得脱。适才公子尚在怀中啼哭，此一会不见动静，想是不能保也。”遂解视之，原来阿斗正睡着未醒。

云喜曰：“幸得公子无恙！”双手递与玄德。玄德接过，掷之于地，曰：“为汝之孺子，几损我一员大将！”赵云忙向地下抱起阿斗，泣拜曰：“云虽肝脑涂地，不能报也！”

也有人把这一段话当作刘备在假仁假义地装腔作势。我以为不应这样猜疑的。刘备是个事业心极强的人，在危难之中必然会有这些由衷之语，这正是英雄的语言。

不过，我说刘备有“知人善任”的优点，也许会有人举对庞统一例来反对我这说法。不错，刘备开始确实没有看出庞统的才能，正如诸葛亮看错了马谡，虽说情况有点不一样。知人本不是易事，也不能没有一回看错。刘备、孔明各犯了一次错，也不足深怪，问题在于将错就错呢，还是知错必改呢？如果发现了错误就改，更显得刘备的好处，庞士元是贤达之士，“非百里之才，使处治中别驾之任，始当展其骥足”。刘备开始的错误是“以貌取之”，结果“负其所学”，及到发现错误，也就立即纠正。第五十七回《耒阳县凤雏理事》便特地写出这一事，目的不是暴露刘备的缺点，相反地是写刘备知错即改的优点：

> 玄德看毕，正在嗟叹，忽报孔明回。玄德接入。礼毕，孔明先问曰：“庞军师近日无恙否？”玄德曰：“近治耒阳县，好酒废事。”孔明笑曰：“士元非百里之才，胸中所学，胜亮十倍。亮曾有荐书在士元处，曾达主公否？”玄德曰：“今日方得子敬书，却未见先生之书。”孔明曰：“大贤若处小任，往往以酒糊涂，倦于视事。”玄德曰：“若非吾弟所言，险失大贤！”随即令张飞往耒阳县请庞统到荆州，

玄德下阶请罪。统方出孔明所荐之书。

玄德看书中之意，言凤雏到日，宜即重用。玄德喜曰："昔司马德操言：伏龙、凤雏，两人得一，可安天下。今吾二人皆得，汉室可兴矣。"遂拜庞统为副军师中郎将，与孔明共赞方略，教练军士，听候征伐。

因为人总是不可避免地有缺陷的，英雄是人，英雄也可能有缺点。即使刘备一时看不出庞统的真实才能至于处置失当是缺点的话，作者这样写出来，也只有使这英雄形象更丰富饱满而有血肉。同时还表现出刘备如何纠正错误的过程，使这缺点马上变为英雄人物行为中的优秀行为，更显出了刘备确是个英雄，当时人民所拥戴的领袖。

这种种，都是刘备的优点，同时也是人民拥护他的原因。刘备的才确不及魏武，正如他的遗诏中所说："朕不读书，粗知大略。"不会像曹操那样"三十余年，手不舍书，昼则讲武策，夜则思经传"，也没有"横槊赋诗"那种逸情豪兴；但毕竟是英雄。曹操是有知己知彼之能的人，目空余子，独许"今天下英雄，惟使君与操耳"。事实上也确如此。刘备的政治眼光是锐敏的，政治手腕是灵活的，他自己对庞统也说过（第六十回）："今与吾水火相敌者，曹操也。操以急，吾以宽；

操以暴，吾以仁；操以谲，吾以忠。每与操相反，事乃可成。若以小利而失信义于天下，吾不为也。”就这样，他才能由织席卖履的身份地位起而跟群雄角逐，终得四川而成为汉中王，甚至昭烈帝；诸葛亮和五虎将都不是轻易许人的英豪，终其一生为刘氏服务，固然因为志同道合，倘刘备没有善用人善信人的优点，恐怕不至于如此始终相得。

《三国演义》写这样一个英雄人物，虽说刘备是作者所拥护的，而且是主要的首领，作者也不会为了爱之深而忘了责之切，从政治角度去看，非原则性的缺点是可以宽恕的，倘属于原则性的错误，就不能原谅、忽视，因此，作者并不放松批判刘备为了替关羽复仇而征吴，虽有赵云、秦宓等人谏阻，他始终不听，还因了秦宓。孔明在救秦宓的表中所说的话却是正确的，也说明了刘备失去原则。他说：

> 但念迁汉鼎者，罪由曹操；移刘祚者，过非孙权。窃谓魏贼若除，则吴自宾服。

但刘备始终为感情战胜，还是起兵伐吴，结果一败涂地，破坏了联吴的大计，至于在白帝城身死。作者就在他弥留托孤的时候由刘备自己来责备自己说：

何期智识浅陋！不纳丞相之言，自取其败！

所谓“智识浅陋”，实即只知重兄弟之义，片面地为封建道德束缚。当时曹丕就问群臣：“料刘备当为关羽出报吴不？”大家都说：“羽死军破，国内忧惧，无缘复出。”刘晔独说：“……且关羽与备，义为君臣，恩犹父子；羽死不能为兴军报敌，于终始之分不足。”（见《刘晔传》）刘备果如所料，没有脱弃这种束缚，所以“自取其败”。从此以后，兴汉安刘的事业就增加了困难，虽有诸葛亮“竭股肱之力，效忠贞之节，继之以死”，也挽救不了了。所以作者一点也不隐瞒刘、关、张三人在这问题上所犯的严重错误，如实地写了出来。由此，可以证明作者并不“阿其所好”，不把万善归于刘备一身，夸张到无血肉无个性地突出，仅依据史实，尚能恰如其分地写了正面的英雄人物刘备，既能图其貌，也稍能得其神，使我们想起阿斗，就为刘备可惜。如果刘备的典型创造得很不成功，就不会令读者这样关心的。

但是，有些人曾反对我这个说法。他们认为刘备在权术方面被写得不只没有比曹操更厉害，而且被写成了比曹操差得远，就不合史称“枭雄”的事实。

写刘备的才能不及曹操，在《三国演义》中确是这样，不过真实历史上刘备的权术也没有比曹操更厉害，只是《三国演义》过分夸饰了诸葛亮的才能，使刘备的英雄面貌显得减色确是事实。若求全责备地看，可以说作者创造刘备的形象是不及塑造曹操形象那样的成功，所以不大成功，就是鲁迅所说的“欲显刘备之长厚而似伪”。作伪就是枭雄的行径，恰成为作者的塑造人物艺术的缺点，而不是优点，因此，我不敢同意该把刘备描成枭雄的说法。

同时，要知道称刘备为“枭雄”是曹魏方面或东吴方面，如周瑜说的“刘备天下‘枭雄’”，甚至是写《三国志》的陈寿想出来的，绝不是站在相反立场的罗贯中会愿意把他刻画为比“奸雄”更甚的“枭雄”。如果真照“枭雄”写法写刘备，那么罗贯中还会成其为作家罗贯中吗？因此，他只能写刘备的能忍耐、能知人、能信人、能爱人等优点，表面上显得无能，实质上是英雄，这样才使曹操以“另眼相看”，更不会辜负人民对他的期望。写作品塑造人物形象也是这些分寸难掌握，而罗贯中在这一点上确还是比较有才能的。

谈完了曹、刘两个艺术形象，我不能不忆起14世纪上半期世界文学艺术范围内的情况。据我所知，作家们理解精雕细琢人物内在和外在面貌的实在很少，而《三国演义》的作者居然在这方面已经达到难得的程度了，这就足以使我们振兴民族自豪感；但这只是艺术的真实，并不等于历史的真实，动人心魄的艺术魅力则高于历史的真实，我们才世代相传《三国演义》中的人物。于是，想在此补说几句：前些年“为曹操翻案”，就历史的真实，确有必要，好得很！不过，论者找到张鲁说的两句话便“如获至宝”，一再强调；我却疑它不大靠得住，即是《三国志·文帝纪》裴注《献帝传》里张鲁说过“宁为曹公奴，不为刘备上客”这两句话，其实，张鲁真说过没有，还难确定；即使有，也是在迫于曹操强大的兵力压境之下不得不乞降时说服众人，而众人不相信曹操比刘备好，张鲁才发怒说出那两句话来。张鲁如论者所云是早年的“农民领袖”；然而那些不听话而终于跟曹操作战的也是些早年的“农民领袖”，而且还有大多数人民在内，《张鲁传》中就这样说：

> 鲁欲举汉中降，其弟卫不肯，率众数万人，拒关坚守。

这就是说仅张鲁个人“宁为曹公奴”，而那些人不但不肯，还有宁为刘备奴之意，尤其当时汉中的人民有可能那样想的。那时张鲁的思想意识未必还如二十多年前一样和农民的思想意识共通，因他早已成为“镇民中郎将，领汉宁太守”，又几成为“汉宁王”，地道的统治阶级里的一员，拿他的话来代表当时人民的意志，恐不十分恰当。同时，当初刘璋要刘备去击张鲁，刘备是“未即讨鲁，厚树恩德，以收众心”，到了“曹公定汉中，张鲁遁走巴西，先主闻之……遣黄权将兵迎张鲁，张鲁已降曹公”。那么，刘备也不至于为张鲁所鄙视到那样地步，我们依常理来判断，当时曹操以强大兵力迫降，而刘备以“厚树恩德”争取，汉中人民未必“宁为曹公奴，不为刘备上客”吧？由此看来，张鲁的话还可能是上书劝进的李伏为了颂扬曹操的功德代拟的，只要看一下来源，就知可靠性不大，《献帝传》载李伏的表文中多阿谀之辞，而且鬼话也不少，连他自己也说“人以为谄”，目的仅在于怂恿曹丕代汉而帝，才造些话来捧他的祖宗，使献帝听了只好禅让而已。曹丕就像演戏一样来一番谦让，群臣们跟李伏的一唱而群和，这样，实不足以当作真凭实据。退一步说，即使是真的，也抵不了更丰富的史实，我们应该从丰富的史实中“实事求是”地得出公允的结论才行。况且张鲁个人不能代表人民选择了曹操。事实正是这样，李伏的表文中就说：张鲁“后密与臣议策质，国人不协，或欲西通”。这几句话就使张鲁发怒说出那两句话，因此，恰可得出和论者引用那两句话的用意完全相反的结论：所谓“国人”才是真正的人民，他们正想“西通”，选择了西蜀的刘备，这便说明了人民有“自己的选择”，正是张鲁个人选择“曹公”罢了。我们应该有“求实精神”，不“寻章摘句”就全文取义，至于汉中人民选择得对不对呢？我不下断言，只请大家拿刘备的“厚树恩德，以收众心”和曹操的“肆行征伐”、乱屠乱坑比较一下，就可得知人民选择和张鲁选择究竟是哪一面正确的了。

老实说，张鲁本身确实是比较好的人，汉中人民也拥护他，不过张鲁在建安二十年那当口，能否还算是“农民领袖”已成问题。这头衔实早已成为历史陈迹，仅是将近三十年前的光荣经历，现在他是汉末统治阶级中的一员，所以他不许人民自己自由选择，且大发脾气。另外一点史实，更可以辅助说明问题，那就是在张鲁投降之后，曹操还深怕人民将来又实行“自己的选择”来起义，才干脆地把汉中八万余宁为刘备民、不为曹操奴的人民迁到自己直接控制着的洛、邺地区去了。当然，移民的目的也为了加强中原地区的生产劳动力，但不能说和怕人民不服从这一点毫无关联。曹操是瞧不起张鲁这一方的，曾说：“此妖妄亡国耳，何能为有无？”其实，张鲁治理得并不差，《张鲁传》说：

……各领部众，多者为治头大祭酒，皆教以诚信不欺诈，有病，自首其过，大都为黄巾相似。诸祭酒皆作义舍，如今之亭传，又置义米肉，悬于义舍，行路者量腹取足，若过多，鬼道辄病之。犯法者三原，然后乃行刑，不置长吏，皆以祭酒为治，民夷便乐之，雄踞巴汉，垂三十年。

虽然妖妄，百姓却相安，因此，当时的汉中人民不能没有“怀土”之心，被迫远徙的苦痛自不可免，《魏书·杜袭传》说“绥怀开导，百姓自乐”，当非事实；花了很大的力气说服才是当时的事实，“百姓自乐”绝不可能，汉中“财富土沃”，一共有十几万人口，这八万余口给“开导”了远徙到久经丧乱、地荒土瘠的北方去，怎么也乐不起来，这是可以想见的。在张鲁个人方面，当然有利无害，曹操马上运用羁縻的政治手腕，拜他为“镇南将军”封“阆中侯”，邑万户，并封他的五个儿子为“列侯”；甚之，“为子彭祖娶鲁女”结成儿女亲家，张鲁不仅做曹公的上客而已。这样看来，我们如果读一下《献帝传》中李伏的原表全文，再认真联系一下当时的史实，不难明白所谓“宁为曹公奴，不为刘备上客”这两句话是不值得我们“津津乐道”的。

曹、刘都是那个历史年代的时势所造就的英雄人物，都由镇压黄巾起义军起家，在大混乱的年代里都企图打统一天下于他自己的战争，正如鲁迅所说的：“他们都是自私自利的沙，可以肥己时就肥己，而且每一粒都是皇帝，可以称尊处就称尊。”他们混打了几十年的血腥火爆的战争，最后的胜利属于曹魏，固然由于曹操有杰出的军事才能和政治手腕，真正幸运的是，一因挟天子，专征伐，居高临下，以现代语言说：占有了“制高点”；二因吃进了三十万黄巾军，壮大了本钱[①]，条件优越于孙、刘远甚。至于其他则各有所长，也各有所短，都不是天地间的什么“完人”，不必抑扬逾分，我们只能信“相对论”，列宁就说过纯粹的现象是没有的，我们大可不必凭主观的爱憎臧否古代的英雄人物，可以同意南宋爱国词人辛弃疾对三国领袖的态度（其实，辛弃疾是首肯了曹操本人的看法），他说：

天下英雄谁敌手？曹、刘。生子当如孙仲谋。

第三个就得谈关羽。

---

① 《三国志·魏书·武帝纪》：“追黄巾至济北，乞降。冬，受降卒三十余万，男女百余万口，收其精锐者，号为青州兵。”干沉《魏书》：“……太祖见檄书，呵骂之，数开示降路；遂设奇伏，昼夜会战，战辄禽获，贼乃退走。”黄巾军被迫投降，青、壮为他争城夺地打天下，老弱为他生产劳动；刘备没有这样一笔巨大的活财富。

蜀汉方面的人物几乎个个是读者所喜爱的，但编撰者所最捧的是这位五虎上将第一位的关公云长，也创造得最好。写英雄人物，一点也不怕地写出这位英雄自高自大的缺点，却仍掩盖不了他的忠义，他的神武，真是“栩栩如生，呼之欲出”，不只使拥护他的人敬爱他，且使敌人也不能不敬畏他是“神乎其人”。

关羽生前威震华夏，死后追谥为“壮缪侯”，现在殿本《三国志》改为“忠义侯”，是遵乾隆四十一年（1776年）的谕旨改的，谕旨指明世祖时曾封为“忠义神武大帝”。乾隆三十二年（1767年）更加上“灵佑”二字。其实关羽在明万历四十二年（1614年）始被封为大帝。清代的统治者也深知关壮缪为人民所拥戴，极力予以利用，但是明代和清代的统治阶级固然也都是利用，而出发点各个不同。明朝是强调关羽的忠于汉，当作爱国主义的神；清代却因人民崇拜奋起抗金的民族英雄岳武穆，所以抬出关来压低岳，把他的忠解释为对统治皇朝的忠，并强调他的义，因之关壮缪的庙堂遍天下。

我们所要知道的是关羽为什么会成为人民崇拜的偶像。要是寻根究底，不能说和罗贯中的《三国演义》的成功的创造艺术无关。按谥法，布德执义曰“穆”，中情见貌曰“穆”，“穆”和“缪”字古今通用（《礼记》《左传》等书往往通用），因此，罗贯中便抓住了“布德执义”的“义”字，同时《蜀书》及程昱誉他为“万人敌”，所以也抓住了“武勇”二字，最妙的是抓住“羽善待卒伍，而骄于士大夫”这后五个字来作艺术创造的根据。当然，忠义和神武是这位英雄的主要一面，作者用力就用在这上面，所以在第五回《发矫诏诸镇应曹公》中就先突出关羽的神武：

……众皆失色。绍曰：“可惜吾上将颜良、文丑未至，得一人在此，何惧华雄？”

言未毕，阶下一人大呼出曰：“小将愿往斩华雄头，献于帐下。”众视之，见其人身长九尺，髯长二尺，丹凤眼，卧蚕眉，面如重枣，声如洪钟，立于帐前。

绍问何人。公孙瓒曰：“此刘玄德之弟关羽也。”绍问现居何职。瓒曰：“跟随刘玄德充马弓手。”

帐中袁术大喝曰：“汝欺吾众诸侯无大将耶？量一弓手，安敢乱言？与我打出！”

曹操急止之曰：“公路息怒。此人既出大言，必有勇略。试教出马。如其未胜，责之未迟。”

袁绍曰：“使一弓手出战，必被华雄所笑。”操曰：“此人仪表不俗，华雄安知他是弓手？”关公曰：“如不胜，请斩某头！”

操教酾热酒一杯与关公饮了上马。关公曰：“酒且酌下，某去便来。”出帐提刀，飞身上马。

众诸侯听得关外鼓声大振，喊声大举，如天摧地塌，岳撼山崩，众皆失惊。正欲探听，鸾铃响处，马到中军，云长提华雄之头，掷之于地上，其酒尚温。

自“酒且酌下，某去便来”至“其酒尚温”，真写得太好了。试闭上眼睛想一下，英勇神武的关云长便活跃在前，尤其是“酒尚温”这样简练的语言，不是随便能创造得出来的，我们真应该好好地向前辈罗贯中学习。

像这样描绘关羽神勇的章节不止一次。例如斩颜良、诛文丑、过五关斩六将等，都用力刻画，但仅仅有这样一种互相类似的方法表现，显得单调乏味，也不能更高一层地把这个神武的形象突出。作者的艺术创造才能是高明的，岂能以此为满足？必然要多种多样地描绘自己崇拜的正面英雄形象。在第七十五回《关云长刮骨疗毒》中就刻画他的另一面：

……佗曰：“此乃弩箭所伤，其中有乌头之药，直透入骨，若不早治，此臂无用矣。”公曰：“用何物治之？”曰：“某自有法，但恐君侯惧耳。”公笑曰：“吾视死如归，有何惧哉？”佗曰：“当于静处立一标柱，上钉大环，请君侯将臂穿于环中，以绳系之，然后以被蒙其首。吾用尖刀割开皮肉，直至于骨，刮去骨上箭毒，用药敷之，以线缝其口，方可无事。但恐君侯惧耳！”公笑曰：“如此容易，何用柱环？”令设酒席相待。

公饮数杯酒毕，一面仍与马良弈棋，伸臂令佗割之。佗取尖刀在手，令一小校，捧一大盆于臂下接血。佗曰：“某便下手，君侯勿惊。”公曰：“任君医治。吾岂比世间俗子惧痛者耶？”佗乃下手，割开皮肉，直至于骨，骨上已青。佗用刀刮骨，悉悉有声。帐上帐下见者，皆掩面失色。

公饮酒食肉，谈笑弈棋，全无痛苦之色。须臾，血流盈盆。佗刮尽其毒，敷上药，以线缝之。

公大笑而起，谓众将曰：“此臂伸舒如故，并无痛矣，先生真神医也！”佗曰：“某为医一生，未尝见此，君侯真天神也！”

作者一再提示刮骨的痛苦，连续地以“但恐君侯惧耳”的话突出这种痛苦非常人所能忍受，同时又具体地渲染一般刮骨需要的手续，夸张了这一点正为了夸张关云长之不需要这样安排的非凡毅力，这样细腻地刻画当事者无比英勇的精神状态，又描写了旁观者掩面失色的情形来对比，说明关云长之异乎常人。就这样，自然地动人地把关云长的超乎人、近乎神的印象深深地铭刻进读者的脑子里去。正如李卓吾说的："毒药利病，刮骨刺血，非大勇如关云长者不能受也，不可以自负孔子、孟轲者而顾不如一关义勇武安王者也。"这不是战场上枪对枪、刀对刀时的英勇神情的描绘，而是受伤后生活的叙述，关云长的英雄外表和内貌都活跃在眼前，这种英雄形象的塑造艺术也是异乎寻常的。

进而想谈谈人们常提出的华容道放走曹操的问题。

这问题最难解释，但既成问题，就不能回避，即使解释错误，也得试说出来，以待商榷。这事件在《三国志》中并没有，源出于裴松之注引《山阳公载记》：

公船舰为备所烧，引军从华容道步归，遇泥泞，道不通，天又大风，悉使羸兵负草填之，骑乃得过，羸兵为人马蹈藉，陷泥中死者甚众。

军既得出，公大喜。诸将问之，公曰："刘备，吾俦也，但得计少晚。向使早放火，吾徒无类矣！"备寻亦放火，而无所及。

《三国志平话》的作者们就以此为基础而加以创造如下：

曹公寻滑荣路（华容道）去，行无二十里，见五百校刀手，关将拦住。曹相用美言告云长："看操与亭侯有恩。"关公曰："军师严令。"曹公撞阵却过。说话间，面生尘雾，使曹公得脱。关公赶数里复回，东行无十五里，见玄德、军师。"是走了曹贼，非关公之过也。"言使人不着玄德。众问："为何？"武侯曰："关将，仁德之人，往日蒙曹相恩，其此而脱矣。"关公闻言，忿然上马，告主公复追之。玄德曰："吾弟性匪石，宁奈不倦？"军师言："诸葛亦去，万无一失。"（卷中十八至十九页）

照这样，不会有立场问题引起现时人的议论。但罗贯中特别大胆地加以再创造，文长数倍，生动异常，唯立场问题确乎可以引出来，我想这样辩解：罗贯中有意突出关羽之义重如山，特为安排了这一个场面是为了后文的发展着想，这里索性把前后关照之点摘引出来，在华容道一节是极写关羽之大仁大义：

……程昱曰："某素知云长傲上而不忍下，欺强而不凌弱，恩怨分明，信义素著。丞相旧日有恩于彼，今只亲自告之，可脱此难。”操从其说，即纵马向前，欠身，谓云长曰：“将军别来无恙？”云长亦欠身答曰：“关某奉军师将令，等候丞相多时。”操曰：“曹操兵败势危，到此无路，望将军以昔日之情为重。”云长曰：“昔日关某虽蒙丞相厚恩，然已斩颜良、诛文丑、解白马之危以奉报矣，今日之事，岂敢以私废公？”操曰：“五关斩将之事，还能记否？大丈夫以信义为重。将军深明《春秋》，岂不知庾公之斯追子濯孺子之事乎？”

云长是个义重如山之人，想起当日曹操许多恩义，与后来五关斩将之事，如何不动心？又见曹军凄惶，皆欲垂泪，越发心中不忍，于是把马头勒回，谓众军曰：“四散摆开！”这个分明是放曹操的意思。操见云长回马，便和众将一齐冲将过去；云长回身时，曹操已与众将过去了。云长大喝一声，众军皆下马，哭拜于地。云长愈加不忍，正犹豫间，张辽骤马而至。云长见了，又动故旧之情，长叹一声，并皆放去。

这一段话中打动关羽的恻隐之心的不限于以往日待他的恩情，曹操最机智的是用《春秋》庾公之斯的故事来作譬，这是曹操能抓住对方性格的特点而下的说辞，再加众将哭拜于地，又见当日帮过他忙的张辽骤马而至，这一连串现象，使他不能不动心。作者安排了这个场面，确实用了一番心思，描写得格外细腻，合于当时应出现的情景和古代人应会有的心情，并且借此特别有力地雕镂出关羽的大仁大义。可是偏招来后文和此完全相反的曹操以不仁不义的手段来报复，那开始于第七十五回：

……大王可遣使东吴陈说利害，令孙权暗暗起兵蹑云长之后……操依允……孙权接得曹操书信，览毕，欣然应允，即修书发付使者先回，乃聚文武商议……

曹操于是完成了借刀杀人的计划。接下再下一着，第七十六回：

……晃回顾，厉声大叫曰："若取得云长首级者，重赏千金。"公惊曰："公明何出此言？"晃曰："今日乃国家之事，某不敢以私废公。"言讫，挥大斧直取关公。公大怒……

这一节是根据《蜀记》上面的记载。《蜀记》说：

羽与晃宿相爱，遥共语，但说平生，不及军事。须臾，晃下马宣令：“得关云长头，赏金千斤。”羽惊怖，谓晃曰：“大兄，是何言邪？”晃曰：“此国之事耳。”

但这所谓“宣令”自然是宣曹操的令。曹操“以怨报德”的结果，于是乎出现在第七十七回：

权从其言，随遣使者以木匣盛关公首级，星夜送与曹操……闻东吴送关公首级至，喜曰：“云长已死，吾夜眠贴席矣！”

就这样突出了曹操的不仁不义，同时还结合了人民的意志和想象，跟着写下这样的情景：

操大喜……遂召吴使入。呈上木匣。操开匣视之，见关公面如平日。操笑曰：“云长公别来无恙？”言未讫，只见关公口开目动，须发皆张。操惊倒，众官急救，良久方醒，顾谓众官曰：“关将军真天神也！”吴使又将关公显圣附体骂孙权、追吕蒙之事告操。操愈加恐惧。

罗贯中深刻地理解了人民的意志必须伸张，人民的愿望必须具体实现，所以用愤怒的心情写出了这一段，使之和上面的“玉泉山显圣”及向吕蒙追命来前后衔接，突出了他和人民最崇拜、最敬爱的英雄的典型形象。可是，整体说来，真可谓妙绝的还是他有意重复语言来对照，仔细吟味，觉得意味深长，因为它能对照出人物的性格和事件的纠葛。例如就在上举华容道一节曹操哀求关羽的第一句话：“将军别来无恙？”和曹操见关羽首级时说的：“云长公别来无恙？”及前关羽在华容道说的：“今日之事，岂敢以私废公？”和徐晃宣曹操命令时说的：“今日乃国家之事，某不敢以私废公。”这样生动的对照，充分有力地肯定了关羽是人，而讲义气的；曹操也是人，却阴险狠毒，这便是罗贯中说出了人民的意志、思想和感情。因此我认为华容道一场的目的在此，是绝好的高度的艺术创造，绝不是罗贯中的败笔。

其实，说话人和罗贯中都是封建社会里的人，他们都有或多或少的封建意识，所写的又是古代封建社会的英雄人物，本身就是有封建意识的，要是说立场，他们当然有，只因为作者想把关羽写成“义的化身”，全副精神注意到这上面去，结果就把他们自己应有的忠于汉室的立场暂时忘却了，这种错误在封建时代的英雄，甚至连作者都是易犯的；同时，也许作者也已觉得很不对劲，才在后来以徐晃口中的“某不敢以私废公”与关羽在华容道的“以私废公”做有意的对照，暗示关羽的失策——错误吧？这些确有待于继续研究，不必在此多做牵强附会的辩解。

到此刻为止，我觉得，正因为罗贯中已经安排了华容道一场，才把读者从感性认识上引向敬爱关羽的义，不能不憎恨曹操的不义。我以为我们的古典作家的作品，最讲究的就是前后呼应，相互关照，我们不能根据某一章节来下判断，必须通观全篇，抓住贯串整个事件的脉络，才能得到比较明确的理解。

实际上，华容道这个场面也不只写关羽的义而有，还该认作为了写诸葛亮的智而有。第五十回的回目就标明了《诸葛亮智算华容》，这一着是诸葛亮必有的安排，也是有地理知识的军师该有的战略，不独诸葛亮懂得，连曹操也很明白：

> 操曰：“赶到荆州将息未迟。”又行不到数里，操在马上扬鞭大笑。众将问：“丞相何又大笑？”操曰：“人皆言周瑜、诸葛亮足智多谋，以吾观之，到底是无能之辈；若使此处伏一旅之师，吾军皆束手受缚矣！”言未毕，一声炮响，两边五百校刀手摆开，为首大将关云长……

曹操自赤壁逃走，在途中一连有过三次大笑：第一次笑声未了，赵子龙出来拦杀；第二次大笑，惹出了更可怕的祸事，莽张飞出来拦杀；华容逢关羽则是对他的第三笑的回击。作者这些安排，分明是有意要突出诸葛亮的军事才能，同时也暴露曹操的狼狈相，使读者心里痛快。当然，华容道主要还是为了写关羽。但这些一再拦杀又说明了一个问题，那就是说明曹操在赤壁之战中的损失只限于水师，陆上部队并未被一扫而光，沿途拦杀是必要的，目的在于使曹操再损失一些人马，要活捉曹操显然是不可能，华容道的最高目的也不过是拦杀，诸葛亮的企图并不是活捉或杀死曹操，因为事实上不可能达到，就因为如此，便以另一种目的创造了华容道——不同于赵云、张飞同是拦杀的另一种场面，这样的创造，对于深入一步刻画关羽的精神面貌来说，是有其一定的意义和一定的成就的。

罗贯中安排这一场面为关羽突出了“义”这一优良品质，更多的还是集中力量写他的“勇”，有些人并不是关羽所杀的，如文丑和蔡阳，也把他们集中到一处来突出关羽的神武。历史小说不等于历史，是可以这样处理的，我们只能看他写得好不好，倒不必管他写得是否合于史实。写关羽的作战英勇确是写得好，在这方面固然值得我们学习；但要紧的，还是他写正面人物的缺点方面的成就，因关羽是他最崇拜的近乎神的英雄，既写其缺点，又要不损伤他的崇高品质，这并不是易事。罗贯中抓了一个重点——失荆州来描写，事先就做了一些铺张，使读者对荆州获得很深的印象，这就是在第六十三回孔明得到庞统在落凤坡的死耗后，不得不离荆州入川时的场面：

云长曰："军师去，谁人保守荆州？荆州乃重地，干系非轻。"孔明曰："主公书中虽不明写其人，吾已知其意了。"乃将玄德书信与众官看，曰："主公书中，把荆州托在吾身上，教我自量才委用；虽然如此，今教关平赍书前来，其意欲云长公当此重任。云长想桃园结义之情，可竭力保守此地。责任非轻，公宜勉之！"

云长更不推辞，慨然领诺。孔明设宴，交割印绶。云长双手来接。孔明擎着印，曰："这干系都在将军身上。"云长曰："大丈夫既领重任，除死方休。"……

孔明曰："倘曹操引兵来到，当如之何？"云长曰："以力拒之。"孔明又曰："倘曹操、孙权，齐起兵来，如之奈何？"云长曰："分兵拒之。"孔明曰："若如此，荆州危矣！吾有八个字，将军牢记，可保守荆州。"

云长问："那八个字？"孔明曰："北拒曹操，东和孙权。"云长曰："军师之言，当铭肺腑。"

孔明遂与了印绶，令文官马良、伊籍、向朗、糜竺，武将糜芳、廖化、关平、周仓，一班儿辅佐云长，同守荆州。

孔明特别看重这一军事上极重要的据点，谨慎嘱咐了关羽，还派深明荆州形势的文官、武将辅佐他，但是结果呢，被关羽失去了，所以罗贯中对这一使国家有巨大损失的大错误不留情地和盘端出，这在创作思想上说是很正确的。因而罗贯中在第七十八回说汉中王哭关羽父子遇害时，便借诸葛亮的口，予以批判说："关公平日刚而自矜，故有今日之祸。"而且我们要知道这不是普通的闲笔，有它较重大的意义在内，作者表面上以此批判了关羽性格上的缺点倒是小事，主要的是批判关羽任性而不顾大局，开启了蜀、吴交恶的端绪，破坏了联吴攻魏这一正确的大计，结果丧失兵家必争之地——荆州，使蜀汉失去屏障，因他的性格的缺陷招来国家不可补偿的损失，确是种罪恶的行为。所以作者把这一事如此安排：

诸葛瑾曰："……某愿往，与主公世子求婚。若云长肯许，即与云长计议，共破曹操；若云长不肯，然后助曹取荆州。"

孙权用其谋，先送满宠回许都，却遣诸葛瑾为使，投荆州来，入城见云长礼毕，云长曰："子瑜此来何意？"

瑾曰："特来求结两家之好。吾主吴侯有一子，甚聪明，闻将军有一女，特来求婚，两家结好，并力破曹。此诚美事，请君侯思之。"云长勃然大怒曰："吾虎女，安肯嫁犬子乎！不看汝弟之面，立斩汝首！再休多言。"遂唤左右逐出。

瑾抱头鼠窜，回见吴侯，不敢隐匿，遂以实告。权大怒曰："何太无礼耶！"便唤张昭等文武官员商议取荆州之策。（第七十三回）

"骄于士大夫"的性格在那个历史年代说原不是缺点，也许还是一个人有骨气的表现，但不是最好的处世之道。鄙薄他人，高视自己，究竟易招仇恨。孙权"遣使为子索羽女，羽辱骂其使，不许婚"，就是这一节。照理，"不许婚"就行，何必"辱骂其使"呢？"权大怒"是必然的，因此引起战斗。甚至藐视吕蒙、陆逊一辈年轻人，轻敌而致祸，关羽之死就因为这个缺点。作者敬爱他，怜惜他，又不宽恕他这原则性的错误，特地在蜀、吴联合战线面临危机的关头，郑重地写出了这一带批判性的章节，完全是正确的；同时作者这样的写法，仍然不致损伤前面各节所称许的关羽优良的一面，既能保持了典型的英雄人物应有的面貌，又给读者以很大的启发教育作用。

像这类写他自高自大的地方也还很多，如第六十五回：

……平拜罢，呈上书信，曰：“父亲知马超武艺过人，要入川来与之比试高低，教就禀伯父此事。”玄德大惊曰：“若云长入蜀，与孟起比试，势不两立。”孔明曰：“无妨，亮自作书回之。”

经诸葛亮把高帽子给他一戴，才“自绰其髯笑曰：‘孔明真知我心也。’”并把书信遍示宾客，夸示一番。又如在第七十三回：

云长问曰：“汉中王封我何爵？”诗曰：“五虎大将之首。”云长问：“那五虎将？”诗曰：“关、张、赵、马、黄是也。”云长怒曰：“翼德，吾弟也；孟起，世代名家；子龙久随吾兄，即吾弟也，位与吾相并，可也；黄忠何等人！敢与吾同列？大丈夫终不与老卒为伍！”遂不肯受印。

又需要费诗来解释劝说一番，才把“耻与老卒为伍”的念头打消。这个人妄自尊大，瞧不起他人到这样地步，缺点不算小。

这些骄傲自大的缺点都被罗贯中写出来，然而，关羽在后代人民的心目中仍然是伟大的英雄，甚至是“神”，这不能不归功于罗贯中手中多彩多姿的椽笔。最后，我还是引人家的话为这个形象作结，被今人推崇为法家的李卓吾在《焚书》卷三“杂述”里有这么一篇《关王告文》：

惟神忠义贯金石，勇烈冠古今。方其镇荆州，下襄阳也，虎视中原，夺老瞒之精魄，孙吴犹鼠，藐割据之英雄，目中无魏、吴久矣。使其不死，则其吞吴并曹，岂但使魏欲徙都已哉！其不幸而成混一之业，复卯金之鼎者，天也。然公虽死，而吕蒙小丑亦随吐血亡矣。盖公以正大之气压狐媚之孤，虽不逆料其诈，而呼风震霆，犹足破权奸之党；驾雾鞭雷，犹足裂诡贼之肝。固宜其千秋万祀，不问海内外足迹，至与不至，无不仰公之为烈。盖至于今日，虽男妇老少，有识无识，无不拜公之像，畏公之灵，而知公之为正直，俨然如在宇宙之间也。……彼不知者，谓秉烛达旦为公大节。噫！此特硁硁小丈夫之所易为，而以此颂公，公其享之乎？

第四个自然得谈张飞。

张飞是最令人喜爱的形象，而且也是罗贯中创造得很好的人物，当然有话可谈。在这里，我想先谈一下唐诗人李商隐

《骄儿诗》中的“张飞胡”。李诗说：

或谑张飞胡，或笑邓艾吃。

冯浩《玉溪生诗注》说：

《南史》，刘胡本以面黝黑似胡，故名黝胡；及长，单名胡焉；“张飞胡”义同俗称“黑张飞”。

这条注释，我不十分同意。如果面黑是张飞外形的特征，《三国志·张飞传》，甚至《三国志平话》和《三国演义》为什么都不提及呢？《三国志平话》形容张飞是这样：

生得豹头、环眼、燕颌、虎须，身长九尺余，声若巨钟。

同样地《三国演义》形容张飞是：

身长八尺，豹头，环眼，燕颔，虎须，声若巨雷，势如奔马。

若说小说的描写本取单纯的概括，不及其面之黑，自无不可，不过李诗的下句中的“邓艾吃”居然为《三国志·魏书·邓艾传》及《三国演义》所提到。《邓艾传》中说：

以口吃，不得为干佐。

《三国志平话》因为把诸葛亮“西上秋风五丈原”以后的事都极力缩减，所以不能写到邓艾的吃，而《三国演义》是写到的，借着投降过来的夏侯霸的口说出：

艾为人口吃，每奏事必称“艾，艾”。懿戏谓曰：“卿称‘艾，艾’，当有几‘艾’？”艾应声曰：“‘凤兮，凤兮’，故是一凤。”其资性敏捷，大抵如此。

既然连邓艾的特征——口吃都写到，怎么会忘了写张飞的黑脸呢？当然不会的。所以我怀疑冯浩的注释。那么，“胡”该如何解释呢？我以为该指张飞的大颔，也就是燕颔。《说文》：

胡，牛颔垂也，从肉，古声。注：“按此言颔，以包颈也。颔，颐也，牛自颐至颈上垂肥者也。引伸之，凡物皆曰胡，如老狼有胡、鹅胡、龙垂胡髯是也。”

依此，张飞的颔部特别大，大到包颈，在这上面再生了虎须，委实触目，令人可笑。同时，《三国志平话·长坂坡》一节中有“胡髯公张飞可当”一语，更足以证明。“燕颔”两字形容张飞的颔没有错，因而“张飞胡”之“胡”该释为“燕颔”，不应释为“黑”。世俗固有“黑张飞”之说，想是由元代以后舞台得来的印象，唐五代人并不知道，因为戏剧脸谱例以黑色状憨直粗暴之人，张飞绘黑脸，李逵、牛皋也一样。

那么，这种外貌的描绘是不是必要呢？是不是需要正确呢？我想是必要，而且需要正确，外貌和内心的刻画在塑造人物艺术上说，是极必要的。我想罗贯中描绘张飞的燕颔、虎须，不是没有作用的，据我看，《三国演义》时刻强调张飞的外貌，跟他的暴躁性格、勇猛和“声如巨雷”都有了有机的关联，不是只图外形，实是兼示内貌。这不是闲笔墨，因此，我也不能不浪费点笔墨正一下“张飞胡”。

张飞在《三国志平话》里是最出风头的人物，关于他个人的回目很多。该书分上下两栏，上栏是图，下栏是文。上栏图中关于张飞的题目有：《张飞见黄巾》，《张飞杀太守》，《张飞鞭督邮》，《张飞摔袁襄》（下栏同），《张飞三出小沛》（下栏同），《张飞见曹操》，《张飞拒桥退卒》（下栏易下四字为“拒水断桥”），《张飞刺蒋雄》，《张飞捉于昶》（下栏同）。在下栏，除了和上栏同的那些以外，还有《张飞独战吕布》《张飞捉吕布》《张飞议摄（义释）严颜》。《三国演义》一书比《三国志平话》的篇幅增加了很多，把张飞事散在各回中去，就不觉得特别突出；但张飞和读者见面的时间固不多，形象仍特别活跃在大家的心里，这功劳就得归之于罗贯中的才能。他写张飞和写其他人物一样不依赖写外貌，而是用力写性格；写性格又不采取一般人常用的叙述的语言，他采用人物自己口中的语言来表现性格，这还不奇，妙的是不噜苏，常用一二句极简单的话就突出了张飞其人，确是高明。

张飞首次显现憨直粗豪性格的是在第二回《张翼德怒鞭督邮》中，这一节连容貌、性格、行为一起描写出，就为后来张飞一切行事的基本。固然，怒鞭督邮一事原不属于张飞，是刘备自己所为。《先主传》说：

督邮以公事到县，先主求谒，不通，直入缚督邮，杖二百，解绶系其颈著马柳，弃官亡命。

经编撰者一移动，显得好些，因这种举动归于张飞，较符合性格，并且使张飞豪爽憨直的性格更能突出，所以《三国志平话》的说话人就大胆地把事件移动，而罗贯中更能用不多的笔墨突出它：

却说张飞饮了数杯闷酒，乘马从馆驿前过，见五六十老人，皆在门前痛哭。飞问其故。众老人答曰："督邮迫勒县吏，欲害刘公，我等皆来苦告，不得放入，反遭把门人赶打。"张飞大怒，睁圆环眼，咬碎钢牙，滚鞍下马，径入馆驿，把门人那里阻挡得住，直奔后堂，见督邮正坐在厅上，将县吏绑倒在地。飞大喝："害民贼！认得我么！"督邮未及开言，早被张飞揪住头发，扯出馆驿，直到县前马桩上缚住，攀下柳条，去督邮两腿上着力鞭打，一连打折柳条十数枝。玄德正纳闷间，听得县前喧闹，问左右，答曰："张将军绑一人在县前痛打。"玄德忙去观之，见绑缚者乃督邮也。玄德惊问其故。飞曰："此等害民贼，不打死等甚！……"

话虽只"害民贼！认得我么"和"此等害民贼，不打死等甚"两句话，却把最富有人民性的张飞的立场和性格，甚至他的历史——阶级出身的因素都由这些语言表现出来了。演义家就善于运用这样的语言。仅这一两句简练的文学语言，就把张飞这个形象埋进了人民心坎里去，扎下了被喜爱的根。

像这样的语言和刻画，用在张飞身上的实在很多。例如第二十二回《关张共擒刘王二将》中写刘备拟派人打听曹操军队的虚实，张飞要去，他怕张飞为人暴躁，去杀了人反惹起更大的是非：

> 玄德曰："汝为人暴躁，不可去。"飞曰："便是有曹操也拿将来！"

结果还是不让他去，由关云长去生擒了王忠。这就更使张飞心痒难熬了，于是，作者这样地描写他：

> 张飞曰："二哥捉了王忠，我去生擒刘岱来！"玄德曰："刘岱昔为兖州刺史，虎牢关伐董卓时也是一镇诸侯，今日为前军，不可轻敌。"飞曰："量此辈何足道哉！我也似二哥生擒将来便了。"玄德曰："只恐坏了他性命，误我大事。"飞曰："如杀了，我偿他命！"

去了，但是刘岱怕他，任他在寨前叫骂，死守不出，居然粗豪憨直的张飞也能用计，结果骗出刘岱：

交马只一合，生擒过去。

这一下把刘备喜得不亦乐乎，谓云长曰：

翼德自来粗莽，今亦用智，吾无忧矣。

亲自出郭迎他。张飞的性格语言和当时的得意心情，只用一小节就活画出来：

飞曰："哥哥道我暴躁，今日如何？"玄德曰："不用言语相激，如何肯使机谋？"飞大笑。

又例如在第三十八回《定三分隆中决策》中写刘备两次访诸葛不遇。关羽是比较沉得住气的人，也觉得不必再去。张飞性急，当然不耐烦，就说这样的话来：

张飞曰："哥哥差矣！量此村夫，何足为大贤！今番不须哥哥去，他如不来，我只用一条麻绳缚将来！”

瞧不起诸葛的心情不仅张飞豪爽的人有之，连关公也一样，一直发展到第三十九回《博望坡军师初用兵》，他两人都认为“孔明年幼，有甚才学？兄长待之太过！又未见他真实效验”。可是刘备始终坚信说：“吾得孔明，如鱼之得水也。”因此到了真要战斗时，要张飞去迎敌，张飞的妙语就出来了。他说：

哥哥何不使水去？

这种性格的语言，亏罗贯中想得出。罗贯中确是以张飞的性格为根据，而给以相应的传达方式，因此，仅仅一句话，简练的几个字，也使我们感到明确而有味。

然而，张飞是英雄，憨直可爱的英雄，不是傻瓜，所以言语在风趣中见机智。后代作者写这类人物，往往写成傻头傻脑，毫无机智风趣。罗贯中就不然，他在这之外，还能抓到我国古代英雄的另一特点，那就是能佩服英雄。及到对方真有值得他敬佩的优点时，他绝不坚持偏见，马上五体投地来尊敬人。罗贯中为了更鲜明地显出这一优良品质，所以写关、张两人不佩服孔明，一直要到初次发号施令之时：

云长曰:“我军皆出迎敌,未审军师却作何事？”孔明曰:“我只坐守此城。”张飞大笑曰：“我们都去厮杀，你却在家坐地,好自在！”孔明曰:“剑印在此,违令者斩。”……张飞冷笑而去。云长曰：“我们且看他的计应也不应，那时却来问他未迟。”二人去了……

三个人的对话，各显各的性格，一等到博望烧屯，大获胜利：

关、张二人相谓曰：“孔明真英杰也！”

看见孔明坐车来了，马上下马拜伏于车前。罗贯中就这样写出了有血有肉的真英雄，活关、张。

作者写张飞的章节虽然不多，每写到他都聚精会神地予以精工细琢，这里还想举一个出色的例子。第六十三回《张翼德义释严颜》中用些少篇幅写出了张飞的有智、有勇、爱民与能折服人的各种优点：

……大喝：“老贼休走！我等得你恰好！”严颜猛回

头看时，为首一员大将，豹头、环眼、燕颔、虎须，使丈八矛，骑深乌马，乃是张飞。四下里锣声大震，众军杀来，严颜见了张飞，举手无措，交马，战不一合，张飞卖个破绽，严颜一刀砍来，张飞闪过，撞将入去，扯住严颜勒甲绦，生擒过来，掷于地下，众军向前，用索绑缚住了。

原来先过去的是假张飞，料道严颜击鼓为号，张飞却鸣金为号。金响，诸军齐到，川兵大半弃甲倒戈而降。

张飞杀到巴郡城下，后军已自入城。张飞叫“休杀百姓”，出榜安民。

群刀手把严颜推至。飞坐于厅上。严颜不肯跪下。飞怒目咬牙大叱曰：“大将到此，为何不降，而敢拒敌？”严颜全无惧色，回叱飞曰：“汝等无义，侵我州郡，但有断头将军，无降将军！”飞大怒，喝：“左右，斩来！”严颜喝曰：“贼匹夫！要砍便砍，何怒也？”

张飞见严颜声音雄壮，面不改色，乃回嗔作喜，下阶，喝退左右，亲解其缚，取衣衣之，扶在正中高坐，低头便拜曰：“适来言语冒渎，幸勿见责！吾素知老将军豪杰之士也。”严颜感其恩义，乃降。（弘治本末句作“安身无措”，似比“乃降”形象化些。）

这一节不仅很成功地刻画了张飞，也勾勒出一个老英雄严颜，真是有声有色，活龙活现。

这还只是张飞的优秀的一面，罗贯中虽然极爱张飞，却不放弃他的缺点，因为他的缺点和关羽的差不多，不仅使自己丧失生命，还破坏了联吴的大计，所以不能放弃了描写。刘备为关羽复仇起兵征东之时，经多人劝阻，尤其“见孔明苦谏，心中稍回”。倘张飞不来哭逼，联吴之计还可以继续下去，不能隐忍的张飞就掀起了战祸，使刘备重下征东的决心。第八十一回《急兄仇张飞遇害》中说：

> 忽报张飞到来。先主急召入。飞至演武厅，拜伏于地，抱先主足而哭。先主亦哭。
>
> 飞曰：“陛下今日为君，早忘了桃园之誓！二兄之仇，如何不报？”先主曰：“多官谏阻，未敢轻举。”飞曰：“他人岂知昔日之盟？若陛下不去，臣舍此躯与二兄报仇；若不能报时，臣宁死不见陛下也！”先主曰：“朕与卿同往，卿提本部兵自阆州而出，朕统精兵会于江州，共伐东吴，以雪此恨！”
>
> 飞临行，先主嘱曰：“朕素知卿酒后暴怒，鞭挞健儿，而复令在左右，此取祸之道也。今后务宜宽容，不可如前。”

飞拜辞而去。

就这样的小不忍，便乱了大谋。尤其是张飞的暴躁性格，“不恤小人”的缺点，确成了“取祸之道”。罗贯中率直地把它具体地描写了出来。同回书说：

……次日，帐下两员末将，范疆、张达入帐告曰：“白旗、白甲，一时无措，须宽限方可。”飞大怒曰：“吾急欲报仇，恨不明日便到逆贼之境，汝安敢违我将令！”叱武士缚于树上，各鞭背五十，鞭毕，以手指之曰：“来日俱要完备，若违了限，即杀汝二人示众！”打得二人满口出血，回到营中商议……

罗氏便按照史实写了出来。这种写法对后人是有教育作用的，但也不会因暴露了他的缺点，影响到人们对英雄的崇拜。张飞的形象仍然是完整的，令人可爱的，令人钦敬的。

我们后代人心目中的张飞当然不仅是憨直粗豪得可爱，对于他的勇猛的印象，是更深的。《三国志》评谓：“关羽、张飞皆称万人敌，为世虎臣。”同时在《张飞传》中说：“飞雄壮威猛，亚于关羽。”这种特点在《三国演义》中表现过不少次，如战吕布、战马超、战许褚等，特别突出的当然还是长坂桥上的一声吼：

却说文聘引军追赵云至长坂桥，只见张飞倒竖虎须，圆睁环眼，手绰蛇矛，立于桥上；又见桥东树林之后，尘头大起，疑有伏兵，便勒住马不敢近前。俄而曹仁、夏侯惇、夏侯渊、乐进、张辽、张郃、许褚等都至，见飞怒目横矛，立马桥上，又恐是诸葛孔明之计，都不敢近前，扎住阵脚，一字儿摆在桥西，使人飞报曹操。操闻知，急上马，从阵后来。

张飞圆睁环眼，隐隐见后军青罗伞盖，旄钺旌旗来到，料得是曹操心疑，亲自来看。飞乃厉声大喝曰："我乃燕人张翼德也！谁敢与我决一死战？"声如巨雷。曹军闻之，尽皆股栗。曹操急令去其伞盖，回顾左右，曰："吾向曾闻云长言：翼德于百万军中，取上将之首，如探囊取物！今日相逢，不可轻敌！"

言未已，张飞睁目又喝曰："燕人张翼德在此！谁敢来决死战？"曹操见张飞如此气概，颇有退心。飞望见曹操后军阵脚移动，乃挺矛又喝曰："战又不战，退又不退，却是何故？"

> 喊声未绝，曹操身边夏侯杰惊得肝胆碎裂，撞倒于马下。操便回马而走。于是诸军众将一齐望西逃奔。正是，黄口孺子，怎闻霹雳之声？病体樵夫，难听虎豹之吼。一时弃枪落盔者，不计其数，人如潮涌，马似山崩，自相践踏。

这一节把张飞勇猛的精神和外貌点染得极其动人，同时描写出了曹操和他身旁猛将们的仓皇失措，一边是一个人，居然那样带着虎势；一边是多人，却是那样的渺小不足道。两相对照，越显得张飞这个英雄形象的巨大而勇猛得吓人。虽然当时没有真的战起来，“我乃燕人张翼德也！谁敢与我决一死战？”“燕人张翼德在此！谁敢来决死战？”“战又不战，退又不退，却是何故？”连续喊出，威势逼人。这一节被罗贯中处理得极有声有势，不仅连曹操队伍中的夏侯杰吓破了胆，坠下马来，连我们读这一节时也如闻他喊叫的巨雷之声，他的勇猛就被鲜明地突出了。

也许有人说罗贯中这样形容人物显得过火，欠真实，我以为如果注意刚才引文中曹操嘱咐左右当心不可轻敌的几句话，便会承认夏侯杰吓破胆一点是完全有根据的，这根据即在第二十六回关羽斩颜良之后，曹操佩服得五体投地，称赞说：“将军真神人也！”当时关羽说：

“某何足道哉！吾弟张翼德于百万军中取上将之头，如探囊取物耳。”操大惊，回顾左右曰：“今后如遇张翼德，不可轻敌！”令写于衣袍襟底以记之。

那么，夏侯杰和其他一些人的衣袍襟底一定写着“张翼德”三字，现在突然张翼德出现在他的面前，教他如何不惊魂失魄，破胆坠马？有了这样的前后照应，就显得不突兀了。

事实，自然是把真实的现象、真实的人的性格和形象作为基础，用高昂的调子歌颂了张飞，渲染出他的“声若巨雷，势如奔马”；同时表现出“怯懦无能，胆小如鼷”的夏侯杰，并连带地嘲笑了自许为英雄的曹操及不计其数的手下将士们，这正是演义家所喜用的夸饰手法，既歌颂正面英雄人物张飞，又鞭挞反面的对象曹操及其一群，是有积极意义的，也就是符合于人民所愿望的艺术描绘。

罗贯中对张飞这样一位英雄人物，确是打心坎里爱他，所以在他惨死之前，也和写关羽的首级“目动须张”一样着力描写，同样地来个“虎死不倒威”，要说“他每睡不合眼，当夜寝于帐中，二贼见他须竖目张，本不敢动手……”对一位英雄的临亡的一刹那都不愿轻轻放过，寄予深切的敬爱惋惜之情，基本上保持了形象的完整性。

谈过了刘、关、张，必须谈到五虎上将之一的赵云，在人民心目中印象之深绝不亚于刘、关、张。

刘备称赞他“一身都是胆”的赵子龙，没有人不敬仰的，记得做小孩子时嘴里常叨念着“胆大赵子龙，胆小毛毛虫”。我对他特别喜爱。而罗贯中呢，恐也是特别喜爱他，几乎尽写他的优点，不写他的缺点，对他的艺术创造也特别多。在这个人物的塑造艺术上看来，足以证明罗贯中不是像胡适所说的死守史传，缺乏想象，他是不离史实基础地大加想象创造的，这个人物塑造的成功全在于夸饰得有血肉。例如《三国志·赵云传》中说：

> 及先主为曹公所追于当阳长坂，弃妻子而走，云身抱弱子，即后主也，保护甘夫人，即后主母也，皆得免难。

《三国志平话》仅把它敷衍成一二百字的文章，并未具现出赵云的鲜明形象；《三国演义》的作者却以此寥寥数语做根据，想象创造，大显神通，使历来读者热爱惊服赵子龙的忠义神勇，永记不忘，这就是《三国演义》第四十一回《赵子龙单骑救主》中所写的：

却说赵云自四更时分，与曹军厮杀，往来冲突，杀至天明，寻不见玄德，又失去了玄德老小。云自思曰：“主人将甘、糜二夫人与小主人阿斗，托付在我身上，今日军中失散，有何面目去见主人？不如去决一死战，好歹要寻主母与小主人下落！”回顾左右，只有三四十骑相随。云拍马在乱军中寻觅。二县百姓号哭之声，震天动地，中箭着枪，抛男弃女而走者，不计其数。

赵云正走之间，见一人卧在草中。云视之，乃简雍也。云急问曰：“曾见两位主母否？”雍曰：“二主母弃了车仗，抱阿斗而走，我飞马赶去，转过山坡，被一将刺了一枪，跌下马来，马被夺了去，我争斗不得，故卧在此。”

云乃将从人所骑之马，借一匹与简雍骑坐，又着二卒扶护简雍先去报与主人：“我上天入地，好歹寻主母与小主人来；如寻不见，死在沙场上也！”说罢，拍马望长坂坡而去……

只见一伙百姓，男女数百人，相携而走，云大叫曰：“内中有甘夫人否？”夫人在后面望见赵云，放声大哭。云下马插枪而泣曰：“使主母失散，云之罪也！糜夫人与小主人安在？”……

正言间，百姓发喊，又冲出一支军来……赵云大喝一声，挺枪纵马，直取淳于导，导抵敌不住，被云一枪刺落马下，向前救了糜竺，夺得马二匹，云请甘夫人上马，杀开条血路，直送至长坂……

云谓糜竺曰："糜子仲保甘夫人先行，待我仍往寻糜夫人与小主人去。"言罢，引数骑再回旧路，正走之间，见一将手提铁枪，背着一口剑，引十数骑跃马而来。赵云便不打话，直取那将，交马只一合，把那将一枪刺倒，从骑皆走。原来那将乃曹操随身背剑之将夏侯恩也……

当时夏侯恩自恃勇力，背着曹操只顾引人抢夺掳掠，不想撞着赵云，被一枪刺死，夺了那口剑，看靶上有金嵌"青釭"二字，方知是宝剑也。

云插剑提枪，复杀入重围，回顾手下从骑，已没一人，只剩得孤身。云并无半点退心，只顾往来寻觅，但逢百姓便问糜夫人消息。忽一人指曰："夫人抱着孩儿，左腿上着了枪，行走不得，只在前面墙缺内坐地。"

赵云听了，连忙追寻，只见一个人家，被火烧坏土墙，糜夫人抱着阿斗，坐于墙下枯井之旁啼哭。云急下马伏地而拜。夫人曰："妾得见将军，阿斗有命矣！望将军可怜他父亲飘荡半世，只有这点骨血！将军可护持此子，教他得见父面，妾死无恨！"云曰："夫人受难，云之罪也！

不必多言，请夫人上马。云自步行死战，保夫人透出重围。”糜夫人曰：“不可，将军岂可无马？此子全赖将军保护。妾已重伤，死不足惜，望将军速抱此子前去，勿以妾为累也。”云曰：“喊声将近，追兵已至，请夫人速速上马！”糜夫人曰：“妾身委实难去，休得两误。”乃将阿斗递与赵云曰：“此子性命，全在将军身上！”

赵云三回五次请夫人上马，夫人只不肯上马。四边喊声又起。云厉声曰：“夫人不听吾言，追军若至，为之奈何？”糜夫人乃弃阿斗于地，翻身投入枯井而死。

赵云见夫人已死，恐曹军盗尸，便将土墙推倒，掩盖枯井。掩讫，解开勒甲，放下掩心镜，将阿斗抱护在怀，绰枪上马。早有一将引一队步军至，乃曹洪步将晏明也，持三尖两刃刀来战赵云，不三合，被赵云一枪刺死，杀散众军，冲开一条路。正走间，前面又一支军马拦路，当先一员大将，旗号分明，大书“河间张郃”。云更不答话，挺枪便战。约十余合，云不敢恋战，夺路而走。背后张郃追来，云加鞭而行，不想趷跶一声，连人和马颠入土坑之内，张郃挺枪来刺，忽然一道红光，从土坑中滚起，那匹马平空一跃，跳出坑外。张郃见了，大惊而退。

赵云纵马西走，背后忽有二将大叫：“赵云休走！”

前面又有二将使两般军器，截住去路。后面赶的是马延、张𫖮；前面阻的是焦触、张南，都是袁绍手下降将。

赵云力战四将，曹军一齐拥至，云乃拔青釭剑乱砍，手起处，衣甲透过，血如涌泉，杀退众军将，直透重围。

这种想象创造相当的细腻灵活，层次分明，把一个满身都是胆的赵子龙活龙活现地画了出来。我们明知是夸饰，但并不觉得不真实，就因为作者把赵子龙安排在一个典型环境中，他的典型的性格随着典型的事件逐步展现，只他的胆量和武勇超乎常人，他的心理变化过程并没有和常人有遥远的距离，外在的行为和内在的心情都合乎生活逻辑，所以予人以真实感。这样，便不只令读者喜爱他的忠诚，佩服他的武勇，甚至使敌人也不能不敬爱他，因而有这样的下文：

却说曹操在景山顶上，望见一将，所到之处，威不可挡，急问左右是谁。曹洪飞马下山大叫曰："军中战将可留姓名！"云应声曰："吾乃常山赵子龙也。"曹洪回报曹操。操曰："真虎将也！吾当生致之！"遂令飞马传报各处："如赵云到，不许放冷箭，只要捉活的。"因此赵云得脱此难。此亦阿斗之福所致也。

这一场杀，赵云怀抱后主，直透重围，砍倒大旗两面，夺槊三条，前后枪刺剑砍，杀死曹营名将五十余员。

就因为塑造了一个萃忠勇神武于一身的英雄人物，使读者时而为他提心吊胆，时而为他拍案称快！仅长坂坡一战的描写，把读者对赵子龙的喜爱情绪培养起来。从此，人人觉得凡遇危难关头就希望有赵子龙出现，同时，若赵子龙果真在万分紧急之际从天而降，也总会满足读者的心愿，定能化险为夷，或转败为胜。

作者的确也这样安排这位神勇无匹的英雄人物。例如孔明在借东风后逃走，紧急万分，马上出现了赵子龙用船来接，遇徐盛船追，他只一箭射断了徐盛船上的篷索，使孔明安全逃走；再如刘备入赘东吴，就只他一人去保护足够应付裕如，人人觉得刘备身旁，文的有一个诸葛亮，武的有一个赵子龙，就万事大吉似的。总的一句话：把赵子龙刻画为独一无二，艺高胆大，而且正直忠勇的典型人物。

《三国志》评他是“强鸷壮猛”，《三国演义》虽也抓住了这四个字，但想象创造得更多。如果专在这方面描写，很易变成单纯的武夫，就因为还有其他方面的描写，才使赵子龙在我们心目中有了可爱可敬的印象，而且令人那样难忘。

作者想要把赵子龙刻画为智勇双全而行为正派的大将，所以在第五十二回又写下《赵子龙计取桂阳》。这一回题名“计取桂阳”，当然是写他的有智而且有勇，比这更重要的却是通过一个具体的事件刻画出赵云的行为正派。这事件是：

赵范邀请入衙饮宴。酒至半酣，范复邀云入后堂深处，洗盏更酌。云饮微醉，范忽请出一妇人，与云把盏。子龙见妇人身穿缟素，有倾城倾国之色，乃问范曰：“此何人也？”范曰：“家嫂樊氏也。”子龙改容敬之。

樊氏把盏毕，范令就坐，云辞谢，樊氏辞归后堂。云曰：“贤弟何必烦令嫂举杯耶？”范笑曰：“中间有个缘故，乞兄勿阻。先兄弃世已三载，家嫂寡居，终非了局，弟常劝其改嫁。嫂曰：‘若得三件事兼全之人，我方嫁之。’第一要文武双全，名闻天下；第二要相貌堂堂，威仪出众；第三要与家兄同姓。你道天下那得有这般凑巧的？今尊兄堂堂仪表，名震四海，又与家兄同姓。正合家嫂所言。若不嫌家嫂貌陋，愿备嫁资，与将军为妻，结累世之亲，如何？”

云闻言，大怒而起，厉声曰：“吾既与汝结为兄弟，汝嫂即吾嫂也，岂可作此乱人伦之事乎！”赵范惭羞满面，答：“我好意相待，如何这般无礼！”遂目视左右，有相害之意。云已觉，一拳打倒赵范，径出府门，上马出城去了。

读了这段描写，也许有人会以为赵云这样的言行，只是因为头脑迂腐，封建意识浓厚罢了；当然，仅有这一节文字是不够表现赵云的真实高贵的品质的，必须还有下文：

……赵范急忙出城，云喝左右捉下，遂入城安抚百姓，已定，飞报玄德。玄德与孔明亲赴桂阳。云迎接入城，推赵范于阶下。孔明问之，范备言以嫂许嫁之事。孔明谓云曰："此亦美事，公何如此？"云曰："赵范既与某结为兄弟，今若娶其嫂，惹人唾骂，一也；其妇再嫁，便失大节，二也；赵范初降，其心难测，三也。主公新定江汉，枕席未安，云安敢以一妇人而废主公之大事。"玄德曰："今日大事已定，与汝娶之，若何？"云曰："天下女子不少，但恐名誉不立，何患无妻子乎？"玄德曰："子龙真丈夫也！"

"子龙真丈夫也"是玄德对他的评语，也是作者对子龙的评语。那么，这样的见解是不是对呢？我想是没有什么可指摘的。作者显然是要通过这一事件表现赵子龙的德行，也就是人民心目中的大将的风度，所以有意地予以颂扬。和这正相反的作为被暴露讥刺的例子也可以在书中找到，如写曹操在宛城淫张绣之婶；曹丕乘战乱纳袁熙之妻等邪恶行为。作者在这些事件上都有意地加以艺术描绘，使事件格外突出，加深了读者的印象，和《三国志平话》迥然不同，多了些艺术气息，也展开了人物的内心的精神世界；同时，这些爱憎，不完全是作者主观的想法和个人的情感，仍是符合于人民的爱憎情感，也反映了当时客观现实的要求，像对赵子龙这样的塑造，正是具现出封建制度时代那个典型环境中的典型性格。

按史实，赵云是个严正持重的人，不独英勇无敌，看《赵云别传》可知。《别传》说：

> ……先是，与夏侯惇战于博望，生获夏侯兰。兰是云乡里人，少小相知，云白先主活之，荐兰明于法律，以为军正。云不用自近。其慎虑类如此。
>
> 先主入益州，云领留营司马。此时先主孙夫人，以权妹，骄豪，多将吴吏兵，纵横不法。先主以云严重，必能整齐，特任掌内事。

孙夫人是他的主母，而且娘家的力量又大，她骄豪放肆，在那种年代是少有人敢挫折她的，即使有人敢，未必有人能，刘备知道他敢，而且也能，才特任他掌内事；那么他究有何能呢？那就是能公私分明，处事谨慎，在任何情况下都能坚持原则，贯彻始终，这才能使孙夫人惧他。赵子龙在英勇之外，有了这些慎虑和严正的优秀品质，所以作者对他几乎没有微词，认为他是特别合理想的英雄人物，这和写刘备、关羽、张飞，也显得有所不同。虽说在赵子龙身上还是不能花费过多的章节，依然在可能写到他的时候，总要具体地雕塑出他的品性，从不轻描淡写地放过，即使在“桂阳拒婚”这一件事上也不忘精工细琢，因之，鲜明地显出赵云这个人对人对事的原则性。

此外更重要的，作者也描写出了好几点。例如第六十一回《赵云截江夺阿斗》：

> 赵云入舱中，见夫人抱阿斗于怀中，喝赵云曰：“何故无礼？”云插剑声诺曰：“主母欲何往？何故不令军师知会？”夫人曰：“我母亲病在危笃，无暇报知。”云曰：“主母探病，何故带小主人去？”夫人曰：“阿斗是吾子，留在荆州，无人看觑。”云曰：“主母差矣。主人一生，只有这点骨血，小将在当阳长坂坡百万军中救出，今日夫人却抱将去，是何道理？”夫人怒曰：“量汝只是帐下一武夫，安敢管我家事！”云曰：“夫人要去便去，只留下小主人，……

纵然万死，亦不敢放夫人去。”

夫人喝侍婢向前揪捽，被赵云推倒，就怀中夺了阿斗，抱出船头上……夫人喝侍婢夺阿斗，赵云一手抱定阿斗，一手仗剑，人不敢近……

如果我们回忆一下作者在第五十五回刻画周瑜所派去追杀刘备和孙夫人的徐盛、丁奉、陈武、潘璋、蒋钦、周泰这六个人的内心活动和实际行为，是那样的怕事，毫无当家做主的精神，拿来跟赵云这一番行动做比较，就知道赵云能坚持原则，敢于硬碰，敢于承担。通过这一具体事件，雕出了他的严正的品性，相当概括，而并不概念化。

当然，截夺阿斗一事，在我们看来并不重要，在拥刘的人民心目中却是件非凡的大事。倘使要今天的我们也首肯推许他的原则性强的事，应推第八十一回中谏先主东征一事：

却说先主欲起兵东征，赵云谏曰："国贼乃曹操，非孙权也。今曹丕篡汉，神人共怒。陛下可早图关中，屯兵渭河上流，以讨凶逆，则关东义士，必裹粮策马以迎王师；若舍魏以伐吴，兵势一交，岂能骤解？愿陛下察之。"先主曰："孙权害了朕弟，又兼傅士仁、糜芳、潘璋、马忠，皆有切齿之仇，啖其肉而灭其族，方雪朕恨，卿何阻耶？”云曰：“汉贼之仇，公也；兄弟之仇，私也。愿以天下为重。”先主答曰：“朕不为兄弟报仇，虽有万里江山，何足为贵！”遂不听赵云之谏。

《三国演义》虽然没有写出赵云的政治理解如何，但从他一生的行动可以表现出来，一心一意是要兴汉灭魏的，因此他最理解最拥护诸葛亮的联吴攻魏的政策。现在刘备居然把桃园之义放在兴汉之忠的上面，他当然不同意，深恐这样本末倒置，结果会破坏了联合战线，使兴汉事业受了大挫折。他本是严正的人，不能不挺身而出，以大义来劝谏，等到刘备坚持不听，便再以公仇私仇苦谏，他确是个公私分明、严正不阿的人，一切行事总是从政治原则性出发。

由这些地方看来，刘备、关羽、张飞三人的气量和认识都不及赵云，尤其在兴汉灭魏这一大计上。《三国演义》的作者是最看重这个大计的，所以对赵云也特别喜爱。因而除上举各章节外，在第七十一回写出了《据汉水赵云寡胜众》，在第九十二回还写出了《赵子龙力斩五将》，前者写他的英雄机智，背水一战，杀死曹操手下的多员猛将，还救了黄忠和张著，“一身都是胆”的赞语由此而得，“虎威将军”的封号也由此而得；后者写他在七十高龄时还不服老，依然有长坂当年的武勇，力斩五将，使敌人丧胆，他则“匹马单枪，往来冲突，如入无人之境”。作者就这样地多方描绘这位盖世英雄，使后代读者心里铭刻着鲜明的赵子龙形象。

第六个，我想谈孙权。

孙权虽为三国领袖之一，在《三国演义》中的地位并不像曹、刘那样重要，写到他的地方不多，读者的印象也不深，然而他毕竟是举足轻重的人物，联刘则曹败，降曹则曹胜，三国鼎立，等于取决于他的态度，所以值得一论。

向来，谈《三国演义》和看三国戏的人，对孙权的感情是不够好的，舞台上的孙权脸上有时也被抹上了白垩，实际上孙权并不太坏，年十五便“为阳羡长”，所谓“郡察孝廉，州举茂才，行奉义校尉”，有相当的文才武略，论外貌，正如刘琬所说：“形貌奇伟，骨体不恒。”继承父兄的事业没有多久，就能内平山越，外胜黄祖，所以陈寿在《三国志》中这样评论：

孙权屈身忍辱，任才尚计，有勾践之奇英，人之杰矣；故能自擅江表，成鼎峙之业；然性多嫌忌，果于杀戮，暨臻末年，弥以滋甚……

罗贯中对他的处理也是有褒有贬，但不是一半对一半，而是“贬多于褒”，对他那些性格上的缺点，无关大局的，并不计较，贬只贬他那些在政治原则上的错误。原因是孙权的立场不够坚定，往往为暂时的利益计较，不能有长远的打算。

罗贯中不同意陈寿拟之为勾践的看法，虽说并不否定他也可算是江东一杰。在这一点上说，罗贯中的立场、观点和方法都不失为正确的，因无论站在东吴这一政治集团的角度来看，或站在兴复汉室——这虽不是孙权必有的念头——的立场上来看，他的摇摆不定的做法都不会有利的。曹操挟天子令诸侯，野心大、势力强，东吴必被侵略，孙权就需寻求刘备集团做与国，也只有这样，才能和曹操抗衡称雄，除了这做法外，就只有被曹操分别击破的命运。因之在孙权和曹操对立的时候，作者虽也描写他的恐惧犹豫的心理，基本上总是褒奖他的最后的爱国行动，这在赤壁之战前后表现得最明显。

这一战是三国鼎立的关键，曹胜孙败则东吴亡，三国鼎立的局面就不能有；孙胜曹败则东吴前途无限，但孙、曹势力悬殊，曹又乘胜刘之余威，势不可挡。孙权在这时的恐惧犹豫是必然的，情有可原的。作者的写法是反映了当时现实的真实，经过了一些曲折，终达到下决心抵抗，孙权仍不失为英雄豪杰。作者就兴高采烈地颂扬了他，比较详细地描绘了他的心理变化过程和性格成长的阶段，构成了孙权这一有血有肉的典型形象。

第四十三回和第四十四回这两回书虽然同时描写孙权、鲁肃、周瑜、诸葛亮以及其他一些人，前四人都是重要的，孙权更是主要的，直写孙权和侧写孙权的方法并用，一切都是为了写孙权。鲁肃从江夏回来，孙权把曹操的恐吓信给他看，鲁肃问他打何主意，他说未定。这时张昭说：

> “曹操拥百万之众，借天子之名，以征四方，拒之不顺；且主公大势可以拒操者，长江也，今操既得荆州，长江之险，已与我共之矣，势不可敌。以愚之计，不如纳降，为万安之策。”众谋士皆曰：“子布之言，正合天意。”孙权沉吟不语。张昭又曰：“主公不必多疑，如降操则东吴民安，江南六郡可保矣。”孙权低头不语。

张昭所说都是事实，孙权不能不犹豫，至于纳降当然不是一条出路，孙权内心显然是不愿采取这条道路，因此两度低头沉吟不语，不语固因为犹豫未决，未决的原因，却是他不甘屈辱，还想奋发有为的志愿，倘没有这一个优点，孙权就不能算是江东一杰。接下经鲁肃动之以个人的利益，鼓励了他，他的雄心就苏醒了：

> 权叹曰："诸人议论，大失孤望；子敬开说大计，正与我见相同，此天以子敬赐我也。"

这是由衷之言。他的本意是这样的，希望诸人也如是，等到诸人的意见刚刚和此相反，他不能不踌躇，因为真要不降，结果就是抗战，抗战得依靠诸人同心协力，诸人既没有抗战的志愿，只有屈降的打算，当领袖的孙权能不犹豫吗？现在鲁肃居然这样有胆略，由此及彼，马上联想到武将的首脑人物，且是鲁肃最好的朋友周瑜可能也会和鲁肃一样，他的精神不能不为鲁肃的言辞震动，也就因为知道了依靠有人，可以抗战了。这一小节充满了惊喜的感情，从此展开了孙权的英雄性格，在孔明舌战胜群儒之后，鲁肃引孔明至堂上，孙权也就欣然地"降阶而迎，优礼相待"。这都是由为了想抗战而寻求与国出发，作者并不马上展示孙权的心胸抱负，却要由孔明眼中显出孙权为何如人：

> 孔明致玄德之意毕，偷眼看孙权，碧眼紫须，堂堂一表。孔明暗思："此人相貌非常，只可激，不可说……"

就说这个激吧，孔明如果不用激法未必不能达到目的，因为孙权虽未十分决定抗曹，在舌战群儒之后，实际上孙权大致已明白了趋势，欲战的心情已占上风。作者为了要抬高诸葛亮，极写其智慧和口才，便添了这些文字（令读者觉得诸葛亮心计过多就是此等处）。孙权听了孔明激他的话，“不觉勃然变色，拂衣而起，退入后堂”。认为孔明欺他太甚，这倒是很自然的，及知孔明是故意以言辞相激，也便不介意了。结果置酒相待，愿谈真心实话，孙权之为英杰的气度，于此可见：

权曰：“曹操平生所恶者，吕布、刘表、袁绍、袁术、豫州与孤耳。今数雄已灭，独豫州与孤尚存，孤不能以全吴之地，受制于人。吾计决矣。非刘豫州莫敢当曹操者，然豫州新败之后，安能抗此难乎？”孔明曰：“豫州虽新败，然关云长犹率精兵万人，刘琦领江夏战士，亦不下万人；曹操之众，远来疲惫，还追豫州，轻骑一日夜行三百里，此所谓‘强弩之末，势不能穿鲁缟’者也。且北方之人，不习水战；荆州士民附操者，迫于势耳，非本心也。今将军诚能与豫州协力同心，破曹军必矣。操军北还，则荆、吴之势强，而鼎足之形成矣。成败之机，在于今日，惟将军裁之！”权大悦曰：“先生之言，顿开茅塞。吾意已决，更无他疑。即日商议起兵，共灭曹操。”遂令鲁肃将此意传谕文武官员。就送孔明于驿馆安歇。

这便是孙权的初心，当时东吴人民拥戴他也是为了他有这样的爱国精神。这种做法仍不免为那些贪生怕死的投降主义者一再拦阻，孙权只是以一再地沉吟不语来对付，毕竟战不是可以随便的措施，不能不持重地谨慎考虑，何况他还有所待，平生仗以理外事的周瑜也还在鄱阳湖。等到周瑜一来，自然可以下最后的决定，周瑜一番有成算有胆略的话一到他的耳朵里，他的爱国的英雄气概就跃然出现了：

权矍然起曰：“老贼欲废汉久矣，所惧二袁、吕布、刘表与孤耳。今数雄已灭，惟孤尚存，孤与老贼，誓不两立！卿言当伐，甚合孤意，此天以卿授我也。”瑜曰：“臣为将军决一血战，万死不辞，只恐将军狐疑不定。”权拔佩剑，砍面前奏案一角，曰：“诸官将有再言降操者，与此案同！”言罢，便将此剑赐周瑜，即封瑜为大都督……如文武官将有不听号令者，即以此剑诛之。

这样毅然决然的气度，是英雄人物才能有，作者用这样概括而生动的文字描述他，也就是歌颂他，但为了使这形象更有血肉，才多次写他性格上的弱点，同时犹豫不决是当时的形势和具体条件所逼出来的，十分真实的，在孙权所处的环境说来确是不能轻举妄动，多所顾虑，也属应该，周瑜只要五万人，还不能马上集结，只给他现有的三万人，而曹操的兵力号称百万，教孙权如何不狐疑？因此，这举棋不定的性格上的弱点是可原谅的，着重写出来只会增加这个形象的丰富性，不会损伤他的英雄本质，所以在斫奏案表示下大决心之后，还写他的顾虑和诸葛亮看出他的内貌，要周瑜以军数开解，坚定他的信心：

乃复入见孙权。权曰："公瑾夜至，必有事故？"瑜曰："来日调拨军马，主公心有疑否？"权曰："但忧曹操兵多，寡不敌众耳，他无所疑。"瑜笑曰："瑾正为此，特来开解主公。主公因见操檄文，言水陆大军百万，故怀疑惧，不复料其虚实。今以实较之，彼将中国之兵，不过十五六万，且已久疲，所得袁氏之众，亦止七八万耳，尚多怀疑未服。夫以久疲之卒，狐疑之众，其数虽多，不足畏也。瑜得五万兵，自足破之。愿主公勿以为虑！"权抚瑜背曰："公瑾此言，足释我疑。子布无谋，深失孤望，独卿及子敬与孤同心耳。已选三万人，船筏战具俱办（据弘治本），卿与子敬、程普即日选军前进，孤当续发人马，多载资粮，为卿后应。卿前军倘不如意，便还就孤，孤当亲与曹贼决战。更无他疑。”

赤壁大战由此开启。《三国志·孙权传》也说：“诸议者皆望风畏惧，多劝权迎之；惟瑜、肃执拒之议，意与权同。”的确，当时有心联合刘备抗拒曹魏的便是这江东三杰；然而对孙、刘必须永久合作这一点，则只有鲁肃一人懂得。因不拟专节论鲁肃，不妨先在此插入附谈一下：

鲁肃在《三国演义》和舞台上的三国戏中的形象和《三国志》中的有所不同，罗贯中创造人物的艺术之高明，在这一形象上也看得出来。他安放了这一个人物，首先辉映出孙权、周瑜、刘备和诸葛亮四个人物的相互间的关系和各人的性格，因此，对鲁肃本人不能不运匠心来刻画，把他写成一个有政治见地而秉性淳厚的人，表现他政治见解高是依据《三国志》的《鲁肃传》；秉性淳厚则是作者的创造，这创造恰衬托出孙、周、刘和诸葛四人各不相同的性格，使好多回书有了鲁肃而生色。

例如舞台上《群英会》一剧所包括的好多关目中倘使没有

了他，这个戏还会热闹好看吗？虽说只处于配角的地位，事实上一切动人的场面，几乎都由他陪衬出来的。那么，他不只政治上起作用，即从艺术的角度看，鲁肃也演着重要的任务。

看来，一方面有政治才能，一方面又是淳厚的老好人，似乎矛盾，其实并不矛盾。很多人说鲁肃劝孙权把荆州借给刘备就是太忠厚、吃了亏的例子，我看不然。鲁肃的政治才能就是懂得孙、刘联合抗曹这一点。所谓见解高就是这一点。借荆州一事在联合抗曹这一战略原则上说是正确的，东吴并不因此吃亏，倒是使曹操胆战心惊。《三国志·鲁肃传》说：

> 后备诣京见权，求都督荆州，惟肃劝权借之，共拒曹公；曹公闻权以土地业备，方作书，落笔于地。

这件事，作者已在第五十六回中如实地写了出来，从《三国演义》的“……操闻之，手脚慌乱，投笔于地”来看借荆州一事，可想见鲁肃的政治眼光的锐敏，也足证性格淳厚不等于老实无能，罗贯中并未把他写成老实无能，不能把舞台上的演员的错误表演归咎于罗贯中。东吴的吃亏正不在于借荆州以资业刘备，相反地为抢荆州而杀关羽是错误的，后来也就吃了大亏，终由鼎足称雄而至于不能不屈身事魏。

老实说，对吴、蜀联合抗击曹魏这一战略最有理解的，蜀方是以诸葛亮为首，以下也还有一些人；在东吴则只有一个鲁肃，所以鲁肃死了，“诸葛亮亦为发哀”。《吴书》说：

> 肃为人方严，寡于玩饰，内外节俭，不务俗好，治军整顿，禁令必行，虽在军阵，手不释卷，又善谈论，能属文辞，思度弘远，有过人之明，周瑜之后，肃为之冠。

有文才武略，不亚于周瑜，所以周瑜死时，举他以代帅，但在对上举联蜀抗魏这一战略的认识上说还高过了周瑜。罗贯中是敬佩鲁肃的，也许还有甚于敬佩周瑜，对鲁肃自始至终，有褒无贬，只是为了突出诸葛亮和周瑜，不能不分轻重，写鲁肃也便不能太多，采取了轻描淡写的办法，然而，寥寥几笔，就已经勾画出一个有高度爱国思想的鲁肃。

此外，作者也概括地写过孙权的才能，那就在第六十一回《孙权遗书退曹瞒》中：

> 且说曹操大军至濡须，先差曹洪领三万铁甲马军，哨至江边，回报云：“遥望沿江一带，旗幡无数，不知兵聚何处？”操放心不下，自领兵前进，就濡须口排开军阵。

操领百余人上山坡，遥望战船，各分队伍，依次排列，旗分五色，兵器鲜明，当中大船上青罗伞下，坐着孙权，左右文武，侍立两边。操以鞭指曰："生子当如孙仲谋，若刘景升儿子，豚犬耳！"

接下曹操被孙权自引一队军马杀败，逃脱，夜里又被吴兵劫入大寨，不得不退五十余里。这一战倒算不得什么，居然使一向瞧不起人的曹操看了濡须坞之后佩服到说出"生子当如孙仲谋"的话，足见孙权确实不平凡，也就是使曹操大吃一惊的缘故了。他原来只是对刘备说过"今天下英雄，惟使君与操耳"，初未料到还有一个孙权，以为孙权是后辈小子，不过承父兄之业坐踞江东罢了，赤壁之战虽尝到一些滋味，究竟认为是周瑜的才能，不是孙权的领导有方，现在发现了孙权居然有了不起的才能，他安得不惊叹？有了这样的另眼相看，才产生了下面的好文章：

……于是心中有退兵之意，又恐东吴耻笑，进退未决……操心甚忧。当日正在寨中，与众谋士商议，或劝操收兵；或云目今春暖，正好相持，不可退归。操犹豫未定，忽报东吴有使赍书到。操启视之。书略曰：

“孤与丞相，彼此皆汉朝臣宰，丞相不思报国安民，乃妄动干戈，残虐生灵，岂仁人之所为哉？即日春水方生，公当速退。如其不然，复有赤壁之祸矣。公宜自思焉。”

书背后又批两行云：“足下不死，孤不得安。”

曹操看毕，大笑曰：“孙仲谋不欺我也。”重赏来使，遂下令班师……自引大军回许昌。孙权亦收军回秣陵。

“春水方生”，吴军将有用武之地，可以大显身手，再破曹军，然而孙权并不看重将到来的有利条件，反而书告曹操，只要他速退。为什么？这里也表现了孙权对目前的均势是看得清楚的。倘使两军相持不下的情况再拖下去，也只不过再使士兵多受点痛苦，对人民更无好处，也就是他所说的“妄动干戈，残虐生灵”。倘能做到不战，使曹操自退，又何乐不为？这在批语“足下不死，孤不得安”八字中也说明了曹操不死，不只孙权不得安，整个东吴不得安，甚至天下人民也都不得安。

陈寿《三国志》只说：“曹公攻濡须，权与相拒月余，曹公望权军，叹其齐肃，乃退。”裴松之注引《吴历》载“春水方生”一笺，作者依《吴历》来写出这半回书，恰好丰富了孙权这一形象的典型性格；同时也刻画出对手方曹操有眼光、有智慧、有决断，两个都是不平凡的英雄人物。

总之，作者对三国鼎立的领袖人物的描绘方法是有区别、有分寸的，依据主题思想的最高任务，把重点安置在蜀、魏两方，所以写曹、刘往往叙述得不厌其详；把东吴当作了次要的，所以写孙权就但求概括，好处在无论详叙或简述，都能保持形象的鲜明性和完整性。

但是，孙权虽有着那了不起的才略，政治眼光却很短浅，绝不能和曹、刘相提并论，曹、刘都有席卷天下的雄图大略，虽说曹、刘两人的趋向和做法正相反，而他两人的心怀壮志则一。孙权固然有长江之险可以凭借，究竟国力单薄，事实上只能守，不能攻；但如果奋起图强，巩固吴、蜀联合的友谊，也不是绝对不能有为，至少可以鼎峙得长久些，使曹操的困难增多一些，可惜他屡次攻而没有一定的方向，不能正确掌握三国的趋势，尤其对联蜀防魏一点没有认识，所以赤壁同心抗曹所获得的胜利不能巩固下来，“进妹固好”的好办法也只有始无终，结果鹬蚌相争，使曹操这个渔人得到了各个击破的机会，这便是孙权在政治上所犯的重大错误。作者对他的错误丝毫不宽恕，就比较详细地予以叙述，这不是说作者站在蜀汉的立场上须对孙权有所批判，即站在东吴的立场，为东吴自己的利益着想，也该这样做的，也就因此，舞台上的孙权脸上被后人抹上了白粉。

第六十一回《赵云截江夺阿斗》中写了孙权听顾雍的话趁刘备在川的机会夺取荆、襄，虽给吴国太骂他“掌父兄之业，坐领八十一州，尚是不足，乃顾小利而不念骨肉”，接下还是采取张昭的诡计，骗回孙夫人并带阿斗来当换荆州的质品，结果阿斗被赵云夺了回去，联合战线却因此开始崩解了。

事实上，只要孙、刘之间稍有裂痕，曹操就有机可乘。在关羽斩庞德、擒于禁威震华夏之后，曹操吓得说：“倘彼率兵直至许都，如之奈何？孤欲迁都以避之。”这个时机，倘孙、刘和赤壁战时一样协力同心，纵使一时打不倒曹操，曹操的地盘至少要失去一大片，予以致命的打击；就因为孙权没有远大的政治眼光，斤斤计较小利，并没有宏图，弄得跟刘备方面不能永久团结，恰好给敌人以可乘之机，司马懿便抓住这一弱点，谏曹操迁都避袭之计：

司马懿谏曰：“不可！于禁等被水所淹，非战之故，于国家大计，本无所损。今孙、刘失好，云长得志，孙权必不喜，大王可遣使去东吴陈说利害，令孙权暗暗起兵蹑云长之后，许事平之日，割江南之地以封孙权，则樊城之危自解矣。”主簿蒋济曰：“仲达之言是也，今可即发

> 使往东吴，不必迁都动众。”操依允，遂不迁都。（第七十五回）

因此，浅见的孙权就被曹操利用，杀关羽父子，替曹操拔去了他所最怕也最恨的眼中钉。关羽因傲慢引起争端，可以说是他自己的错误；但孙权不深思熟虑，不能正确地掌握三国形势，替早知是虎狼的曹操完成借刀杀人的计划，便使自己东吴丧失了与国，陷于孤立。这错误，在东吴的人民说来也不会宽恕的，因有赤壁联合抗曹获得胜利的具体事实在前，东吴的人民可能对蜀方有友谊，绝不能对魏方有好感。因此之故，作者抓住了孙权这违反人民愿望的严重错误予以批判，虽说自己不直接站出来责骂，却在第七十七回借了关公生前死后的嘴来责骂：

> 关公厉声骂曰：“碧眼小儿，紫髯鼠辈！吾与刘皇叔桃园结义，誓扶汉室，岂与汝叛汉之贼为伍耶？我今误中奸计，有死而已，何必多言！”
>
> ……于是亲酌酒赐吕蒙。吕蒙接酒欲饮，忽然掷杯于地，一手揪住孙权，厉声大骂曰：“碧眼小儿，紫髯鼠辈！还识我否？”众将大惊，急救时，蒙推倒孙权，大步前进，

坐于孙权位上，两眉倒竖，双眼圆睁，大喝曰："我自破黄巾以来，纵横天下，三十余年，今被汝一旦以奸计图我，我生不能啖汝之肉，死当追吕贼之魂！我乃汉寿亭侯关云长也。"权大惊，慌忙率大小将士皆下拜，只见吕蒙倒于地上，七窍流血而死。众将见之，无不恐惧……

罗贯中写孙权的优缺点，既予以颂扬，也予以批判，到此为止，可说都符合了主题思想的要求，以后凡有关于孙权的叙述只不过补足孙权屈身事魏这一错误的后果罢了，并不是主要的文章，我谈孙权也到此为止。

第七个要谈的是有人认为"写得不好"的周瑜。

一般说来，《三国演义》中的人物和真实历史中原样距离较大的，该是周瑜，所以有些人认为罗贯中歪曲史实；我呢，刚相反，认为这个人物创造得好，作者在他身上显出了艺术想象的光芒。那么，是不是说脱离史实、虚构得多的就算是好呢？却又不然。毕竟周瑜是历史人物，《三国演义》是历史小说，不能毫无根据地捏造，完全脱离史实，主观地臆造是不能教人信服的，罗贯中仍是有所据地加以创造，在真实的基础上放大、提高，一面颂扬他的优点，一面暴露他的缺点。作者的立场是坚定的，是非是明确的，因此，我认为周瑜这个形象既鲜明，又完整，也就是说作者极有才能地把这个形象塑造得既符合历史的真实，也获得了艺术的真实。

依我的推想，人家之所以认为罗贯中歪曲史实，主要是因为《三国志·周瑜传》中有这样的话：

> ……是时权位为将军，诸将宾客，为礼尚简；而瑜独先尽敬，便执臣节，性度恢廓，大率为得人。

这“性度恢廓”四字恰和《三国演义》所描绘的相反，不得不说周瑜在《三国演义》里走了样。就是《江表传》也有类似推许的话：

> 普颇以年长，数陵侮瑜，瑜折节容下，终不与校。普后自敬服，而亲重之，乃告人曰：“与周公瑾交，若饮醇醪，不觉自醉！”时人以其谦让服人如此。

同书中还提及蒋干游说不成，回来“称瑜雅量高致”。那么，罗贯中依据什么来创造呢？我想就是周瑜屯据江陵时上疏要孙权如何处置刘备的缘故，作者便以疏中的话作为创造周瑜形象的概括。疏语已引入《三国志·周瑜传》中，引如下：

瑜上疏曰:“刘备以枭雄之姿,而有关羽、张飞熊虎之将,必非久屈为人用者。愚谓大计,宜徙备置吴,盛为筑宫室,多其美女玩好,以娱其耳目;分此二人,各置一方,使如瑜者,得挟与攻战,大事可定也。今猥割土地以资业之,聚此三人,俱在疆场,恐蛟龙得云雨,终非池中物也。”

罗贯中的艺术创造基础就是这疏中的话,仅只把周瑜忌嫉刘备移来忌嫉诸葛亮,并加以夸饰,罗贯中是写历史小说,有权移动,况且诸葛亮是刘备的军师,更无不可。我们不应该说罗贯中歪曲了史实,冤枉了周瑜;相反地,我们该赞美罗贯中的艺术创造。因为罗贯中不是历史家,而是历史小说家;《三国演义》不是《三国志》的翻版,而是《三国志》的再创造,它并不要求记录史事那样十分翔实,只要做到艺术的真实。

那么,我们就看看罗贯中是怎样地塑造周瑜的形象吧。

周瑜不只在江东算是个英才,在三国人物中也是特出的,军事才能在一个身为统帅的人应该具有,所以不能是周瑜的特有优点,在周瑜身上难能可贵的却是在政治上比较有见地,尤其是那种不畏艰难、敢于担当的爱国精神。这一点,《三国演义》的作者当然对他致敬仰之意,以高昂的调子予以歌颂,甚至《三国志》的作者陈寿也评为:

曹公乘汉相之资，挟天子而扫群杰，新荡荆城，仗威东夏，于时议者，莫不疑贰，周瑜、鲁肃建独断之明，出众人之表，实奇才也！

周瑜的才之所以奇，就因为有崇高的爱国思想，有政治见解，而他这种才并非在赤壁之战时才发挥出来。早在第三十八回《战长江孙氏报仇》一回书中提到，当时曹操乘破袁绍之余威，命孙权遣子入朝随驾，也就是迫使孙权交儿子来为人质，当时情势虽没有像赤壁战时那样紧迫危殆，却也够使江东畏惧的，张昭已对吴太夫人说："恐其兴兵下江东，势必危矣！"周瑜居然对孙权说：

"将军承父兄遗业，兼六郡之众，兵精粮足，将士用命，有何逼迫而送质于人？质一入，不得不与曹氏连和，彼有命召，不得不往，如此则见制于人也；不如勿遣，徐观其变，别以良策御之。"吴太夫人曰："公瑾之言是也。"权遂从其言，谢使者不遣子。

这样的见地是高明的，同时，这一节暗示了周瑜在江东的人才中是杰出的一位，便成为后来赤壁破曹的伏线，由这里一直贯串到赤壁之战，脉络分明，周瑜的性格也统一完整，我们不应忽视第四十四回：

> 权大喜，即遣使往鄱阳请周瑜议事。原来周瑜在鄱阳湖训练水师，闻曹操大军至汉上，便星夜回柴桑郡议军机事。使者未发，周瑜已先到。鲁肃与瑜最厚，先来接着，将前项事细述一番。周瑜曰：“子敬休忧！瑜自有主张。”

周瑜不待召而先到，并且自有主张，都不是偶然的，就为了有前次劝勿遣子为质的因，才成长了这样的果，这是人物性格成长的规律，也即是生活发展的规律，罗贯中的写法是完全合乎逻辑的。同时，使未发，瑜先到，这个安排也显出当时情势的紧迫，这六个字就等于山雨欲来之前的满楼风，开始了运筹帷幄，酝酿着战时的气氛。

再说“瑜自有主张”也不是没有来源的，在前次劝孙权时不是说过“别以良策御之”吗？从那个时候起就知道曹操迟早会兴兵下江东，而他身为江东将帅，岂能一日忘怀？经过了长时期的策划，当然成竹在胸，自然说“自有主张”，文章写出这样的必然，才显得真实动人，而且把周瑜这一人物的性格都巩固了下来。

作者原是要歌颂他，必须先筑好这样的基础，到了表扬他的时候，不至于缺少理由，何况这种被歌颂的对象，被表扬的性格都合乎作品的主题思想所需要的，所以在这上面费些脑力。简练扼要地刻画了他，接下去再用另一种方法，细致而具体地描叙周瑜外在的和内面的形象，做到了文情动荡，摇曳生姿，思想明确，形象突出。

罗贯中在第四十四回《孔明用智激周瑜，孙权决计破曹操》中的情节安排确达到了很高的成就，在这一回书中可以看到人物的联系、冲突、同情、反感，尤其可以清楚地看到孙权、周瑜和诸葛亮三人的个性在这些情节中的生长过程，特别是周瑜个性形成的历史。如回目所示，本回书的主要人物是周瑜和诸葛亮，作者并不使他俩一下子就见面，首先以庸懦的张昭为首的一群无实用的文官来和这位胸有成竹的将帅对面。张昭说：

> 曹操拥众百万，屯于汉上，昨传檄文至此，欲请主公会猎于江夏，虽有相吞之意，尚未露其形。昭等劝主公且降之，庶免江东之祸，不想鲁子敬从江夏带刘备军师诸葛亮至此，彼因自欲雪愤，特下说词以激主公，子敬却执迷不悟，正欲待都督一决。

张昭说曹操尚未露形，可是张昭自己露了庸懦的投降主义者的原形。骂鲁子敬执迷不悟，不料在他面前的周瑜就是“执迷不悟”的人，这固是张昭的直话，却正是作者讽刺的反语，所以引出了周瑜的“吾亦欲降久矣”的故示同心的反语，更由此引出了另一面以程普、黄盖为首的武将们，擦掌摩拳、跃跃欲战的群像，黄盖的“吾头可断，誓不降曹”和众人都说“吾等都不愿降”拉入正题，这倒正是周瑜想要知道的意见，虽然也顺口答说：“吾正欲与曹操决战，安肯投降？”明知问题须等见孙权后方能决定，自然都把他们按下再说，这样倒不是说明周瑜狡黠，而是表现他的从容不迫的大将风度，心里怀着一团火，外表极其镇定宁静，所以要战者、要降者走后，“周瑜冷笑不止”，显然是摸了底的结果，也是他有见地、有成算的必然反应。

以上的写法并不出人意外，不过是矛盾、冲突将要展开前应有的文章。出人意外的是跟鲁子敬的对话：

> 肃先问瑜曰：“今曹操驱众南侵，和与战二策，主公不能决，一听于将军，将军之意若何？”瑜曰：“曹操以天子为名，其师不可拒，且其势大，未可轻敌，战则必败，降则易安，吾意已决，来日见主公，便当遣使纳降。”鲁

> 肃愕然曰："君言差矣！江东基业，已历三世，岂可一旦弃于他人？伯符遗言，外事托付将军，今正欲仗将军保全国家，为泰山之靠，奈何亦从懦夫之议耶？"瑜曰："江东六郡，生灵无限，若罹兵革之祸，必有归怨于我，故决计请降耳。"肃曰："不然，以将军之英雄，东吴之险固，操未必能得志也。"二人互相争辩。

这个争辩很自然，因为他两人的看法一向相同，而且彼此知心，不料意见相左，这不单使鲁子敬不明究竟，连读者都觉得莫名其妙，作者故意如此，使情节跌宕，收到了欲扬先抑的效果，实际的原因还是为了与国的军师诸葛亮在座，来一下试探是必要的，尤其在一个性格上有弱点的周瑜一定会出此一着，符合这一种人物性格的实质，不是单纯的故弄玄虚；而鲁子敬的不明用意至于争辩，也不能把鲁子敬看作老实得过分，一时为爱国的感情掩蔽，并不以理智冷静地去捉摸对方的虚实，是生活中应出现的情况，因而至于"二人互相争辩"。但是摸过了底，又是胸有成竹的诸葛亮不能不"只袖手冷笑"了。自然，作者的主观愿望是要抬高诸葛亮，从冷笑以后的文章都由这个目的出发。

那么，强调了诸葛亮的智能，会不会和颂扬周瑜相克呢？

我想是不会的，作者要颂扬的是周瑜的高度爱国精神和坚毅果敢的性格；要批判的是周瑜性格中的弱点——忌才，甚至也许这弱点还是由于片面的爱国带来的，倘使诸葛亮不是刘备的军师，而是和鲁子敬一样和他共事的同僚，不至于产生嫉忌的心情也说不定，这有事实可以证明，就在本回书中有这样一事：

> 瑜请诸葛瑾，谓曰："令弟孔明有王佐之才，如何屈身事刘备？今幸至江东，欲烦先生不惜齿牙余论，使令弟弃刘备而事东吴，则主公既得良辅，而先生兄弟又得相见，岂不美哉？幸先生即一行！"

足见周瑜忌嫉诸葛亮绝非为一己的利益出发，还是为着他们的集团设想。我这个说法也绝非出于主观臆测，他对鲁子敬就谈过："此人助刘备，必为江东之患！"周瑜忌刘备武有关、张，文有诸葛，都是为了东吴，等到要诸葛瑾去拉不过来，就不能不加深了忌嫉，所以在本回书的末尾对诸葛瑾说：

> 公既忠心事主，不必多言。我自有服孔明之计。

这时，周瑜才开始有害诸葛亮之意，嫉妒嫌忌的性格逐渐成长，心地褊狭的弱点逐渐显露，很有层次，而且这样写出了周瑜的弱点，不是破坏了周瑜个性的统一，相反地使之更完整而有血肉，因为人是难免有缺点的，性格的构成因素是复杂的，弱点可以渐趋缩小，也可以渐趋扩大，周瑜属于后一类型，才招致后来被气死，我们正欢喜罗贯中有这样创造人物形象的能力。现实的真实描写就要求着自由广阔的性格描写，要求着创造十分有价值的非常复杂的人物，这样地刻画周瑜，才使周瑜成为一个有价值的具有复杂性格的艺术形象，自然，不一定就是历史书上的周瑜。并且作者依据主题思想的要求，也就东吴这一政治集团的利益来看问题，一面歌颂周瑜的优点，同时一面暴露他的弱点，据我看也不是纯出之于对周瑜的憎，相反地，是对周瑜的爱，为周瑜惜，深爱之，严责之，是人情之常，同时这样写也会给予读者一些教育。

由此，展开了两位英才的斗智，仍紧紧地环绕着联合抗曹这一中心事件，通过了一些具体的措施表现智慧竞赛，中间点缀着一个鲁子敬，使每一措施都随时露底，增加了各个场面的趣味，促进情节开展毫不板滞，显见作者手腕灵活，要是一个平凡的作者，这几回书只能有火爆的全武行，哪来这样的文戏武演、武戏文做的场面呢？紧中透松，松中带紧，一步一步地走上顶点——赤壁之战。虽然作者这样松而又紧，紧而又松，读者从未泄一点气地抓住，随着文情波起波落，一直贯到了《柴桑口卧龙吊丧》（第五十七回）为止，真使我们不能不佩服这样气势雄浑的文笔！

虽说作者处处有意地抬高诸葛亮，却并未处处贬低了周瑜，写作品的难处在这里，因联合抗曹操的战争中的主角还是周瑜，如果贬低了主将，也就取消了这一战的意义和价值，所以必须同样地捧，甚至还要捧得高，这就困难了。罗贯中的好处也就在这里，他能通过这些困难，依然突出地颂扬了周瑜的英明果敢，而且和诸葛亮一样有智慧、有才能。这里，先看他的第一个优点：

> 权即取檄文与周瑜看。瑜看毕，笑曰："老贼以我江东无人，敢如此相侮耶？"权曰："君之意若何？"瑜曰："主公曾与群文武商议否？"权曰："连日议此事，有劝我降者，有劝我战者，吾意未定，故请公瑾一决。"
>
> 瑜曰："谁劝主公降？"权曰："张子布等皆主其意。"瑜即问张昭曰："愿闻先生所以主降之意？"昭曰："曹操挟天子而征四方，动以朝廷为名，近又得荆州，威势愈大，吾江东可以拒操者，长江耳。今操艨艟战舰，何止千百？水陆并进，何可挡之？不如且降，更图后计。"瑜曰："此

迂腐之论也！江东自开国以来，今历三世，安忍一旦废弃？”

权曰：“若此，计将安出？”瑜曰：“操虽托名汉相，实为汉贼，将军以神武雄才，仗父兄余业，据有江东，兵精粮足，正当横行天下，为国家除残去暴，奈何降耶？且操今此来，多犯兵家之忌：北土未平，马腾、韩遂为其后患，而操久于南征，一忌也；北军不熟水战，操舍鞍马，仗舟楫与东吴争衡，二忌也；又时值隆冬盛寒，马无藁草，三忌也；驱中国士卒，远涉江湖，不服水土，多产疾病，四忌也。操兵犯此数忌，虽多必败。将军擒操，正在今日。瑜请得精兵数万人，进屯夏口，为将军破之。”

这一番对话就体现出一个英明果敢的将帅，最难的是敢于请兵数万抗拒百万雄师，这并非说了算了，后来说出个实数，也不过只要五万兵，实际上只领了三万人（弘治本。毛本删去孙权说的“已选三万人”一语），周瑜不是个英雄人物，可能这样做吗？作者仅写出了这样的事实，就已颂扬了周瑜，不必多予正面吹嘘。

然而，光只有胆量是不行的，这将是一场非同小可的大战，倘有勇无谋，没有策划指挥的才能是不能胜任的，因而在这方面也有所描述。可是作者并不用一般的叙述方法，只由旁人眼中看出周瑜非凡的将才，扼要概括地写：

> 程咨回见父程普，说周瑜劝止有法。普大惊曰："我素欺周郎懦弱，不足为将，今能如此，真将才也，我如何不服？"遂亲诣行营谢罪。瑜亦逊谢。

由一个不佩服他的老将表示佩服他，力量较大，这是作者有意的安排，这样一来，不用过多的描写就可概括了周瑜的英才，省却许多文章。接下第四十五回又回到写周瑜和诸葛亮斗智，一边写周瑜对诸葛亮的忌心愈来愈甚，一边写诸葛亮却能知几应付，两人的性格愈趋长成，而对比也愈趋鲜明；但周瑜究竟是主将，不能没有单写他的章节，于是写出在今天舞台上最受观众欢迎的"群英会"。

《群英会蒋干中计》写周瑜的智谋，是谁都知道的，可以不谈。只想谈一下这一回书的艺术创造。《三国志平话》和《三国演义》的来源是一样的，都是依据《江表传》所载：

> 初，曹公闻瑜年少，有美才，谓可游说动也，乃密下扬州，遣九江蒋干往见瑜。干有仪容，以才辩见称，独步江、淮之间，莫与为对。乃布衣葛巾，自托私行诣瑜。瑜出迎之，

立谓干曰：“子翼良苦，远涉江湖，为曹氏作说客邪？”干曰：“吾与足下州里，中间别隔，遥闻芳烈，故来叙阔，并观雅规，而云说客，无乃逆诈乎？”瑜曰：“吾虽不及夔、旷，闻弦赏音，足知雅曲也。”因延干入，为设酒食，毕，遣之，曰：“适吾有密事，且出就馆，事了，别自相请。”

后三日，瑜请干与周观营中，行视仓库、军资、器仗讫，还宴饮，示之侍者服饰、珍玩之物，因谓干曰：“丈夫处世，遇知己之主，外托君臣之义，内结骨肉之恩，言行计从，祸福共之，假使苏、张更生，郦叟复出，犹抚其背而折其辞，岂足下幼生所能移乎？”

干但笑，终无所言。干还，称瑜雅量高致，非言辞所间，中州之士，亦以此多之。

照这个来源，可以写出一节比较有趣味的文章，但不能写成一章很动人的小说，更不能使它作为戏剧的好情节，所以必须加以艺术创造。《三国志平话》初步创造，却十分粗陋，说曹操把蒋干当太公、子房一样看待，拜他为师，很为可笑。蒋干在《三国志》中连加入列传的资格都没有，曹操如何能拜他为师？不过已创造了“打盖”这一苦肉计的初型，也说到了蒯越、蔡瑁的书信；但不是由蒋干偷书中计，而是由黄盖说出的，这样，就比《三国演义》逊色太多了。罗贯中在这个基础上创造了“偷书”和“打盖”，不只使情节丰富生动，而且把周瑜、蒋干、黄盖、诸葛亮的相互关系、冲突、同情、反感都表现了出来，几个人物的性格也随着突出了。

群英会原是有很多可谈的，因为谁都熟识，不赘了。谈谈“三气周瑜”。第五十一回《孔明一气周公瑾》是为了抢夺南郡，倘使对当时的局势有理解，就知道南郡在于他们是必抢的，既然都要抢夺，必有一得到和一得不到；得到的高兴，得不到的失望；但在周瑜有上边写过那样性格上的弱点的人必然生气。

在东吴方面说，赤壁之战的胜利，不是解消了和曹操之间的矛盾，相反的是加深，曹操这次挫败引军北归，自然不久就会重来复仇，因此，必须趁此机会把国防线推远点，必须取南郡以及荆、襄数郡；在刘备方面是需要根据地，因他一直到此刻还没有立足点，况且荆、襄一带正是东吴的前门、曹魏的后户，又是可以向西蜀发展的起点，这正是军家必争之地，也是三分天下的关键，只要取得荆、襄，要发展到四川就容易了。那么，在周瑜说，也许在曹操东下时他才想到这一着——必须把国防线推出去；在诸葛亮说，却是未出茅庐前已定的计划，他们在击溃曹操之后安得不抢？

但话又说回来，我这个说法是依据《三国演义》所写来申论的，并不是依据史实，若依据《三国志》根本不同于《三国演义》。赤壁之战在建安十三年，“权以瑜为南郡太守”在十四年，由此也可说明罗贯中是把自赤壁战到取成都这多少年中的事创造为一个很短的时间，使文章紧密，一气呵成，这正证明历史小说之不同于历史，而罗贯中确是写历史小说的能手。

按史实，取南郡是两方合取的。《三国志·孙权传》说：

> 备、瑜等复追至南郡，曹公遂北还。

《周瑜传》也说：

> 备与瑜等复共追。

也许作者就因为他们共追，就创造出抢夺南郡，趁此表扬一下诸葛亮的机智，写起来却显得很真实，也就是很合理。例如周瑜这段话：

> ……肃曰：“却才都督为何失惊？”瑜曰：“刘备屯兵油江，必有取南郡之意，我等费了许多军马，用了许多

钱粮，目下南郡反手可得，彼等心怀不仁，要就现成，须放着周瑜不死。”肃曰：“当用何策退之？”瑜曰：“我自去和他说话，好便好，不好时，不等他取南郡，先结果了刘备！”肃曰：“某愿同往。”于是瑜与肃引三千轻骑、径投油江口来。

论情理，论声口，都极逼真，因此，开始了抢夺。结果不只南郡被抢去了，连襄阳也给抢去，周瑜安得不气？恰好周瑜当时确实“为流矢中右胁”，所以写他每气必“金疮迸裂”。

三气周瑜，创造最多而且最好的要算二气（第五十四、五十五回），情节生动，所以今天舞台上的《龙凤呈祥》（或全部《甘露寺》）为观众所爱好。《三国志·先主传》：

……权稍畏之，进妹固好，先主至京见权，绸缪恩纪。

开头所引周瑜上疏也在这个时候，作者由此想象创造，便成此热闹的两回书。开头我也说过，周瑜疏中语是嫉忌刘备，作者创造为嫉忌刘备和诸葛亮，其他描写都有根据；所谓冤枉周瑜是丝毫没有的，倒是孙权稍被冤枉，孙权对周瑜奏疏原采不同意的态度：

权以曹公在北方，当广揽英雄；又恐备难卒制，故不纳。

不只不纳，还“进妹固好”，作者把这个事实大大改动为孙权嫁妹是用美人计，而且把“绸缪恩纪”移作对孙夫人的鱼水之欢。同时，“进妹固好”一事想是民间盛传的佳话，当时人民也许很赞成此举，元人《两军师隔江斗智》杂剧也处理这故事，却是叙东吴送孙夫人到刘备那边赚骗的，不同于《三国演义》由刘备赴东吴入赘，《三国演义》改动并加工，得到了一定的成就，总的一句话，这两回书的艺术创造是丰富的、生动的。有人认为作者死守史实，缺乏想象，这证明了他们的偏见。

在第五十四回书中，我只想引一段来说说：

却说桥国老既见玄德，便入见吴国太贺喜。国太曰：“有何喜事？”桥国老曰：“令爱已许刘玄德为夫人，今玄德已到，何故相瞒？”国太惊曰：“老身不知此事！”便使人请吴侯问虚实，一面先使人入于城中探听。人皆回报果有此事，女婿已在馆驿安歇，五百随行军士，都在城中买猪、羊、果品，准备成亲。做媒的，女家是吕范，男家是孙乾，俱在馆驿中相待。国太吃了一惊。

少顷，孙权入后堂见母亲，国太捶胸大哭。权曰：“母亲何故烦恼？”国太曰：“你直如此！将我看承得如无物。我姐姐临危之时，分付你甚么话来？”孙权失惊曰：“母亲有话明说，何苦如此？”国太曰：“男大须婚，女大须嫁，古今常理。我为你母亲，事当禀命于我。你招刘玄德为婿，为何瞒我？女儿须是我的！”

权吃了一惊，问曰：“哪里得这话来？”国太曰：“若要不知，除非莫为。满城百姓，哪一个不知？你倒瞒我！”桥国老曰：“老夫已知多日了，今特来贺喜。”权曰：“非也，此是周瑜之计。因要取荆州，故将此为名，赚刘备来，拘囚在此，要他把荆州来换；若其不从，先斩刘备。此是计策，非实意也。”

国太大怒，骂周瑜曰：“汝做六郡八十一州大都督，直恁无条计策去取荆州，却将我女儿为名，使美人计！杀了刘备，我女便是望门寡，将来再怎的说亲？须误了我女儿的一世！你们好做作！”桥国老曰：“若用此计，使得荆州，也被天下人耻笑。此事如何行得？”说得孙权默然无语。

国太不住口的骂周瑜。桥国老劝曰：“事已如此，刘皇叔乃汉室宗亲，不如真个招他为婿，免得出丑。”权曰：

> “年纪恐不相当。”国老曰：“刘皇叔乃当世豪杰，若招得这个女婿，也不辱了令妹。”国太曰：“我不曾认得刘皇叔，明日约在甘露寺相见。如不中我意，任从你们行事；若中我的意，我自把女儿嫁他。”
>
> 孙权乃大孝之人，见母亲如此言语，随接应承。

三个人的声口极像，尤其吴国太的语言是绝好的一个老妇人的性格语言，但实则是作者心里要说的语言，借着吴国太的嘴数落了孙权一顿，又骂了周瑜一顿，依然是符合生活实际，合情合理，读者如仔细吟味一下在引文中加点的语言，绝不会以为我阿其所好，替罗贯中吹嘘。

同时，罗贯中又依据疏中语的指示，写出了“修整东府，广栽花木，盛设器用”，“又增女乐数十余人，并金玉、锦绮、玩好之物”，使得“玄德果然被声色所迷，全不想回荆州”。因此赵云用了诸葛亮临行前交他的第二个锦囊妙计，引出了双双逃走，众将拦截，害得周瑜亲自出马，白受了“周郎妙计安天下，赔了夫人又折兵”的奚落嘲笑，于是，周瑜不能不又一次地“大叫一声，金疮迸裂，倒于船上”了。事实固然不是真的，写来却是十分真实的，假使把《三国志平话》拿来对比一下，就知道罗贯中的艺术创造高明得多了。

三气周瑜（第五十六回）写东吴方面用反间计，但被程昱看破，原想使曹、刘矛盾趋于尖锐，反被曹操乘间，促使了周瑜和刘备的矛盾越趋于对立冲击，接下周瑜用“假途伐虢”故事明言过路取西川，实则取荆州，这样的计策自然瞒不过足智多谋的诸葛亮，所以他说：

> 主公宽心，只顾准备窝弓，以擒猛虎；安排香饵，以钓鳌鱼。等周瑜到来，他便不死，也九分无气！

结果周瑜又不能不“马上大叫一声，箭疮复裂，坠于马下”。

总的说来，周瑜是爱国的英雄，是果敢的大将；但对孙、刘必须永远联合方能抗魏这一点是认识不够的，因此，和刘备的矛盾老是不能统一，相反的渐趋于对立状态，这自是周瑜的错误。依据三国的情势说，只有孙、吴联合才有力量挡住曹操，使东吴得到安定，当时东吴人民必然也是这样愿望，所以孙权愿“进妹固好”。照周瑜的做法，不只对刘备不利，事实上使东吴不利，周瑜之所以如此，该由于性格上的弱点和认识错误。也就因此，罗贯中只颂扬了他的爱国精神，狠狠地指责了他性格上的弱点和认识错误，我认为罗贯中的立场是坚定的，是非之辨是明确的，那么他的描写方法也可说是比较成功的。

第八个，也是要谈的最后的一个人诸葛孔明，本应在谈刘备后就谈他，只因为《三国演义》是以近七十回书特写他，成为全书的中心部分，因而我也想以他为本书之殿，由这极重要的人物结束我这本试论。

历来，有些人认为罗贯中写诸葛亮有些过分，我以为并非“溢美”，因为他大体是根据《三国志》加以放大勾勒，这放大不只是艺术手腕，另一原因是陈寿的立场不同，对诸葛亮间有微词，但不敢完全抹杀事实，所以《诸葛亮传》还不会被打很大的折扣；罗贯中以自己的立场观点，依据总的倾向，必须加以弥补经陈寿打了的折扣，使他还原，同时陈寿在《诸葛亮传》后关于《诸葛氏集》的文中有“……然亮才于治戎为长，奇谋为短……”的话，罗氏偏一反陈寿所评，不只写他的长于治戎，而且饶有奇谋，既可以纠正《三国志》记载的不翔实之处，又可以丰富了形象，而这个人物正是执行兴汉安刘这一政治任务主要的实际的负责者，突出他，便可为全书的主题思想服务得更好。

这样看来，《三国演义》用在诸葛亮这一典型创造上是富有政治意义的，容或有浪漫主义的幻想，但这幻想是积极的，不是消极的。列宁同意比萨列夫关于幻想的话，而且加了一句：

应当梦想！[①]

我们依据这样的原则性的指示，自然同意了罗贯中的幻想。那么，罗贯中是怎样理解和怎样刻画这个典型人物的呢？我试道来。

罗贯中依据《诸葛亮传》写诸葛亮，主要的是抓住《隆中对》和《出师表》。诸葛亮自出茅庐到死，甚至死后姜维照他的遗嘱行事，都是早在出茅庐之前定下的计划，也就是《隆中对》中原则性的说明，作为随刘备服务的既定计划，确确实实，诸葛亮终一生不管如何困难，总想法克服困难，通过原计划行事，即使因条件变易而有所变动，也改得不太多，这说明了诸葛亮的计划性极强。罗氏对他的计划有深切的理解，强调了联合攻魏，这确是诸葛亮的卓见，所谓“孙权据有江东，已

① 比萨列夫：“我的梦想能够越过事变的自然进程……如果一个人完全被剥夺掉这样梦想的能力，如果他不能偶尔奔向前面，不能用自己的想象在完整的和完工的图画中思考那刚刚开始在他的手边形成的创造物——那么我就绝不能想象，究竟是怎样的一种刺激剂使人把广泛而困人的工作策划和从事到底。”列宁同意这一段话，且加了一句：“应当梦想！”并在《做什么？》中也号召过：“要幻想！”

历三世，国险而民附，贤能为之用，此可与为援，而不可图也”。必须联成一条战线，才能对抗“拥百万之众，挟天子以令诸侯”的曹操，而曹操也最怕这一手。第五十六回《曹操大宴铜雀台》时：

曹操连饮数杯，不觉沉醉，唤左右捧过笔砚，亦欲作铜雀台诗，刚才下笔，忽报东吴使华歆表奏刘备为荆州牧，孙权以妹嫁刘备，汉上九郡，大半已属备矣。操闻之，手脚慌乱，投笔于地。程昱曰：“丞相在万军之中，矢石交攻之际，未尝动心，今闻刘备得了荆州，何故如此大惊？”操曰：“刘备，人中之龙也，平生未尝得水，今得荆州，是困龙入大海矣，孤安得不动心哉？”

就因为曹操完全理解这一个可怕的战略，所以矜持不住，不能不动心，不能不“手脚慌乱，投笔于地”。使这样的奸雄也仓皇失措，足证此招不是寻常，更足证诸葛亮的才能、智慧高人一筹，当他一出茅庐，不久就执行这一战略，赤壁之战便是这一招的具体表现。所以，在赤壁之战的战前部署到两军交锋，用了全副精力来大写特写，并且根据《隆中对》中：

荆州北据汉、沔，利尽南海，东连吴会，西通巴蜀，此用武之地。

罗贯中便运用艺术技法写出了抢荆州、借荆州、讨荆州，当作重点突出部分。同时若完全依据历史编年，由赤壁之战到“跨有荆、益”就不能挤在一个短时期，为了引人注目地刻画诸葛亮的才能和诸将的武勇，便创造以闪电式的行动，由赤壁之战胜利一直贯到取得成都，文笔之健，真是无比！从取成都之后，整个节奏放慢，然而仍抓住“西和诸戎，南抚夷越”，写出了热闹场面——“七擒孟获”，甚至还写出了“六出祁山”和“九伐中原”。总之，想象创造，仍不失根据，依史实又不为它束缚，致损失了想象的完整，乍即乍离，掌握了准确的尺寸，我们如果也要写历史小说，就应该诚心地向他学习。

同时，作者想把兴汉灭魏的主要行动者军师诸葛亮特别突出，有意地把他的出场一延再延，加深了读者对诸葛亮的期待、怀想、渴望！刘备在跃马檀溪（第三十四回）之后逢水镜先生司马德操，就知道了有“伏龙、凤雏，两得其一，可安天下”。归途中，“忽见市上一人，葛巾、布袍、皂绦、乌履，长歌而来”的隐者，以为是水镜先生所说的“伏龙、凤雏”，结果不是，而是徐庶。徐庶给曹操诓走，却借着这个当口说出“伏龙、凤雏”的来历，并说出了“伏龙”诸葛孔明的现居地（第三十六回《元直走马荐诸葛》），照理说“伏龙”马上可以见到，却仍劳司马德操再荐，再荐还不能使诸葛出场，又来个一访，二访，至于三访，一边郑重其事，一边“姗姗来迟”。就在这些有意的安排中显出了刘备的“思贤若渴”和诸葛亮的“不同凡俗”。

即使抛开这些不说，仅就三顾茅庐和隆中对策这两回（第三十七回下半和第三十八回上半）文字而论，也大有可观，很可证明作者的想象丰富。这两个场面所根据的不过寥寥几句话，被渲染起来却十分有声有色。《三国志·诸葛亮传》只有这两句：

> 由是先主遂诣亮，凡三往乃见。

在诸葛亮自己的《出师表》中也只有这么四句：

> 先帝不以臣卑鄙，猥自枉屈，三顾臣于草庐之中，谘臣以当世之事。

《三国志平话》把这稍为扩大描写，字数不多，文笔也拙劣，到了罗贯中手里，竟脱胎换骨，思想性和艺术性都大大地提高了。这大段文字很长，当略而不引，但仍要引下最后的一节，可以概见两人当时情景和抱负的一斑：

> 玄德拜请孔明曰："备虽名微德薄，愿先生不弃鄙贱，出山相助，备当拱听明诲！"孔明曰："亮久乐耕锄，懒于应世，不能奉命。"玄德泣曰："先生不出，如苍生何？"言毕，泪沾袍袖，衣襟尽湿。孔明见其意甚诚，乃曰："将军既不相弃，愿效犬马之劳！"玄德大喜。……
>
> 次日，诸葛均回，孔明嘱咐曰："吾受刘皇叔三顾之恩，不容不出。汝可躬耕于此，勿得荒芜田亩。待吾功成之日，即当归隐。"

仅这一小节，也已经描画出一个是"时以天下苍生为念"的英雄，一个是"具有澄清天下之能"的贤士，不必说一顾、二顾、三顾的细致描叙了。

然而，这些安排是否仅仅为耍弄艺术的技巧，擒纵读者的心理呢？我看不然，因为整部大书的主题思想都得因诸葛亮而展开，积极行动也将由诸葛亮来执行，三番四次描绘他的出场之不易，也即为了加深加厚后来一切活动的意义，这样的艺术技巧纯粹是为更高的政治目的而服务的，所以我们不该忽视这些安排，尤其是要注意《刘玄德三顾茅庐》（第三十七回）的细腻描写，更重要的，须重视《定三分隆中决策》（第三十八回），这便是最著名的“茅庐三顾”和“隆中一对”，全部三国故事的主要关键，兴汉灭魏的一切行动由此发端；诸葛孔明的军事、政治、外交才能也由此开始施展。文章是写得够好的，故事是说得热闹的，然而这还是小事，重要的是凭借诸葛亮的策划指挥，纵横捭阖的所思所言所行，不仅活画出一个不世出的英雄人物的形象，也贯彻了主题所规定的政治任务。我以为把这一主要人物描写得真切动人，就使全书大大生色。恩格斯说：

> 巨大的思想深度，有意识的历史内容……如莎士比亚剧情的生动性与丰富性的充分合流……

固然，我们不必把罗贯中颂扬得一如莎士比亚什么的；至少罗贯中在这些地方比《三国志平话》提高到十百倍，看到了思想的相当深度，也表达了有意识的历史内容。

在诸葛亮出茅庐后接下“博望烧屯”（第三十九回）、“火烧新野”（第四十回）两次获胜，读者的全部注意力都开始集中到他身上来了；可是曹操的声势过分浩大，一时无法抵抗，所以终有当阳一役的大败（第四十一回），至于刘豫州不得不“败走汉津口”（第四十二回），这时的情势真是危急万分，眼看刘备一蹶不振，诸葛亮也濒于束手无策了。固然，读书的知道还有热闹的下文，心情却不能不为他们焦急。同时，曹操又率百万之众，乘战胜的余威杀奔江东而来，这要席卷天下的声势多么浩大！

在这样的当口，谁有那样大的才能和魄力来扭转局势呢？不用说，谁都会寄希望于自比管仲、乐毅的诸葛亮身上，因为他不仅有才能、有魄力，他还是时以兴汉为念，且能实现当时人民的意志的人，因此读者自然睁大眼睛注视着书中的诸葛先生，事实，也如大众所愿望，诸葛亮要大显身手了。

开始决不能马上有军事行动，仅显其外交的才能，于是乎出现了第四十三回的“舌战群儒”。但江东是人才荟萃之地，舌战绝不易胜，更糟的是曹操在他未到之前已有一封恐吓信给了孙权，所谓：“今统雄兵百万，上将千员，欲与将军会猎于江夏，共伐刘备，同分土地，永结盟好。”已经吓得“峨冠博带”的群儒个个抖颤，一心只想投降，当时情况正如孙权答吴国太的所问：

且说孙权退入内宅，寝食不安，犹豫不决。吴国太见权如此，问曰："何事在心，寝食俱废？"权曰："今曹操屯兵于江汉，有下江南之意，问诸文武，或欲降者，或欲战者。欲待战来，恐寡不敌众；欲待降来，又恐曹操不容，因此犹豫不决。"

总之，投降的空气已笼罩吴国上下，孙权虽还在犹豫，欲降的成分也比欲战居多，诸葛亮想以口舌之能扭转这个趋势，该有多难？演义家就乘机在诸葛亮尚未动舌之前，自己先显艺术创造的身手，突出这一紧要关头，使读者悬念顾虑，来个"山重水复疑无路"，挑逗大家为诸葛亮担心着急。待到了舌战胜利，扭转局面，自然出现了"柳暗花明又一村"的开朗场面，读者都为之振奋、喜悦！作者确运用了这些艺术技巧，而这技巧很好地为孙、刘联合抗曹这一最高的政治目的服务，思想性因这艺术技巧而更突出了。

所以在这一回中的问难答辩虽多，主要的不过是以下这两节：

（一）答虞翻的：

孔明曰："曹操收袁绍蚁聚之兵，劫刘表乌合之众，虽数百万，不足惧也。”

几句话就说中了群儒的心病。他们惧的是百万雄师，孔明居然说是“蚁聚”“乌合”的部队，如果说这不是真的，却大半是事实，这话纵动不了群儒的心，至少孙权不能不动心的。

（二）答薛综的：

孔明厉声曰：“薛敬文安得出此无父无君之言乎？夫人生天地间，以忠孝为立身之本。公既为汉臣，则见有不臣之人，当誓共戮之，臣之道也，今曹操祖宗叨食汉禄，不思报效，反怀篡逆之心，天下之所共愤，公乃以天数归之，真无父无君之人也。不足与语，请勿复言！”

这一段话在今天的我们听来，岂止是迂腐，而且是封建透顶之论。但在那一个历史年代，也只有这样的话最动听，何况他的目的就在兴汉讨曹，正好趁此机会把这个大道理搬出来，同时，在为吴国之君父的孙权面前说这样的话，更显得动听，孔明厉声侃侃而谈，就为了理直气壮；并且，孔明少时避乱出外，接着躬耕陇亩，不读死书，有丰富的现实生活经验和政治上的实际知识，他深知孙权对目前的事件未做最后的决定，一定要用话先打动孙权的心，然后才有办法说出必要说的话，因此，只要舌辩胜了无实用的群儒，便露出了转机之兆。

然而，能说会道，在诸葛亮身上是算不了什么的，要说是他的了不起的才能的话，该是和孙权的谈话及第四十四回的“智激周瑜”。这都能抓住对方的性格、心理，跟着对症下药。不过前者是完全移用《三国志·诸葛亮传》原有的话，作者的艺术创造不多；后者就显出作者自己的匠心独运，也就是说自“智激周瑜”起到“三气周瑜”止（第四十四回到第五十六回），整整十三回书，有丰富的想象、创造，今天留在舞台上《激权激瑜》《群英会》《甘露寺》《三气周瑜》等热闹动人的戏剧节目就是根据这十三回书编出来的，出现在这些戏中的一系列的人物、形象，都是那样鲜明、完整而突出，便可推知《三国演义》作者有高度的艺术创造能力了。

凡是典型的人物性格都是从典型的环境和情势中出现的，《三国演义》作者有意识地强调、夸张这些环境和情势，就为了强调夸张诸葛亮以及有关的一群人物的性格，因此这十三回书中的各种有意识的安排，不是形式主义的单纯技巧的卖弄，而是反映现实必要有的艺术创造。因此“智激周瑜”一回书的一切铺排，也只为了以下一段主要的文字：

……肃先问瑜曰："今曹操驱众南侵，和与战二策，主公不能决，一听于将军，将军之意若何？"瑜曰："曹操以天子为名，其师不可拒，且其势大，未可轻敌，战则必败，降则易安。吾意已决，来日见主公，便当遣使纳降。"鲁肃愕然曰："君言差矣！江东基业，已历三世，岂可一旦弃于他人？伯符遗言，外事付托将军，今正欲仗将军保全国家，为泰山之靠，奈何亦从懦夫之议耶？"瑜曰："江东六郡，生灵无限，若罹兵革之祸，必有归怨于我，故决计请降耳。"肃曰："不然，以将军之英雄，东吴之险固，操未必便能得志也。"

二人互相争辩。孔明只袖手冷笑。瑜曰："先生何故哂笑？"孔明曰："亮不笑别人，笑子敬不识时务耳！"肃曰："先生如何反笑我不识时务？"孔明曰："公瑾主意欲降操，甚为合理。"瑜曰："孔明乃识时务之士，必与我有同心。"肃曰："孔明！你也如何说此？"孔明曰："操极善用兵，天下莫敢当，向只有吕布、袁绍、袁术、刘表敢与对敌，今数人皆被操灭，天下无人矣。独有刘豫州不识时务，强与争衡，今孤身江夏，存亡未保；将军决计降曹，可以保妻子，可以全富贵，国祚迁移，付之天命，何足惜哉？"鲁肃大怒曰："汝教我主屈膝受辱于国贼乎？"孔明曰："愚有一计，并不劳牵羊担酒，纳土献印，亦不须亲自渡江，只须遣一介之使，扁舟送两个人到江上，操若得此两人，百万之众，皆卸甲卷旗而退矣。”

瑜曰：“用何二人，可退操兵？”孔明曰：“江东去此两人，如大木飘一叶，太仓减一粟耳，而操得之，必大喜而去。”

瑜又问：“果用何二人？”孔明曰：“亮居隆中时，即闻操于漳河新造一台，名曰铜雀，极其壮丽，广选天下美女以实其中。操本好色之徒，久闻江东桥公有二女，长曰大桥，次曰小桥，有沉鱼落雁之容，闭月羞花之貌。操曾发誓曰：‘吾一愿扫平四海，以成帝业；一愿得江东二桥，置之铜雀台，以乐晚年，虽死无恨矣！’今虽引百万之众，虎视江南，其实为此二女也。将军何不去寻桥公，以千金买此二女，差人送与曹操，操得二女，称心满意，必班师矣。此范蠡献西施之计，何不速为之？”

瑜曰：“操欲得二桥，有何验证？”孔明曰：“曹操幼子曹植，字子建，下笔成文。操尝命作一赋，名曰《铜雀台赋》。赋中之意，单道他家合为天子，誓取二桥。”瑜曰：“此赋，公能记否？”孔明曰：“吾爱其文华美，尝窃记之。”瑜曰：“试请一诵。”

孔明即时诵《铜雀台赋》云："……立双台于左右兮，有玉龙与金凤，揽二桥于东南兮，乐朝夕之与共……"

周瑜听罢，踊跃离坐，指北而骂曰："老贼欺吾太甚！"

孔明急起止之曰："昔单于屡侵疆界，汉天子许以公主和亲，今何惜民间二女乎？"

瑜曰："公有所不知。大桥是孙伯符将军主妇；小桥乃瑜之妻也。"

孔明佯作惶恐之状，曰："亮实不知！失口乱言，死罪！死罪！"瑜曰："吾与老贼誓不两立！"

孔明曰："事须三思，免致后悔。"瑜曰："吾承伯符寄托，安有屈身降曹之理？适来所言，故相试耳。吾自离鄱阳湖，便有北伐之心，虽刀斧加头，不易其志也。望孔明助一臂之力，同破曹操。"孔明曰："若蒙不弃，愿效犬马之劳，早晚拱听驱策。"

这一番谈话有机智、有风趣，和战问题由此解决，三个人的心理、性格都被鲜明地突出来，确是好文章！

诸葛亮素闻周瑜的英名，又在前头因知道了文官大抵主和，武将大抵主战，周瑜是武将的领袖，岂有主降之理？周瑜的一番假话之为假，聪明的诸葛亮当然知道，鲁肃一时为爱国的感情所蔽，所以认以为真，不一定完全为了太忠厚之故，而且鲁肃并不愚昧庸懦，相反的是位有政治才能的人。诸葛亮以二桥刺激周瑜一节是本回书主要点，写来极有风趣。毛声山本《三国演义》把“桥”改为“乔”，同时在文前批语中说：“孔明乃将‘桥’字改作‘乔’字。”评语中又说：“桥也，非乔也，孔明易此二语便轻轻划在二乔身上去。”实际，孔明并未改“桥”为“乔”，只是把两条桥轻轻地划在两位桥小姐身上。颇多错别字的《三国志平话》作“乔”，罗贯中已把它改回来，弘治本作“桥”；可是毛声山不知何故又改作“乔”，同时又推到孔明身上去。即“周瑜听罢，踊跃离坐”句，也被毛声山把后四字改成“勃然大怒”了，我觉得这四字也不及弘治本“踊跃离坐”来得好，这就等于说“气得跳起来”，不是更形象化吗？所以前所录的照改回来，这是小事，顺便附及罢了。

在这几回书中，都只刻画诸葛亮的智慧和口辩之高，连在赤壁之战中也以正面写周瑜，侧面写诸葛，在战后才把笔锋转到专写诸葛亮的军事才能上面，这正是在他出茅庐前的既定计划，由此开始实行罢了。他是以赤壁一战打溃了曹操的百万雄师，使他不得不引军北去，从此休整需时，短期中不能蹑他的后路，阻碍他照计划地发展，主要的，因为刘备在这时还没有根据地，更谈不到有更大的作为，所以，在赤壁战后必须马上以闪电的手段抢取地盘，因此，他大大地发挥了军事的才能，接二连三地夺取了荆、襄一带的几郡，作为由此发展到四川的基础，也就因此气坏了周瑜。在这里，我只谈这么一点点，因有些已在孙权、周瑜和鲁肃这江东三杰中谈过，于此不多赘了。

一百二十回大书，写到了三分之二的篇幅，编撰者已经费了很大的气力写出十分火爆精彩动人的战斗场面，而且不止一个两个有吸引力的，是无数个魅惑人心的热烈紧张的场面，然而读者和听众的要求没有止境，常言说“文似看山不喜平”，读书听书，就是喜爱高低抑扬，变化多端。一路来平铺直叙是平，从头到尾唱着高昂调子的也是平，譬如天天坐筵席的贵人吃山珍海错，久而厌腻，总想吃些蔬菜来换换口味才好。又有一句诗是“五岳归来不看山”，一个人看多了层峦叠嶂，或者是奇峰怪石，听惯了虎啸猿啼，或者是瀑声松韵，也会生厌，何况五岳之外的山都不及五岳之雄奇。总的一句：人之常情，喜爱“变”“变”“变”。编撰者深懂得这点儿道理，已觉到小战役继大战役，大战役又接小战役，无非是笳鸣鼓竞，人喊马嘶，兵来将往，马至枪迎，翻来覆去，平淡无奇了，就像弹琵琶的能手善才，一阵一阵的嘈嘈切切错杂弹之后，必须陡然转变：来个轻拢慢捻，所以在《刘先主遗诏托孤儿》之后不久便出现了《诸葛亮安居平五路》。第八十五回书就是在这种情况之下产生的艺术匠心，“武戏文演”，趣味隽永，以另一种手法引人入胜。

……曹丕大喜曰：“刘备已亡，朕无忧矣。何不乘其国中无主，起兵伐之？”贾诩谏曰：“刘备虽亡，必托孤于诸葛亮。亮感备知遇之恩，必倾心竭力，扶持嗣主。陛下不可仓卒伐之。”正言间，忽一人从班部中奋然而出曰：“不乘此时进兵，更待何时？”众视之，乃司马懿也。丕大喜，遂问计于懿。懿曰：“若只起中国之兵，急难取胜。须用五路大兵，四面夹攻，令诸葛亮首尾不能救应，然后可图。”

“五路大兵，四面夹攻”，确是心狠手辣的毒计，若在平时，蜀人，尤其在足智多谋的诸葛亮心里不见得害怕，吃一小惊或有之，大惊则未必；可是当这个连营惨败，领导人病亡之后不久的时刻，就不同了。向来指挥若定的人处在险恶的环境也不能不惊惶；读者听众已知阴云四布、山雨欲来的情势，眼看又有一场剑拔弩张、烟尘蔽天的火爆的大战斗，何况这本是编撰者的“拿手好戏”，必然聚精会神地等待热烈紧张的场面展开。

建兴元年秋八月忽有边报说：“魏调五路大兵，来取西川：第一路，曹真为大都督，起兵十万，取阳平关；第二路，乃反将孟达，起上庸兵十万，犯汉中；第三路，乃东吴孙权，起精兵十万，取峡口入川；第四路，乃蛮王孟获，起蛮兵十万，犯益州四郡；第五路，乃番王轲比能，起羌兵十万，犯西平关——此五路军马，甚是利害。已先报知丞相，丞相不知为何数日不出视事。”后主听罢大惊，即差近侍赍旨宣召孔明入朝，使命去了半日，回报：“丞相府下人言，丞相染病不出。”后主转慌……

似乎是编撰者“故作惊人之笔”，所谓说书人的“卖关子”，实则是孔明慢条斯理地对付大事，后主安得不慌？连读者和听众也会着急，因为情势太紧迫了。在这一阶段，西蜀本身力量已非赤壁战后可比，刘、关、张一一败亡，同时，适在刘备白帝托孤之后不久，正举国人心惶惶之际，如何经得起五十万兵马五路夹攻的强大压力？固然，读者和听众都相信诸葛亮的忠贞不贰和足智多谋，有可能解决危难，但他染病，毕竟危险，真是“屋漏偏逢连夜雨，船破又遇打头风”。

次日，又命黄门侍郎董允、谏议大夫杜琼，去丞相卧榻前，告此大事。董、杜二人，到丞相府前，皆不得入。

杜琼曰："先帝托孤于丞相，今主上初登宝位，被曹丕五路兵犯境，军情至急，丞相何故推病不出？"良久，门吏传丞相令，言："病体稍可，明早出都堂议事。"董、杜二人叹息而回。次日，多官又来丞相府前伺候。从早至晚，又不见出，多官惶惶，只得散去。杜琼入奏后主曰："请陛下圣驾，亲往丞相府问计。"后主即引多官入宫，启奏皇太后。太后大惊，曰："丞相何故如此？有负先帝委托之意也！我当自往。"董允奏曰："娘娘未可轻往，如果怠慢，请娘娘于太庙中，召丞相问之未迟。"太后依奏。

"急惊风偏遇慢郎中"，弄得人人"心头十五个吊桶打水，七上八下"了。大家都知道丞相一向认真负责，在这紧要关头绝不会没病装病，推卸责任，一定是真的病了；然而，蜀方一切都依靠他一个人"运筹帷幄"，也得"力疾从公"，说了"明早出都堂议事"，又是一天不出，究竟"葫芦里卖的是什么药"呢？董允和孔明共事久，深知他的为人严肃、谨慎，临危不惧，有"泰山坠前而不惊"的大无畏精神，如此慢吞吞地不出办事，必然是心中盘算未定，又知他素来见多识广，处理问题稳健准确，不轻易说话和行动的，才认为他"必有高明之见"，同意后主先往询问。

次日，后主车驾亲至相府。门吏见驾到，慌忙拜伏于地而迎。后主问曰："丞相在何处？"门吏曰："不知在何处。只有丞相钧旨，教挡住百官，勿得辄入。"后主乃下车步行，独进第三重门，见孔明独倚竹杖，在小池边观鱼。

孔明居然能闹中取静，忙里偷闲，倚杖观鱼，自得其乐，真教人"丈二和尚，摸不着头脑"。

后主在后立久，乃徐徐而言曰："丞相安乐否？"孔明回顾，见是后主，慌忙弃杖，拜伏于地曰："臣该万死！"后主扶起，问曰："今曹丕分兵五路，犯境甚急，相父缘何不肯出府视事？"孔明大笑，扶后主入内室坐定，奏曰："五路兵至，臣安得不知？臣非观鱼，有所思也。"后主曰："如之奈何？"孔明曰："羌王轲比能，蛮王孟获，反将孟达，魏将曹真：此四路兵，臣已皆退去了也。止有孙权这一路兵，臣已有退之之计，但须一能言之人为使，因未得其人，故熟思之。陛下何必忧乎？"

奇了！居然大笑，说来又十分轻松，若无其事似的，纵不是孔明"故弄玄虚"，也是说话人的有意夸张，尤其是四路兵"已皆退去了也”，教谁也难相信，俗话说“兵来将挡，水来土掩”，谁也不曾看见你孔明调兵遣将，怎么能“已皆退去了也”？这不活像摆地摊卖狗皮膏药者的口吻吗？可是，孔明是谨慎严肃，从不开玩笑的，后主自然只能信其真有，不能决其是虚言慰安他的满腹忧愁，这才又惊又喜，脱口而出：“相父果有鬼神不测之机也！”心里却不能不半信半疑，必须“打破砂锅问到底”，索性请教个究竟：

> “愿闻退兵之策。”孔明曰：“先帝以陛下付托与臣，臣安敢旦夕怠慢？成都众官，皆不晓兵法之妙，贵在使人不测，岂可泄漏于人？”

这话是诚恳确切的，不是有什么“鬼神不测之机”，只为了保密，办事谨慎小心，始有这样不动声色的措施，这正是一代名臣诸葛亮的性格行为特征，他从不叫叫嚷嚷，沉着气儿办一切事，无论真实历史上的诸葛亮抑艺术形象上的诸葛亮，他的书本知识和实践经验都非常丰富，不凭自己夸夸其谈，也不借他人的吹嘘捧场，同时，在艺术形象上是戴纶巾，披鹤氅，却不是能神机妙算的老道士，相反他是个有唯物精神，懂辩证法则的实践家，听他说吧：

老臣先知西番国王轲比能引兵犯西平关；臣料马超积祖西川人氏，素得羌人之心，羌人以超为神威天将军；臣已先遣一人，星夜驰檄，令马超紧守西平关，伏四路奇兵，每日交换，以兵拒之：此一路不必忧矣。又南蛮孟获，兵犯四郡，臣亦飞檄遣魏延领一军左出右入，右出左入，为疑兵之计，蛮兵惟凭勇力，其心多疑，若见疑兵，必不敢进：此一路不足忧矣。又知孟达引兵出汉中，达与李严曾结生死之交，臣回成都时，留李严守永安宫；臣已作一书，只做李严亲笔，令人送与孟达；达必然推病不出，以慢军心：此一路又不足忧矣。又知曹真引兵犯阳平关；此地险峻，可以保守，臣已调赵云引一军守把关隘，并不出战；曹真若见我军不出，不久自退矣：此四路兵俱不足忧。臣尚恐不能全保，又密调关兴、张苞二将，各引兵三万，屯于紧要之处，为各路救应。此数处调遣之事，皆不曾经由成都，故无人知觉。

说来头头是道，语语中听，由于连日深思熟虑，做过具体分析，抓住事物的矛盾，并不高谈阔论什么大道理，只平易近理地对准事物本身的弱点，予以处理，或使矛盾转化，或使矛盾解消，孔明既不好弄玄虚，也不会掐指妙算，只是踏实地对待一切事物，他是个现实主义者，编撰演义的人也能现实主义地写诸葛亮这个人。四路兵已不足忧，余下的一路自然也差不多，不过事物各有各的不同情况，不可能都像那四路一个样子，同时，都一样地处理，读者和听众当又会觉得平铺少趣味，所以写孔明另有看法：

> “只有东吴这一路兵，未必便动；如见四路兵胜，川中危急，必来相攻；若四路不济，安肯动乎？臣料孙权想曹丕三路侵吴之怨，必不肯从其言。虽然如此，须用一舌辩之士，径往东吴，以利害说之，则先退东吴；其四路之兵，何足忧乎？但未得说吴之人，臣故踌躇。何劳陛下圣驾来临？”后主曰：“太后亦欲来见相父。今朕闻相父之言，如梦初觉，复何忧哉！”

细致地分析矛盾的复杂性，估计不同的矛盾几种发展的可能性，客观地判断，然后采取一种解决矛盾的方法。诸葛亮就是如此审思慎行地“纵横捭阖”于当时，所以能指挥若定，应付裕如，既不光凭书本知识，也不仅依实践经验，两者相辅相成，才能排除一切危难。换句话说，诸葛亮非那些走方郎中似的不管病人的死活，乱投药石；他确实深明医理，熟悉药性，遇什么样的病，下什么样的药来治。人们一直相信任何“疑难杂症”一经他手都能“起死回生”，因他善于“对症下药”，自然“手到病除”，值得后人敬佩！于是，西蜀这一场难避免的战斗，又消灭于无形，终得邓芝为使往说东吴，仍照顾住他自己初出茅庐之时所定的联吴战略，将来才能执行北伐中原、兴汉灭魏的大计。

这第八十五回书的后半，是一开始就阴霾蔽空，狂飙骤起，惊涛骇浪，排山倒海而来，大家以为西蜀有“累卵之危”，都为之提心吊胆，眼看一场凶恶的大战要爆发；但久久未闻人喊马嘶，也未见刀光剑影，编撰者有意耍艺术技巧，一再延宕读者和听众“替古人担忧”的心理，擒而不纵，令当事者和局外人的心情统紧得无可再紧时始“和盘托出”它的底来，终于一下子“化险为夷”，西蜀居然“转危为安”。为什么能这样呢？还不是由于诸葛亮的心神镇定，运筹有方，这才立刻云收雾敛，天朗气清，风平浪静，水波不兴了。

写诸葛亮的军事才能的章节实在太多了，这里不能一一谈到。还要选两件最深入人心的战事来谈，以概其余：一是“七擒孟获”，这一个热闹节目在《三国志平话》中虽已有，花的笔墨很少，写来毫不动人，到了罗贯中手里却用五回书（自第八十七回至第九十一回）来描写，想象相当丰富。据我看，作者是抓住《出师表》中“五月渡泸，深入不毛”两句话来生发，可说是《三国演义》中《诸葛亮传》的一个重要关目，描写出存在诸葛亮身上的许多优点，在那些章节上很鲜明而具体地刻画出诸葛亮的思想作风，也可以看出作者具有丰富的想象和明确的倾向。

我们知道征南是诸葛亮未出茅庐时既定计划中的一部分，就是《隆中对》中的“西和诸戎，南抚夷越”。在刘备死后，他依然念念不忘于“恢复中原”，结果真的要去“北定中原”，一定要先巩固后防，所以他对后主说：

> 今臣先去扫荡蛮方，然后北伐，以图中原，报先帝三顾之恩，托孤之重。

他要忠于汉室，自始至终为一种崇高的爱国主义精神所驱使，便不管王谏议的劝阻毅然出兵，而作者也完全同情这种做法，所以作者又乘机表现诸葛亮的有才能、有毅力，更刻画这样的人所难能的谦虚，写他先请教于永昌高士吕季平，因而得到“平蛮指掌图”，又请教于马谡，决定了“心战为上”的战略，征南之所以成功，就凭借这两点。五回书中不厌其详地描写七擒七纵，固然由攻心的战略出发，实际还是由《隆中对》的“西和诸戎，南抚夷越”的“和”“抚”两字来，因之作者极写他的先加之以威，次待之以仁，终示之以信，使符合这“和”“抚”的目的，而这目的又服从于一个大的目的——“恢复中原”，因之，我认为“七擒孟获”不是别生的枝节，是《诸葛亮传》的有机部分，而这一部分终得到这样的总结：

> 孟获垂泪言曰：“七擒七纵，自古未尝有也。吾虽化外之人，颇知礼义，直如此无羞耻乎？”遂同兄弟、妻子、宗党人等，皆匍匐跪于帐下，肉袒谢罪曰：“丞相天威，南人不复反矣！”

又因为诸葛亮是作者最颂扬的大政治家，虽已做过了事件的总结，心里还感到不满足，仍要在尾声中刻画他的高人一筹的才智和政治家的风度：

> 长史费祎入谏曰：“今丞相亲提士卒，深入不毛，收服蛮方，今蛮方既已归服，何不置官吏，与孟获一同守之？”孔明曰：“如此有三不易：留外人则当留兵，兵无所食，一不易也；蛮人伤破，父兄死亡，留外人而不留兵，必成祸患，二不易也；蛮人累有废杀之罪，自有嫌疑，留外人

终不相信，三不易也。今吾不留人，不运粮，与相安于无事而已。”众人尽服。

再则，作者对诸葛亮先征南，巩固后防，然后大举攻魏，恢复中原及诸葛亮处理征南事件的方法和风度，完全首肯而予以颂扬；可是其中却不无矛盾，因战争总是要死人，很难避免残酷的行为，人民对战争又总是厌恶的，只能赞成那种正义的或出于不得已的用兵，同时希望“兵不血刃”，反对残杀，所以当出现了这样的情景时：

……满谷中火光乱舞，但逢藤甲，无有不着，将兀突骨并三万藤甲军烧得互相拥抱，死于盘蛇谷中。孔明在山上往下看时，只见蛮兵被火烧的伸拳舒腿，大半被铁炮打得头脸粉碎，皆死于谷中，臭不可闻。

作者也不同意这种残酷的屠杀，不得不接下写出当时当事者的感觉，实则就是作者对这过分残忍的行为的谴责：

孔明垂泪而叹曰：“吾虽有功于社稷，必损寿矣！”左右将士，无不感叹。（第九十回）

孔明的自责，分明就是作者对孔明的责备，不止这一次，又在另一面表示了同样的态度，那就是第九十一回中班师时祭泸水上的阴魂一节，表面上看来又是一番迷信的描写，却具有批判的实质，也许是作者有意的安排，表现了孔明，也即是作者和人民对战争行为的复杂的矛盾心理，是现实主义的。

但话得说回来，像“火烧藤甲”一类章节，非正史所有，恐系民间传说所有，是由于“大汉族主义”思想而来的错误想象，“开诚心，布公道”的诸葛亮，这次征南所采取的是攻心战略，在事理上说绝不会出现那么残酷的杀人场面，这是可以想见的，要不然，则既不能服孟获之心，不可能“终亮之世，南人不敢复反”，也不可能有在亮死后“百姓巷祭，戎夷野祀”这位比历来对待少数民族宽厚得多的诸葛丞相一类事了。罗贯中不把传说中歪曲历史真实的糟粕删弃，反加以渲染，当然是错误的，也还得予以批判才对。

接下，谈第二件，妇孺皆知的“空城计”。

诸葛亮在平定孟获之后，西蜀的后顾之忧没有了，跟着要执行北定中原的最高任务，就在这过程中，出现了惊险的场面——“空城计”。按史实，这是虚构的情节，裴松之在《三国志》注已辨其无；《三国志平话》也只写出了“失街亭”和“斩马谡”，这中间并没有“空城计”。那么，是不是罗贯中毫无根据地杜撰的呢？不然，根据是有的，不过不是正史，而是依据郭冲的记载。

我觉得罗贯中处理这一事件的高明之点，并不是他描写如何好，在描写方面说只不过没有依样画葫芦，不见有若何特别值得颂扬之点，罗贯中并不追求用多少笔墨来夸饰这一事件，只费脑力思索，把它怎样安排得恰当而有力，因此，他处理得不只由这一事件显示出诸葛亮在军事上的特出才能，同时突出了诸葛亮其他一些不平凡的优点，仅仅这一种安排，就带有创造性。《三国演义》虽然很多事件依靠前人的记载，仍不是前人记载的翻版，就因为有了这些看来平常，实则具有创造性的艺术成就。

那么，“空城计”在结构安排上有什么特殊成就呢？郭冲所记是司马懿的兵和魏延的兵错道，致诸葛亮遭此意外，如依样画葫芦，“空城计”这个场面除了本身有些意义外，就没有更多的了；但作品的每一场面都不应是孤立的，它必须在本身有意义外，还有前后贯串，互相呼应，起珠联璧合、相得益彰的效能才妙，要不然，还是浪费笔墨。所以，罗贯中要加重这一事件的意义，把这一个现实生活中可能有的危机加工，安排在最适当的场合，既可以使这事件本身突出，也使和它连带有关的章节更富有意义，罗贯中很有才能地把它安排在“失街亭”这一战略错误的重大事件之后和“斩马谡”之前，这样安排，便使前于此的街亭之失的意义也突出了，令人知道这是军事上的重大损失，才使后于此的处斩马谡十分应该，用力写诸葛亮的坚持原则，执法严明。他的眼泪、他的言辞、他的掌握原则都深深地打动读者的心，罗贯中的创造艺术得到了不平凡的证明。

不仅此，另一个目的也达到了，那就是以“空城计”一事显出了诸葛亮不是“神机妙算的道士”，而只是懂得生活发展规律，善于掌握敌人性格，于是显出他有惊人的料人、料事的特出的本领和在任何重大的紧张的场合决不惧怯，依然能冷静地思考，运用他那特高的智慧，确是个大军事家的形象。然而，这样鲜明而完整的形象，全赖作者细致，尤其具体的笔触描绘成的，诸葛亮形象之所以动人心魄，不是轻易得来的。罗贯中在街亭将失之前就写杨仪惊问过孔明，说：“若街亭有失，吾等安归？”这就说明了街亭是军事上的重要据点，绝不可丢失，而现在的形势偏是这样的出乎意外：

> 忽然十余次飞马报到，说司马懿引大军十五万，望西城蜂拥而来。时孔明身边，别无大军，止有一班文官，所引五千军，已分一半先运粮草去了，只剩下二千五百军在城中。众官听得这个消息，尽皆失色。孔明登城望之，果

然尘土冲天，魏兵分两路望西城县杀来。

在这样措手不及的紧急情势下，所谓“情急智生”才想到使用“空城计”，不得不弄险，然而这样的弄险是在孔明事后所说的“吾兵只二千五百，若弃城而走，必不能远遁，得不为司马懿所擒乎”的十分紧张的客观情势下逼出来的，这说明了孔明不是会神机妙算，而是有智慧、有胆略的大军事家，依靠自己的智慧和胆略镇定地战胜危难。

孔明传令，教“将旌旗尽皆藏匿；诸军各守城铺，如有妄行出入及高声言语者立斩。大开四门，每一门用二十军士，扮作百姓，洒扫街道。如魏兵到时，不可擅动。吾自有计”。孔明乃披鹤氅，戴纶巾，引二小童，携琴一张，于城上敌楼前，凭栏而坐，焚香操琴。

却说司马懿前军哨到城下，见了如此模样，皆不敢进，急报与司马懿。懿笑而不言。遂止住三军，自飞马远远望之，果见孔明坐于城楼之上，笑容可掬，焚香操琴，左有一童子，手捧宝剑；右有一童子，手执麈尾；城内外有二十余百姓，低头洒扫，旁若无人。

懿看毕大疑，便到中军，教后军作前军，前军作后军，望北山路而退。

“空城计”这一个惊险的场面，既自然又动人地刻画出孔明和司马懿这两个形象，读者不能不满足，虽说为诸葛亮担忧而捏过一把汗，得到的报偿是因司马懿的无能而捧了一回腹。作者有意卖弄艺术技巧来突出孔明的大胆、镇静，要人先为之提心吊胆，后为之叫好称快。也突出司马懿的胆怯、多疑，要人先憎恶、后鄙夷，这样的创造是出色的。“空城计”后来改编为戏剧获得成功就因此，因为让人在剧中人物的行为中感到重大的冲突和矛盾，同时，这种冲突矛盾不是由于作者主观臆想制造出来的。而它的所以动人，是由于它完全合乎生活逻辑，不是脱离了生活真实而故意制造危机。因为诸葛亮在万不得已的时候才“弄险”，但他之敢于“弄险”不是一般的“孤注一掷”式的图侥幸，而是掌握了对方的心理。司马懿和他自己都已经说明了这一点，看以下一节可知：

……次子司马昭曰：“莫非诸葛亮无军，故此作态？父亲何故便退兵？”懿曰：“亮平生谨慎，不曾弄险，今大开城门，必有埋伏。我军若进，中其计也。汝辈焉知？宜速退。”于是两路兵尽皆退去。

孔明见魏军远去，抚掌而笑。众官无不骇然，乃问孔明曰："司马懿乃魏之名将，今统十五万精兵到此，见了丞相，便速退去，何也？""此人料我平生谨慎，必不弄险，见如此模样，疑有伏兵，所以退去。吾非行险，盖因不得已而用之。此人必引军投北山小路去也，吾已令兴、苞二人在彼等候。"

众皆惊服曰："丞相玄机，鬼神莫测！若某等之见，必弃城而去矣！"

事实上情势太紧迫，身边兵又太少，即使要逃也逃不脱，只有揣摸对方心理，走这一险着，以他那样有丰富生活实践和知识经验的人，自然有可能正确地掌握多年交手的司马懿的心理。同时，司马懿知道他"平生谨慎，不曾弄险"，因此推测这一回不是弄险，而是"必有埋伏"，所以敢于弄一次险，彼此都在掌握对方的性格和心理，这正是现实生活中所必有的现象，处理得又极其合情合理，才令人完全信服这不是虚构的情节，捏造的危机，认为生活是这样的，这就获得了艺术的真实。

古今来曾有几部描写战争的长篇作品像《三国演义》那么多彩多姿的？它可以说是绝无仅有的一部，精彩的章节，真是"层出不穷"。依一般情况，都是头重足轻，后劲难继，《三国演义》恰恰相反，全部一百二十回书，到这一阶段，三国领袖曹、刘早已去世，孙权也到了垂老之年，书离结尾已不远了，居然在第九十五、九十六回书中还能写出如此精彩异常的“失街亭”“空城计”“斩马谡”。在这儿我不再噜苏它的情节如何安排得巧妙，形象如何雕塑得生动，只想谈一下历史真实和艺术真实，因谁都没有谈过这两回书在这方面给我们的启发，不妨补充我的一得之见。

按真实历史上只有“失街亭”和“斩马谡”，而没有“空城计”。“空城计”来源于《郭冲五事》的第三事：

亮屯于阳平，遣魏延诸军，并兵东下，亮惟留万人守城。晋宣帝率二十万众拒亮，而与延军错道，径至前，当亮六十里所，侦候白宣帝说亮在城中，兵少力弱。亮亦知宣帝垂至，已与相逼，欲前赴延军，相去又远；回迹反追，势不相及。

将士失色，莫知其计。亮意气自若，敕军中皆卧旗息鼓，不得妄出庵幔，又令大开四城门，扫地却洒。宣帝常谓亮持重，而猥见势弱，疑其有伏兵，于是引军北趣山。

明日食时，亮谓参佐拊掌大笑曰：“司马懿必谓吾怯，将有强伏，循山走矣！”候逻还白，如亮所言。宣帝后知，深叹以为恨！

实则“五事”都不可靠，裴松之已一一予以批驳，关于此第三事，他说：

案阳平在汉中。亮初屯阳平，宣帝尚为荆州都督，镇宛城，至曹真死后，始与亮于关中相抗御耳。魏尝遣宣帝自宛由西城伐蜀，值霖雨，不果。此之前后，无复有于阳平交兵事。就如冲言，宣帝既举二十万众，已知亮兵少力弱，若疑其有伏兵，正可设防持重，何至便走乎？案《魏延传》云：“延每随亮出，辄欲请精兵万人，与亮异道会于潼关，亮制而不许；延尝谓亮为怯，叹己才用之不尽也。”亮尚不以延为万人别统，岂得如冲言，顿使将重兵在前，而以轻弱自守乎？且冲与扶风王（骏）言，显彰宣帝之短，对子毁父，理所不容，而云“扶风王慨然善冲之言”，故知此书举引皆虚。

由此可知它非历史真实。《三国演义》运用了它，且加工虚构为“空城计”，获得了特别魅惑人的艺术真实，也就是使平凡的历史事件——一般的“失”和“斩”，所谓兵家常事，统因“空”而意义丰富起来，死的历史活了起来，证实了所谓艺术真实高于历史真实，这便显出了编撰者的卓越才华，也说明了《三国演义》固然排比了九十七年的历史事实，或者说是按鉴编修，它毕竟不是一部历史书，而是一部历史小说，属于艺术范畴，与其说它必须依据史实，毋宁说必须依照艺术规律，否则，谁也不要一读再读而至于无数次地读它，如果只要知道汉末三国时期前后九十七年的历史，原有陈寿的《三国志》在，记事详明，文笔简劲，何必舍《三国志》而欣赏《三国演义》呢？其理自明，毋庸赘说。当然，也许还有人认为历史是真实的，艺术是虚假的，终究高不了。其实，历史书本身未必都百分之百地真实，也往往有歧出，都是事后的记载，不可能事事征实，往往因“传闻异辞”而有不同的真实，历史书仍然保留那些“异辞”，谁也不能征其实。因之，可以说都只有一定程度的真实，区别只在于哪个理多一些，或近于事理些，便算是最翔实的了。

别说远的，就举马谡之死来说，陈寿比任何人记载都该详确些，因他的父亲任马谡的参军，坐罪被髡，然而在《三国志》里保留了“异辞”，我们不能以此责备陈承祚不忠于历史，也许相反是为了忠实起见才不依己意舍弃分歧的传闻。关于马谡究竟是怎样下场的，未有人谈过，不知道罗贯中在这一事上也表现了才华，我倒乐于就此谈谈鄙见。不同的说法共有三种：一是说逮捕马谡时，他逃亡了；二是说马谡被逮下狱，至于怎样死，只说“物故”，大概是瘐死狱中吧；三是说军前处斩。罗贯中对“异辞”一定仔细考虑过，然后选用了军前处斩一说。因只有这一说对“失”和“斩”有很大的帮助，他才决定取舍。这是作为艺术家而不是历史家的任务，因为艺术家和历史家的意向不一样，他仅仅想通过历史的真实达到动人的艺术的真实。这儿，就这三种说法来看，到底是哪一种近理些和采取哪一种为最合适？

第一说，见于《三国志·蜀书》第十一《向朗传》：

> ……五年，随亮汉中。朗素与马谡善，谡逃亡，朗知情不举，亮恨之，免官还成都。

裴松之按：“朗坐马谡免长史，则建兴六年中也。”那么，确有其事，但我想也许是向朗为马谡求情，甚至为他辩护而触孔明之怒致坐罪免官，或不是因马谡逃亡知情不举之故，因为逃亡是不负责任的卑劣行为，既有损于马谡的品格——所谓“马氏五常”，当时在乡里并有才名，幼常不至于那样品格卑下；也有损于孔明的知人之明，马谡“言过其实”——空谈理论而疏于实践则有之，品格还是不卑下的，况那样的品格就不够做悲剧英雄的格，所以罗贯中必不采用，作为艺术家必有这起码的认识。

第二说，见于《蜀书》第九附在《马良传》后的《马谡传》：

> 建兴六年，亮出军向祁山，时有宿将魏延、吴壹等，论者皆言以为宜，令为先锋；而亮违众拔谡，统大众在前，与魏将张郃战于街亭，为郃所破，士卒离散。亮进无所据，退军还汉中。谡下狱物故，亮为之流涕。

这条材料比较多点儿真实性，作为纪传素材是好的，作为“演义”的素材还嫌不够好，因缺乏具有生动的感诉力的戏剧性，也对“失”少有助益，为什么？它既不能突出“失”为特殊重大的错误，也不能使诸葛亮的造型增加复杂性和艺术的魅力，所以罗贯中还不因为它具有真实性而舍不得放弃，毅然地采用了见于《蜀书》第五《诸葛亮传》的第三种说法：

> 魏明帝西镇长安，命张郃拒亮，亮使马谡督诸军在前，与郃战于街亭。谡违亮节度，举动失宜，大为郃所破。亮拔西县千余家，还于汉中，戮谡以谢众。

这可能是最真实的，因当时王平同马谡去守街亭，《王平传》里也说：

> ……建兴六年，属参军马谡先锋。谡舍水上山，举措烦扰，平连规谏谡，谡不能用，大败于街亭。众尽星散，惟平所领千人，鸣鼓自持，魏将张郃疑其伏兵，不往逼也。于是平徐徐收合诸营遗迸，率将士而还。丞相亮既诛马谡及……

被诛戮也无可疑。罗氏不只为了反映生活真实而看重此一说，主要是为了它能表达诸葛亮的内在和外在面貌并得到深化，同时也为了使作品增加思想深度，因军前处斩一个失重要战略据点的将帅，这行为的感诉力丰富而且强烈，这儿“演义家”就不同于“历史家”，历史的功能只在于告诉我们已过去的事件，是死的；演义的功能则在于注以生命力，使死的历史活了起来，不说别的，由上引“平连规谏谡，谡不能用”一点，便可以看出来，第九十五回回目《马谡拒谏失街亭》里所写的一节：

> 却说马谡、王平二人兵到街亭，看了地势。马谡笑曰：

“丞相何故多心也？量此山僻之处，魏兵如何敢来！”王平曰：“虽然魏兵不敢来，可就此五路总口下寨；却令军士伐木为栅，以图久计。”谡曰：“当道岂是下寨之地？此处侧边一山，四面皆不相连，且树木极广，此乃天赐之险也。可就山上屯军。”平曰：“参军差矣：若屯兵当道，筑起城垣，贼兵总有十万，不能偷过；今若弃此要路，屯兵于山上，倘魏兵骤至，四面围定，将何策保之？”谡大笑曰：“汝真女子之见！兵法云：‘凭高视下，势如劈竹。’若魏兵到来，吾教他片甲不回！”平曰：“吾累随丞相经阵，每到之处，丞相尽意指教。今观此山，乃绝地也：若魏兵断我汲水之道，军士不战自乱矣。”谡曰：“汝莫乱道！孙子云：置之死地而后生。若魏兵绝我汲水之道，蜀兵岂不死战？以一可当百也。吾素读兵书，丞相诸事尚问于我，汝奈何相阻耶？”平曰：“若参军欲在山上下寨，可分兵与我，自于山西下一寨，为掎角之势。倘魏兵至，可以相应。”马谡不从。忽然山中居民，成群结队，飞奔而来，报说魏兵已到。王平欲辞去。马谡曰：“汝不听吾令，与汝五千兵自去下寨。待吾破了魏兵，到丞相面前，须分不得功！”王平引兵离山十里下寨，画成图本，星夜差人去禀孔明，具说马谡自于山上下寨。

活生生地画出一个“读死书、死读书、读书死”的“本本主义者”，谁能说它不高于历史真实呢？至少，它对后世那些能高谈阔论经典著作而脱离实践的知识分子有很大的启发教育，马谡就仰仗罗贯中手中一支能文能武的笔，在千百年后还“活灵活现”在我们的面前。

《三国志》并没有特别强调街亭是蜀方的一个重要战略据点，令人看不出失街亭是一个不可饶恕的重大错误；那么，斩掉一个不可多得的参谋人才，未免可惜，也显得诸葛亮的执法过于严苛了，不仅后代人读历史有这种感觉，当时蒋琬就如此，《襄阳记》载：

> 蒋琬后诣汉中，谓亮曰：“昔楚杀得臣，然后文公喜可知也。天下未定而戮智计之士，岂不惜乎！”亮流涕曰：“孙武所以能制胜于天下者，用法明也。是以杨干乱法，魏绛戮其仆。四海分裂，兵交方始，若复废法，何用讨贼耶！”

演义家在这一回书的开头，就将敌我两方交代清楚，使人感到街亭万万失不得，司马懿对张郃说：

> “吾素知秦岭之西，有一条路，地名街亭；傍有一城，

名列柳城：此二处皆是汉中咽喉。诸葛亮欺子丹无备，定从此进。吾与汝径取街亭，望阳平关不远矣。亮若知吾断其街亭要路，绝其粮道，则陇西一境，不能安守，必然连夜奔回汉中去也。彼若回动，吾提兵于小路击之，可得全胜；若不归时，吾却将诸处小路，尽皆垒断，俱以兵守之。一月无粮，蜀兵皆饿死，亮必被吾擒获。”张郃大悟，拜伏于地曰：“都督神算也！”

正因为如此，这边诸葛亮也说：

“今司马懿出关，必取街亭，断吾咽喉之路。”便问：“谁敢引兵去守街亭？”言未毕，参军马谡曰：“某愿往。”孔明曰：“街亭虽小，干系甚重，倘街亭有失，吾大军皆休矣。汝虽深通谋略，此地奈无城郭，又无险阻，守之极难。”谡曰：“某自幼熟读兵书，颇知兵法。岂一街亭不能守耶？”

然而，这只是书面或口头的叙述介绍，艺术的要求以为还不够强调，需要有令人触目惊心的具体事实作为“失”的后果来证明，那就更有动人的力量，这才使罗贯中特显才能在“失”后添上了“空”。他真是“别出心裁”，郭冲的第三事到了他手里增添了复杂性和生动性，利用了只艺术始能有的“广大神通”，首先把庸才曹子丹赶下台，让正在镇宛城的雄才司马懿替换上来，构成了“棋逢敌手，将遇良才”的所谓“旗鼓相当”的局面。这也许是作者和读者、听众或观众都有的希望，连那比罗贯中早很多年的宋朝理学大家程伊川都如此希望过，他说：

惜乎韩信与项羽，诸葛亮与司马仲达，不曾合战，更得这两个战得几阵，不妨有可观。

长篇演义的开山祖师罗贯中不妨就“大显神通”把这两个捏合对阵，从而产生了动人的“空城计”了。这且慢说，街亭确是太重要了，王平派人送来了图本，孔明摊在几上一看，那么个轻易不着慌的人，也沉不住气儿了。

拍案大惊曰：“马谡无知，坑陷吾军矣！”左右问曰：“丞相何故失惊？”孔明曰：“吾观此图本，失却要路，占山为寨。倘魏兵大至，四面围合，断汲水道路，不须二日，军自乱矣。若街亭有失，吾等安归？”长史杨仪进曰：“某虽不才，愿替马幼常回。”孔明将安营之法，一一分付与杨仪——正待要行，忽报马到来，说：“街亭、列柳城，尽皆失了！”

孔明跌足长叹曰："大事去矣！——此吾之过也！"

情势紧迫异常，没有给人犹豫筹划对策的片刻时间，除了一向"履险如夷"、心神特殊镇定的诸葛孔明外，恐没有人能够在这个当口"出奇制胜"，他不得已也只好弄玄虚以图侥幸了。于是"披鹤氅，戴纶巾，引二小童，携琴一张，于城上敌楼前，凭栏而坐，焚香操琴"，悠闲得很，风雅得很，让你司马懿摸不透底。司马懿确是雄才，自以为"闻弦歌而知雅意"了，他才对两个儿子说："吾若不来，必中诸葛亮之计矣。"如果还是照历史真实，由都督关右的曹子丹当面，说不定会"不管三七二十一"，一声令下，一哄而进，诸葛亮便成为"瓮中之鳖"，被他"手到擒来"，那岂不大煞风景吗？所以我说司马懿毕竟可人！正是：

空城一计广流传，争说军师是半仙。
妙算只因知己彼，运筹帷幄岂凭天！

因为街亭那么个重要的战略据点，被空疏无实用的理论家马谡失掉了，弄得诸葛亮进无所据，退不可守，其他一些人都险些丧命，"空"是不是十分具体地突出了"失"为大失非小失？是否进一步说明马谡所犯的错误十分严重而至于非“斩”不可？“空”能如此为前“失”和后“斩”生色，不是绝好证实了这个艺术的真实高出于历史的真实远甚吗？可是罗贯中的高明还不仅此而已，恩格斯对作品要求的所谓历史的内容和思想的深度又在“斩”里达到了，为什么这样说呢？因为他在九十六回书目《孔明挥泪斩马谡》里创造性地来个“挥泪”。

自然，“挥泪”不像“空”那样没有真实的历史根据，前引《襄阳记》说孔明斩了马谡以后蒋琬问起还“流涕”呢！《三国志·马谡传》也说“亮为之流涕”，不但孔明，连当时的群众也眼泪鼻涕一齐来，《襄阳记》说：

> 谡临终与亮书曰：“明公视谡犹子，谡视明公犹父，愿深惟殛鲧兴禹之义，使平生之交不亏于此，谡虽死无恨于黄壤也。”于时十万之众为之流涕。

孔明和十万之众都为这一事而流涕，为什么？主要因为马谡毕竟是个人才，平时“好论军计”，诸葛亮素来“深加器异”，以他为参军，“每引见谈论，自昼达夜”，尤其前些时征南就是接受了他的建议，“攻心为上”而得到成功。孔明一时疏忽，忘了刘备临终所说“马谡言过其实，不可大用”的告诫。

马谡理论知识多于实践经验，两者不能结合，偏这一次被用以守重要的战略据点，换句话说，便是错用了参谋人才为将兵之帅。首先，错误在于诸葛亮自己，他具有严格的法家精神，不只执法严明，绝没有功归自己，罪归别人的卑劣行为，因而在不得不忍痛斩了一个人才兼好友马谡时必然流涕，尤其是深深的内疚也使他不能不“挥泪”，深刻地表达了诸葛亮当此时此地此情此景产生的内心活动着的错综复杂的思想感情，若用一句戏剧术语来说，“挥泪”这一个动作里头就隐藏着无限丰富的“潜台词”，具有动人的艺术魅力，可以由此“和盘托出”诸葛亮内在的精神面貌。演义家的认识是正确的，写他看了图本拍案长叹曰：“大事去矣！——此吾之过也！”诸葛亮的了不起也就是严于律己，绝不推卸责任、只诿过于部下，所以当“戮谡以谢众”之后立刻上疏请自贬三等。引咎责躬，人所难能，诸葛亮却做到了；可是后世人仍都以错用马谡而指责孔明无知人之明，我以为大可不必。知人之明和自知之明都不是易事，连曹操那样有大本领的人，当听到于禁降庞德死时“哀叹久之，曰：‘吾知禁三十年，何意临危处难，反不如庞德邪！’”（见《魏书·于禁传》）人各有长短，难以强求。

其实，诸葛亮的内政才能比外交军事的才能强，《三国演义》是写战争的书，所以在这方面写得不多，只特别用力写他的军事才能，突出而具体，也因此，《三国演义》竟被后代人视为战略战术的教科书。显然，诸葛亮是作者特别敬仰的一个人，原因与其说是佩服他的才能，不如说是敬仰他的忠心耿耿和不轻然诺，说到做到，又不怕艰难，十分负责的精神，所以到第一百零三回《五丈原诸葛禳星》中借司马懿和使者的问答描写出他的忠耿和负责精神：

> 懿问曰："孔明寝食及事之烦简若何？"使者曰："丞相夙兴夜寐，罚二十以上皆亲览焉。所啖之食，日不过数升。"懿谓诸将曰："孔明食少事烦，其能久乎！"

同时，又借主簿杨颙的口详说这一点：

> "今丞相亲理细事，汗流终日，岂不劳乎？司马懿之言，真至言也！"孔明泣曰："吾非不知，但受先帝托孤之重，惟恐他人不似我尽心也。"尽皆垂泪。自此，孔明自觉神思不宁。

今天的读者也许会以过分清醒的头脑批评诸葛亮是个事务主义者，倘真这样看诸葛亮，那就错了。诸葛亮之所以这样做，是由于爱国的精神所驱使，作者不止一次地描写，也是出于这种精神，这一些章节之所以动人，当然也因此。

接下，不能不有禳星拜斗一事，论事件本身确是迷信，却完全符合人民的愿望，人民深爱这位充满了爱国精神的贤相，就只望他多活一些年纪，不得不禳星拜斗。我记得小时看《七星灯》一剧，台下观众个个愁眉苦脸地、聚精会神地注视着台上，待到魏延闯入一足踢翻七星灯时，孔明的脸色陡变，观众们几乎都哭出声来。为什么？戏演得好？是的。仅仅是为了这个吗？我想不，是为了太爱这样“鞠躬尽瘁，死而后已”的贤相。作者所以又以诸葛亮自己道出了这样的话：

> 孔明拜祝曰：“亮生于乱世，甘老林泉，承昭烈皇帝三顾之恩，托孤之重，不敢不竭犬马之劳，誓讨国贼！不意将星欲坠，阳寿将终，谨书尺素，上告穹苍，伏望天慈，俯垂鉴听，曲延臣算，使得上报君恩，下救民命，克复旧物，永延汉祚。非敢妄祈，实由情切。”

忠诚的正面典型人物被雕塑得极鲜明极完整。主张“汉贼不两立，王业不偏安”的诸葛亮自出茅庐到死，都以兴复汉室、恢复中原为己任，尽管他是运用在政治上便于号召的这个幌子来为自己的集团的利益服务，但在那个年代，他能忠于这个为当时人民所爱护的集团事业，也就是可尊敬的，《三国演义》花费了近七十回书写诸葛亮的言行，并往往予以夸饰，完全是符合人民的理想和愿望的。尤其符合日盼恢复中原和驱除异族的南宋和元代人民的意愿，别说其他，仅仅频频出师北伐一点就足够令他们敬佩神往了。稍举一例，如南宋的爱国诗人陆游一再歌颂诸葛亮《出师表》就可说明了，他怀着“山河未复胡尘暗，一寸孤愁只自知”的爱国情绪，常借用《出师表》来暗示必须北伐，在《书愤》里说：

出师一表真名世，千载谁堪伯仲间！

在《病起书怀》里说：

天地神灵扶庙社，京华父老望和銮。
出师一表通今古，夜半挑灯更细看。

在《七十二岁吟》里说：

渭滨星陨逾千载，一表何人继出师？

他日夜盼祷在当时有“继出师”者，说明他如何地佩服诸葛亮的言行，抚今追昔，永不忘怀，所以《游诸葛武侯书台》时说：

> 出师一表千载无，远比管乐盖有余；
> 世上俗儒宁办此，高堂当日读何书？

原因是他自己总念念不忘“三秦父老应惆怅，不见王师出散关”这种被当时客观现实促成的思想感情，宋、元两代的人民也不能没有，那么，活在元末有政治抱负的罗贯中岂独异于他人？《三国演义》的作者就因为有企图早些望见未来，写出未来，冲入明天的思想感情，才运用了夸张的手法，强调诸葛亮的特殊的性格和事件，同时，也是“演义”这一文体要求他这样运用浪漫主义的手法，把伟大的历史人物夸大化，但是，我知道也还有人会以为诸葛亮形象被夸张得失真，也曾一再说过，就再说一次吧：“罗贯中的好处就在于能运用由真实基础出发的浪漫主义想象来塑造诸葛亮形象。”因此，我珍贵这种浪漫的艺术想象，何况这些想象还有百分之七八十是宋、元两代人民的想象积累而成的，也许罗贯中不过是加工创造罢了。

不过，诸葛亮在真实历史上确是一位具有大才能的人，正如唐代大诗人杜甫所咏的“功盖三分国，名成八阵图”，的的确确是“诸葛大名垂宇宙”的，并非完全由于历代人民的口头传说把他夸大了，或《三国演义》把他过分夸饰了，才给我们一种“超人”的印象，就拿那“江流石不转”的“八阵图”来说吧，历代人都钦佩他那种了不起的才能，元代人，即使非演义家，如查德卿的散曲《蟾宫曲·怀古》里就拿他跟周朝的太公望比拟：

问从来谁是英雄？一个农夫，一个渔翁。晦迹南阳，栖身东海，一举成功。“八阵图”名成卧龙，《六韬》书功在飞熊。霸业成空，遗恨无穷，蜀道寒云，渭水秋风。

自然，经过《三国演义》作者们的夸饰，更给我们留下了“旷世奇才”的印象。可怪吗？我以为不，爱护崇拜诸葛亮的一群作者当然要夸饰他，奇怪的是诸葛亮生前的敌人也都佩服他，这就说明了他确实了不起。例如在五丈原逝世之后，按常理，“鞠躬尽瘁”，任务完了，还有什么可说的？事实却不然，蜀兵退却还要仰仗他掩护，第一百零四回书中，作者就写出了史称“死诸葛走生仲达”这一个故事，吓得——

魏兵魂飞魄散，弃甲丢盔，抛戈撇戟，各逃性命，自相践踏，死者无数。

这真是非常的威慑力量，且不说它，居然能把同样具有大才能的对手也吓得昏头昏脑：

司马懿奔走了五十余里，背后两员魏将赶上，扯住马嚼环，叫曰："都督勿惊！"懿用手摸头曰："我有头否？"二将曰："都督休怕，蜀兵去远了。"懿喘息半晌，神色方定，睁目视之，……懿叹曰："吾能料其生，不能料其死也。"

这是最后知道了孔明已死，坐在车上的只是一个木刻的孔明像，司马懿才说这话的，显然是死不能料，生更不能料，为自己遮羞起见，就只好这样说给部下听。实际上，他心里始终佩服、畏惧诸葛孔明这位"不世出"的奇才的，所以有这样的下文：

司马懿知孔明死信已确，乃复引兵追赶。行到赤岸坡，见蜀兵已去远，乃引还，懿谓众将曰："孔明已死，我等皆高枕无忧矣！"遂班师回。一路见孔明安营下寨之处，前后左右，整整有法，懿叹曰："此天下奇才也！"

后来，在第一百零七回，这个死孔明又吓得师纂、邓忠汗流遍体，大败亏输而逃。如读者不健忘的话，在这之前，同回书中，演义作者已又一次地夸饰偷渡阴平的邓艾也佩服诸葛亮真是天下奇才：

> 邓艾、邓忠并二千军及开山壮士，皆渡了摩天岭，方才整顿衣甲器械而行，忽见道傍有一石碣，上刻丞相诸葛武侯题，其文曰："二火初兴，有人越此；二士争衡，不久自死。"艾观此大惊！慌忙对碣再拜曰："武侯真神人也，艾不能以师事之，惜哉！"

《三国演义》把诸葛亮的才能捧到高于一切，并非完全以意为之，有充分的历史真实基础，在那基础上开出浪漫主义的花朵，获得了艺术的真实。宋洪迈《容斋随笔》卷第八"诸葛公"条说：

> 诸葛孔明千载人，其用兵行师，皆本于仁义节制，自三代以降，未之有也。……魏尽据中州，乘操、丕积威之后，

猛士如林，不敢西向发一矢以临蜀，而公六出征之，使魏畏蜀如虎，司马懿案行其营垒处所，叹为天下奇才；钟会伐蜀，使人至汉川祭其庙，禁军士不得近墓樵采，是岂智力策虑所能致哉？……司马懿长于公四岁，懿存而公死，才五十四年，天不祚汉，非人力也，“霸气西南歇，雄图历数屯”，杜诗尽之矣。

总的说来，《三国演义》写诸葛亮虽有依据史实一点也不改动地叙述出来的章节，但绝大部分发挥了作者自己的艺术创造的才能，正如《文心雕龙》说的：“诗人感物，连类不穷。”结果大胆地离开了史实而予以夸饰，夸饰的部分有时确实使他“近妖”；然而这些都由于历代人民对诸葛丞相备极崇拜而来。

关于诸葛亮的形象创造是全书中最突出、最鲜明的，也许读者比我体会得更多，所以我的话在这儿为止；不过，现在还想谈一点小事，那就是诸葛亮的形象印入人们脑海最深的一点。他的装束“羽扇、纶巾”和“八卦道袍”就像卓别林的帽子、手杖、皮鞋和胡子，一提起名字就会涌现出来。这种装束真是深入人心，影响到后来舞台上，凡是军师都照这样装扮，梁山泊的吴用，明太祖身旁的刘伯温，甚至李闯王身旁的宋献策也一样，变成为参谋人物所特有的服装。就因为《三国演义》写着：

> 玄德见孔明身长八尺，面如冠玉，头戴纶巾，身披鹤氅，飘飘然有神仙之概。

《三国志》和裴松之注都没有说到孔明的装扮，不知何所据而云然？我想是因孔明“自比管仲、乐毅”，有奇才、绝学，又在隆中做隐士，宋、元两代的人就以汉时的道教思想附会上去，把诸葛亮变成了牛鼻子老道，其实宋、元的道学是以儒、释、道的思想混合起来的理学，还是以传孔、孟之道为主，并不是道教。说话人的文化程度并不太高，很易混淆。若论诸葛亮的思想，当然还是儒家的，不过带法家精神，原没有穿道袍的道理。给他这样装扮固由罗贯中始，实际还是由《三国志平话》所说的引申出来的。《三国志平话》在三谒诸葛一节说：

> 话说先主一年四季，三往茅庐谒卧龙，不得相见。诸葛本是一神仙，自小学业，时至中年，无书不览，达天地之机，神鬼难度之志，呼风唤雨，撒豆成兵，挥剑成河。司马仲达曾道：“来不可当，攻不可守，困不可围，未知

是人也？神也？仙也……”……须臾，一道童至，先主问曰：“师父有无？”道童曰：“师父正看文书。”先主并关、张直入道院……

既说是“神仙”，又说“会道法”，住屋称“道院”，书童称“道童”，叫诸葛为“师父”，完全变成了“道人”。《三国演义》就根据这个加上了道家装束，总算把“撒豆成兵，挥剑成河”一类话改变了，否则真近乎妖。这就说明了罗贯中已比《三国志平话》的作者们高明得多了。然而很有一些论者以为作者以儒家思想歪曲了法家诸葛亮。我以为不然，相反是因为太敬佩这一代名臣了，才把他夸饰为万能的具有异乎常人的本领，颂扬过实之故。

由此，足见罗贯中的编撰，一切还是比较有分寸，就因为有自己的立场、观点和方法，是现实主义的，是能把浪漫主义作为现实主义的构成部分试来处理历史和传说题材的大师，从而《三国演义》就由他的手送给了后代的人民，这在文艺史上说是有不朽的功勋；然而这功勋之所以不朽，还依赖于充满了伟大的爱国主义精神。

四、我对《三国演义》的管见

《三国演义》尽管还有不少糟粕是值得我们予以批判的，那是因为时代条件的不同之故，我们还不能因它有缺点便鄙弃，人家是花了不少心血始完成这一部巨著的，如果有大学问像诗人杜甫那样的人，就懂得谦虚谨慎地评价前人。例如初唐四杰的成就之高不及继承其后的盛唐诸人，然四杰毕竟是创体为之的先驱者，所以杜甫公平地论评：

王杨卢骆当时体，轻薄为文哂未休。
尔曹身与名俱灭，不废江河万古流。

在长篇历史小说这一文体上说，罗贯中是创体的先驱者，不仅如此，元、明、清三代所有的长篇小说能做到“首尾完整，到底不懈”八个字的实在不多见，老是前紧后松，一个年老血衰似的缺乏后劲，一百二十回大书没有这种弊病。在我个人看来，它是“一气呵成，神气完足”的，这样的作者，这样的作品，这样辉煌的成就，正如一条万古奔着的长江大河，足令我们推许。

总起来说，14世纪初头的作者写2世纪末3世纪初的历史事件，倘使说作品没有封建性的糟粕，那就成为天地间的奇迹了，列宁就说过：

> 无论在自然界或社会中，“纯粹的”现象是没有而且不可能有的。

正因为如此，我们对待古典文学作品必须提到那个历史范围来论，如果它在糟粕之外还有精华，而且在比重上说精华远远地多于糟粕的话，便不妨作为优秀的遗产来承受。古代作者在思想意识上必然有封建落后的部分，因而《三国演义》中有一些糟粕，一开头写到了汉末统治阶级镇压黄巾起义军的事件，便口口声声称黄巾军为“贼”，证明了他们思想上有很大的局限性。然而，我认为这种在封建社会“沿习成风”的一般口头叫法，正如我们今天六七十岁的人少年时候听年老的长辈讲古事，不管他们的阶级出身是地主，抑是农民，一提到太平天国军和义和团，几乎没有例外地都和《三国演义》称黄巾起义军一模一样。由此看来，要这位《三国演义》最后写定者不用这称呼，很少可能。也因此，我们该不“斤斤计较”。我还可以举个具体的例子，比如被近人颂扬为法家的明李卓吾，在所著《藏书》里敢于称秦始皇为“千古一帝”，称项羽为“千古英雄”，也敢于把陈胜、窦建德列入“本纪”，进步得很，大胆得很，却又把大批起义领袖列入《贼臣传》，如“汉刘盆子等赤眉贼”“唐黄巢”“东汉黄巾贼张角”“五斗米贼张鲁”，同样是沿袭了封建史家的口吻[①]。这实在是马克思说的“人不能离开历史”和列宁说的“纯粹的现象是没有的”所使然。这些，都不过是作者们不自觉地跟着人家一样叫着罢了；而他们自觉的看法，从现实提出来的东西，表现在具体的描述中，据我看，倒出乎我们意外，居然有不可多得的正确认识，就是作者居然能除了这个“人云亦云”的名称外，别无捏造什么罪恶来诬蔑当时的人民起义，相反地把因“朝政日非”而使人民起义的原因，起义军领袖的“普救世人”的行为和他们特殊看重民心——认为“至难得者民心也”的思想都很如实地叙述出来，14世纪的知识分子能这样写作，不是“难能可

---

① 李氏在《藏书》里还承认了君父和臣子的关系，且相信因果报应的迷信，也“未能免俗”。

贵”，很值得我们称许吗？说明作者尽管思想意识上有很大的局限性，在书中表现得却很不错。只要我们的头脑不过分发热，平心静气地拿明、清两代多到“汗牛充栋”的诬蔑闯、献义军和太平天国军的作品来比比，便可说明罗贯中的思想水平并不比17、18、19世纪的作者们寒碜，相反是高明得很多了。如果我们不生在现在，和作者一样生在元末，能不能做到像作者那样，能不能保证自己不跟作者那样地“人云亦云”？我看还得“待考”，这不就可以为作者“解嘲”吗？这点儿“实事求是”“设身处地”的历史主义，我们似乎都该有。

再，历史烙印——“正统观念”，在那些年代人们的脑子里是极可能有的，因为封建思想是当时占统治地位的思想，作者“未能免俗”，因而《演义》里就多次表现出来，某些章节便掺杂着封建性的糟粕，这不必为《演义》讳，世上没有完整到丝毫没有缺点的绝对美的艺术品，“白璧微瑕”，在所难免。“正统观念”无疑是一粒极坏极粗的沙子，是当时现实生活中所有，并非由于作者独有这种观念而捏造出来的，我们应该面对古代社会生活来设想，它存在于刘备、诸葛亮等人的脑子里；同样地存在于曹操父子的脑子里，虽说比他人头脑里所有的程度少一些，不可否认也不例外地有之，从曹操那么只苦心经营、不愿及身称帝，自居汉臣之名，心里却要为儿孙铺平道路，让在“水到渠成”阶段由儿子登位；曹丕又不敢直截了当地以魏代汉，仍玩所谓“禅让”和“受禅”的把戏，就说明父子俩都不敢“明目张胆”地取而代之，而要耍花枪来遮饰，也即因头脑里有刘汉正统的影响才如此“忸怩作态”。当时现实中有这东西，且被那些人抢着当法宝祭在空中吓唬人、降服人，那么，作者能不反映那个现实吗？可以反映，只不能太过分强调罢了。好在这种抽象的概念没有掩盖了具体的事实，尤其作为艺术品首要的人物形象都“栩栩如生，呼之欲出”，叙述他们的语言，描写他们的行动，还相当地表现出比较正确的思想，也就是说作者并不生硬地站出来向读者和听众说教，不管教义是好的或坏的。作者既掌握了三国时代的许多特征，也掌握了自己所生存的时代的许多特征，都通过自己所塑造的人物形象来表达，使我们不期然而然地走进了他所描述的场景，跟作品中的人物同甘共苦，这样地再现现实的艺术成就，不能不令我们鼓掌叫好。同时，话得说回来，对任何事物都该辩证地去看，封建理念——“正统”本不是好东西，但依时间、地点、条件三点来衡量，它还有成为好的可能，《三国演义》强调正统不能说毫无好的作用，事实上它成为元末汉族人民反抗元朝统治这个斗争的犀利武器，我们应该记得列宁要我们考察斗争形式的谆谆教导，还该说《演义》的思想性是可观的，并且作者还算能够放弃自己的思想方式，完全把自己置身于公元3世纪初的古代，面对着当时混乱纷争的社会现实，胸中发生了强烈的感动，哪怕在他的思想上还没有能力去解释所接触到的每一件事实，却已经引起他热情地注意每一件事实，把它们吸引进心里来，孕育它们，使它们和自己生活中经验过的东西巧妙地联结起来，进行了自己的创造，终于创造出一大群活生生的有血有肉的人物形象，出色地完成了一百二十回大书。

自然，在创造的过程中，作者不可避免地遇到一些困难，首先的难题是：究竟站在斗争的哪一方呢？必然首先解决，然史事确够复杂，当时群雄割据，实则各怀统一天下于一己的野心，都是军阀，谁不比谁好到哪儿去，著名的就不少，如袁绍在邺（河南彰德府），袁术在寿春（安徽凤阳府），吕布在徐州（江苏徐州府），孙策在寿春（安徽凤阳府），曹操在鄄（山东曹州府），刘表在襄阳（湖北襄阳府），刘备在益州（四川成都府），还有公孙度在辽东（直隶），公孙述原在成都，等等。那么，在纷争逐鹿中很难分清是、非、正、反，结果，总算给作者找到了比较正确的方向，看谁做的事符合当时人民愿望的，对人民有利的，人民讲究现实利益，究竟拥护谁。好吧，跟着当时的人民走，准没有错。例如，尽管作者主观上原把曹操当反派人物，但曹操在和董卓甚至和以“四世三公”自豪的二袁斗争时，基本上符合了人民的利益，人民支持他，作者就跟着人民支持他，使曹操以英雄的姿态出现于矛盾冲突的情节中；像他怀着为官僚地主父亲复仇的意志而攻陶谦[①]，以及后来多次不义的征伐战，常令“围而后降者不赦”，又好屠城，霸蛮已甚，于是痛骂他，鞭挞他，归根结蒂，没有离开人民的立场。那么，是不是作者的主观愿望就这样呢？我只能说，“不是，却又是”，作者仅为现实的生活所震动，不能也不愿改变生活它自己固有的逻辑，这才使他所塑造的形象本质所得出来的客观认识意义和结论尚不失其为正确的了。

毕竟，《三国演义》是由民间传说逐渐积累丰富起来的，与其说作者们所依据有文字记载的如陈寿《三国志》和裴松之

① 陈寿《三国志·武帝纪》：“初太祖父嵩，去官后还谯，董卓之乱，避难琅琊，为陶谦所害，故太祖志在复仇东伐。”《陶谦传》：“谦兵败走，死者万数，泗水为之不流。”按《曹瞒传》作“遇太祖至，坑杀男女数万口于泗水，水为不流”。韦曜《吴书》说起因是：“太祖迎嵩，辎重百余辆，陶谦遣都尉张闿将骑二百卫送，闿于泰山华、费间杀嵩，取财物，因奔淮南。太祖归咎于陶谦，故伐之。”陶谦原是好心好意的，只因曹嵩搜刮剥削来的财物太多，张闿见财起意，杀曹嵩及其肥妾于厕所（见郭邠《魏晋世语》）。陶谦，使徐州人民无辜遭殃。

所注引各种典籍，毋宁说依据的以口头传说为多，而那些传说形成的时期可能很早，不一定限于两宋时期才开始，章学诚《丙辰札记》说：

> 《三国演义》固为小说，事实不免附会，然其取材则颇博赡。如……正史所无，往往出于稗记，不可尽以小说亡稽斥之。其最不可训者“桃园结义”，甚至忘其君臣而直称兄弟，且其书似出《水浒传》后，叙昭烈、关、张、诸葛，俱以《水浒传》中萑苻啸聚行径拟之。诸葛丞相生平以谨慎自命，却因有祭风及创造木牛流马等事，遂撰出无数神奇诡怪，而于昭烈未即位前，君臣僚寀之间，直拟《水浒传》中吴用军师，何其陋耶？张桓侯史称其爱君子，是非不知礼者，《演义》直以拟《水浒》之李逵，则侮慢极矣！关公显圣，亦情理所不近……而无如其识之陋耳。

所谓“最不可训”，“其识之陋”，其实，倒恰是古代人民天真纯朴的看法，“忘其君臣而直称兄弟”逸出了封建等级制度的范畴，是一种“难能可贵”的进步思想。像这类看法和思想，为封建文士所不屑，也非一些正史所能有，都来之于历代人民自己创造的口头传说。正因为是活在封建思想占统治地位那些年代里的人民，口头传说和正史一样地不可避免有封建迷信的糟粕，才被本人认为是不好的部分。老实说，古典文学作品，不，即古代的科学何尝例外？它也都夹杂着迷信，我国古时迷信神仙道化的炼丹术，不就成为近代化学的祖宗？所以恩格斯认为科学的历史就是由荒谬逐渐变成的。①

《演义》一开头就有迷信的事物出现，写张角讹言“苍天已死，黄天当立……”等，实由于东汉时期谶纬之学盛行，不但张角利用来号召，起义军之所以头缠黄巾，连曹丕也利用以为“黄天”指的是他，历史真实是这样，演义家仅仅把张角的本领夸张几句罢了②，经过两宋民间艺人们的“说三分”，元代书会才人们的“杂剧”和《三国志平话》阶段，封建迷信的章节实在很多，直到最后编订者罗贯中去芜存菁，尚未净尽，因罗氏也有他的思想局限性，不但有“关公显圣”“赵颜求

① 恩格斯《给史密特的信》：“科学的历史，就是这种荒谬思想渐渐被排除的历史，是它被新的、荒诞性日愈减少着的荒谬思想所代替的历史。”

② 范文澜《中国通史简编》：“汉桓帝时，谶纬里出现汉朝气数完了，‘黄家当兴’的预言，张角首先利用它发动黄巾军起义。后来曹丕利用大批谶纬证明自己就是‘黄家’；刘备引用大批谶纬里‘备’字证明刘备该做皇帝；孙权大造符瑞，证明自己也得天命。”

寿”诸如此类封建迷信的糟粕，更有刘安杀妻供食那种残酷无理的叙事。人家或许以为这即是拥刘的正统观念的产物，我以为不然，封建社会里可能有那种人食人的事实，讨好自己崇拜的人就干出那种惨无人道的恶劣行为。例如郭邠就记载了拥曹派知识并不浅陋，相反是曹操的智囊，甚至曹操称许“微子之力，吾无所归矣”的功臣程昱，就供给曹操人肉吃。《魏晋世语》：

> 初，太祖乏食，昱略其本县，供三日粮，颇杂以人脯。

这倒正好暴露了封建社会所大吹大捧的“仁”啦“恕”啦一类道德的虚伪性，说穿了，压根儿都不存在，无非骗人的幌子而已。凡此种种封建性的糟粕，在《演义》里竟未芟除，当然是“白璧之玷”，然无伤其总的成就。事实上经罗贯中依据历来的民间传说，排比近一百年[①]的历史，花很大的气力予以加工敷衍，始成为一部情节复杂，形象生动，首尾完整，到底不懈，置诸14世纪的世界文坛、艺术画廊而毫无愧色的作品。

---

① 《三国演义》所写事实是起于汉灵帝中平元年（184年），终于晋武帝太康元年（280年）。

然而，有些人对它还不十分满意，主要因为把一个不世出的大英雄曹操当作反面人物来谴责。不过，我们倘若仔细读一下《三国演义》，觉得它何尝一味说曹操坏话？它跟元人杂剧差不多，还是“毁誉参半”，在比重上虽然偏向于坏的一面，却也不曾完全抹杀曹操所具有的优点，尽管这不一定是作者的主观愿望，作品中往往透露了曹操的英雄性格，因为人物性格毕竟是属于客观范畴，作者即使要凭主观意图硬在他的脸上涂白粉或搽红朱，都不能使人物活起来，不会有血有肉有灵魂，他不听命于14世纪的作者们摆布，正如他将不会任凭今天的作家们摆布一样，而《三国演义》的作者们正依据客观存在塑造出不止一个既奸又雄的统治者曹操，还精雕出其他一大群人物形象，都有他们各自的欲念、信仰、习惯和爱用的语言。他们的胸中都有现实在跳动，一个一个地在我们面前活了起来，尤其使那个有雄才大略且阴险毒辣的曹操[①]复活起来，而且异乎寻常地吸引人们既喜爱他，又憎恨他，那么令人讨厌，又那么令人佩服，这才形成了俗话所说的“说曹操，曹操就

---

① 范文澜《中国通史简编》：“当时最大的政治家、军事家（也是大文学家）被士族称为‘乱世之奸雄’的曹操。这当然不是说曹操不是一个极端残暴的大屠户，这只是说他用来进行战争的政治军事方针，客观上符合于统一的趋势，因之，他成为当时最大的胜利者。”

到”，儿童们喜玩“捉曹操”的游戏。惊人的艺术真实令无论成人和儿童对他的印象深刻到无可再深，就因为作者不只塑造了一个人物，而是创造了一个“真实人物的精华”，在他身上不是混合了一般的矛盾，而是真实地反映了真实生活现象的矛盾，可以称之为“典型”。因此，《三国演义》具有那么巨大的力量足以左右大多数人对曹操的看法，可怕吗？我说是可喜的，这就不能不归功于作者们那股子激情和刻画人物形象的艺术才能了。《演义》有这种以人民的爱憎情感为基础的强烈的情绪，它所以伟大，所以能左右几百年来人们的看法，这是值得我们尊重而称许的，正是罗贯中忠于现实主义的辉煌成果。

虽然《三国演义》和后世依据它而编出来的三国戏影响了广大群众对曹操的看法，但历史家是不会受影响的。辛亥革命后，尤其近三四十年来写历史书的人根据正史材料并不依据《演义》和戏剧把曹操当坏蛋，大都认为他是功过兼有，甚至也有推崇他对历史起促进作用的，仅仅没有把他当作社会纯粹的现象——所谓天地间的完人，或者是什么造时势的英雄罢了，据我看这不见得太委屈了曹操。

从整部一百二十回大书看来，“抚我则后，虐我则仇”这种古代社会的人民思想是被体现了的，自然，这种古代人民天真纯朴的思想，在今天的我们看来，有相当大的局限性，但在那个历史年代，它不失为善良、正直的愿望，有一定程度的反封建压迫和剥削的进步性。同时，书中却充满了封建的“刘汉正统观念”，幸好是被运用为打击北方外族侵略者的宣传武器，在元朝统治下的人民说来是迫切需要的，一切艺术作品都有一个统一的基本概念，一切由它发生发展，也由它打动人心，《演义》就表现了这种爱国主义的思想意识，动员人民奋起，为民族为祖国的命运进行不屈不挠的斗争，这就使它成为六百年来特别有价值的长篇历史小说之一，而且是“开山”的力作，最后编订者罗贯中很自信地把它献给了后代的人民，在中国文学史上说是一件不能磨灭的大事，也就是他建立了不朽的殊勋。并且，我们还可以这样说：《三国演义》特别经得起考验，一直到现在，尽管是社会制度根本改变了，仍然不断地增加阅读它的人，倾听它的人，热爱它的人，基本的原因是它满足了过去和现在的公众的意识，也许遥远的将来还有可能为公众珍爱，它才流传得如此之广，如此之久。到这儿，我要说能说的似乎没有了，最后借人家的一段话代我作结。加里宁在《给哈萨克和乌克兰艺术工作者授奖典礼上演说》中说：

……你们要了解，没有价值的艺术是不可能在民间保存下来的。人民好比淘金者，他们所选择的，保存的，相传的，并且在几百年加以琢磨的，只是最宝贵最天才的东西。

增改本后记

1955年的初冬，中山大学举行首次科学研究论文报告会，承党和一些朋友的鼓励，虽因手病辍作垂七八年之久，还用两手拿起笔来推写论《三国演义》的文章，大概挣扎了半个月的光景，赶出了三万许字的所谓“论文”。

《三国演义》只是我少时爱读的东西，当时行年近半百，早忘得一干二净了，自然谈不上有什么研究，这“论文”仅是在党的号召下“勉为其难”地赶写出来的东西，初未有出书的奢望，后来增加了人物分析部分，承上海古典文学出版社的好意，印成了一个“寒碜”的小册子，这已是1956年8月的事。当然，我原是抱着向各方学者们请教的心情，才敢于“出乖露丑”的。幸这希望没有落空，在1957年10月间，得到心仪已久而未识荆的欧阳凡海先生善意批评，正如巴尔扎克跟他妹妹说的：

批评是一个好兆，庸俗的作品不会引起讨论的。

这么一来，倒成为意外，这本庸俗的小册子居然被看重了，符合那句拉丁古谚：“书有幸有不幸。”《试论》有这样的幸运，使我“获益良多”！正如别林斯基说的：“一篇批评不会使傻瓜变得聪明，使群众变得深思；可是它在某些人，可能通过自觉照亮朦胧的感觉，在另外一些人，可能通过思想惊醒睡着的本能。”我大概可以属于某些或另外一些之中的一个，不至于得不到好处，自应衷心感谢！同时，自己也发觉未经人指出的一些缺点，例如本文有头无尾——没有总结性的收束语；文中并无必要多处引用苏联人的名言；作者写曹操优点的章节没有摘引；有关刘备缺点的话谈得太少；等等，都得予以或补或删才行，即使没有人指责，自己也该主动增修，我想万一有出版社要我修改的那么一天——我相信“百花齐放”的人世间有那么一天，一定依照欧阳先生指示的来增之修之。

出版社未来信，但是我增之修之了，修得不太多，增倒增了几万字。说实话，欧阳先生给我的启发和帮助“毫不犹豫”地承认是太大了！促使我产生了“补过”的勇气，也就是使我这个一度泄了气的橡皮球增加点儿营养，逐渐饱和起来进行“补过”。因为一是原来对“正统”和“忠义”两句论得过少，缺点自多，得到欧阳先生给我的启发，就增了好多，其中有同意欧阳先生所说的，也有限于目前我的思想水平尚未敢马上同意的。二是谈到拥刘反曹问题时，我没有把北宋以前褒贬曹操的材料摆出来，而且说反曹的倾向性自“宋代开始才有”，既明知，又故犯，并显得武断，承指出了这个错误，以感刻的心情接受下来做了一些修改；不过，我还是以为反曹的态度或倾向，开始一致，普遍而突出起来，确是在北宋。三是对罗贯中本人和张士诚的关系，原曾说过几句不大必要的话（大概是在第一节中“上引‘欲讽士诚’，恐就在1356年至1357年的事，所欲讽谏的或就是纠正他的错误，要他继续民族革命反抗元朝的统治”）。可能是我的主观臆测，所以接受指示予以说明，我相信最好不“逞臆”。四是说我为《三国演义》中的“正统思想”镀上了爱国主义的金光，据说我在《试论》中宣扬封建正统思想，因我在第二节有这样的话：“……刘备确是皇汉后裔，何妨借用尊汉来号召人民完成统一天下的事业？这要求统一是当时人民的愿望。不只刘备用这个法宝，连曹操也以汉天子为招牌来挂羊头卖狗肉……”我只说“要求统一”是当时人民的愿望，军阀们就争着拿正统招牌来号召，显然不是说人民有必须统一于正统刘备的愿望。若是说我的行文不够清楚，我倒承认，但现在仍保留原状，不予删削，俾便欧阳先生覆看一下。至于说镀金光，想是指我引用李定国事证明《三国演义》之有爱国主义的客观效果的不当，以及不同意我在书中用了“爱国主义”之类词句，是事实，我决不推卸这责任。直到此刻为止，我仍以为原来替《三国演义》镀金光的是明末“殉身缅海”的忠于亡明的李定国将军及其他类似的人；我呢，仅仅把这实际有过的“客观效果”所镀上的金光擦擦亮罢了。

另外，关于演义中的曹操跟历史上的真曹操有较大距离一点，因为涉及历史真实和艺术真实，不便在书中增补多谈历史上曹操有关的话，免纠缠在历史记载上去反为不好，所以乘读郭沫若先生的《替曹操翻案》一文的机会，另写了《三国演义没有历史真实性吗？》和《曹操名誉的演变》两文作为附录，也可以说顺便答复了欧阳先生对我的某些指责。

创作的主观意图和客观效果之间是不能画等号的，但不是绝对不可以统一。论作品的人可以，而且应该达到作者自己所不能到达的思想性，当然喽，我是不敢说这话的，好在杜勃洛柳波夫说过类似的话，也就“学舌”了。《三国演义》作者们的世界观不消说大有问题，似乎是不可避免，他们只好说：“请各位原谅则个！”不过，《演义》还在通行，不能原谅！只是我们以为他们的主观意图确实有值得批判之点，但演义的客观效果也许有值得推许之点，在这两方，我片面地强调了后者，没有深入地批判前者，确是我这本小书的最大缺点，然而，这在我自己虽曾强求克服，终未能办到，目前虽加一番增修，依然是不能满足读者诸君的要求，甚至我自己也已经觉得寒碜之至！

《三国演义》为历来的人民爱好，今后还是一样，实在需要有一本论《三国演义》的书。但这部书的问题不少，像我这样思想水平的人，自不能论得头头是道，我这个尝试本就忒大胆了，作为一块“引玉”的“砖”，想是可以的；作为一部学术论著来看，天生“远不够格”，在我，似乎还有这点儿“自知之明”，只因为它虽系“敝帚”，难免有“自珍”的心情罢了。但是，一定有伟大的批评家发问：“你知道这是‘敝帚’，扫不了尘埃，为什么又拿出来丢人现眼呢？”对，真叫我哑口无言。然而我忽然想到了别林斯基在什么文章中的一段话来，他说：

> 歌德说过，他从来不认为自己有读坏作品的责任，可是认为必须看平庸而拙劣的演员们演戏，以便更能欣赏好的演员。

这话说到我的心底里了，我这个平庸而拙劣的演员在当时情势下不得不厚颜而登台献丑，主观愿望不太坏；客观效果——砸了台！砸了就“怯场”吗？不，仍以为《三国演义》的问题太复杂，为历来人民爱好的原因也不简单，我到此刻止，还敢说没有谁说是一致的，可以有人说：“把曹操涂白脸，我不赞成！”也可以有人说：“把刘备写得太好了，不成！”更可以有人说：“曹操确是个大坏蛋，写得正确！”就止于此吗？恐怕还有下文，说不定又跳出个人来说：“写是写得差不离，只有一点儿不很好，那就是既然把曹操当坏典型，偏又写了不少优点，立场不稳，歪曲现实！”真够不好办！但是我却奇怪在异族统治下的人民对它鼓掌叫好，它才流传下来，又在明末出了个李定国为它改变了意志，终为中华民族斗争到死；清代吧，张献忠、李自成、张格尔、洪秀全这些起义军领袖还拿它当“玉帐秘本”，他们虽然不幸没有读过马列主义的经典著作，不过，他们倒确实“真刀真枪”全武行地革命来着，我不能不相信他们的看法啊！

因此，我只好认为《三国演义》的客观效果还是很不错的，真正到此时此刻此分此秒为止，我还不敢否认它有好的一面；但必须退一步，应该说它也有坏的一面，可能它的客观效果因时因人而异，依据这样的具体情况，作为研究者的任务，自然应该力求合乎原书的思想内容和精神实质地做出相当确切的论断，俾有助于读者的研读。然而我这样的水平，很难把它论得深透，更谈不上正确，平庸而拙劣的演员，怎么能演出好戏来？我跟大家一样等着瞧后来优秀演员表演的好戏！

坏戏暂且闭幕了，虽然听到的是从观客席发出来的“嘘”声，我仍得厚着脸皮出来谢幕，诚恳地期待着高明指教！全心全意地准备再“补过”——有再增修的机会。

1959年5月，于长沙天心阁畔

附　曹操名誉的演变

郭老引了唐太宗祭魏武帝文，也许有意只引那一段中间几句好听的话，下边才好下个自己喜欢的结论；要不然，为什么不引上下文？因为若引了上下文，就不可能有“说他拯救了沉溺，扶持了颠覆”的结论。郭老是渊博的文坛宿将，绝不会真的把文章的真实含义看反了的，可是接郭老之后写文章的人，居然不查一下原文，仍只就郭老所引的三言两语和所断言来重复地说：

> 唐太宗在封建帝王中是比较好的一个，而他对曹操是佩服称赞的。

这就不很好了，免得以后再有人“郭云亦云”起见，这儿费点儿篇幅，索性把那篇祭文整段抄下，让大家认真体会一下吧，原文说：

> 夫民离政乱，安之者哲人；德丧时危，定之者贤辅。伊尹之臣殷室，王道昏而复明；霍光之佐汉朝，皇纲否而复泰；立忠履节，爰在于斯。帝以雄武之姿，当艰危之运。栋梁之任，同乎曩时；匡正之功，异于往代：观沉溺而不救，视颠覆而不持，乖钧国之情，有无君之迹……

据我个人的理解，这段文章的重点是最后四句，整段的意思不过是说曹操不如殷伊尹和汉霍光那样能够拯救沉溺，扶持颠覆，仍以封建头子的口吻责他“乖钧国之情，有无君之迹”，还不配做个“哲人”。绝没有郭老所说那种赞美的意思，仅有“雄武之姿”四字带点儿吹嘘，其他最低限度也是“微词”，其实，如果唐太宗真的赞美，倒不一定是曹操的光荣；相反地，他有所贬责才合乎我们今天为他洗刷“奸臣”罪名的逻辑，因唐太宗之有浓烈的“封建意识”，是不在话下的。

固然，就我们所知，唐代各阶层的人贬责曹操的确实还不很多，不像两宋，尤其南宋人那样对他贬多于褒，甚至把他贬到极点；但唐代以前的情况比唐代要糟得多，当曹操出场不久的建安初头，陈琳为袁绍作的《檄州郡文》里就从他的祖宗骂起，罗列了一大堆罪行。虽然这是敌方的宣传品，靠不住，却不是完全出于捏造事实，打个对折，也还有五成是真的。曹操读到檄文才出了一身大汗，愈了头风，就为的是被击中了要害。当然，在今天看来，那五成事实中有一些是不能称之为罪恶的，因而可以不把它计算在内。起码，两晋南北朝已经褒贬各有，“毁誉参半”了，离曹操生时不很远，就有这种情况，即使如写《三国志》的陈寿，身为承魏之后的晋臣，不得不捧他，但在大捧一顿中间夹一句“矫情任算”，也许陈承祚深怕引来麻烦，立刻跟一句“不念旧恶”，遮盖一下。显然，在他人看来依然是讥刺，因为曹操只在作为“政治手腕”来运用时才“不念旧恶”，实际上，他是最念旧恶的，大英雄的心眼儿特别小，由《魏书·崔琰传》中的几句话就说明了，陈承祚说：

> 初，太祖性忌，有所不堪者：鲁国孔融，南阳许攸，娄圭，皆以恃旧不虔见诛；而琰最为世所痛惜！至今冤之。

因细故被他残杀的知识分子多得很，这只是少数事例，都不外乎在某一点上得罪过他；至于在无数次征伐战中把人民上千上万，甚至无数万地“屠之”“坑之”“灌之”的，更甭提了。

所以连晋陆机也不客气地说：

> 曹氏虽功济诸华，虐亦深矣，其民怨矣！

我实在无法理解这些话都由于“封建意识”或“正统观念”作祟才说的？再举一个也是晋代人，而本身就不大懂得什么正统和歪统的后赵主石勒为例，他自己固然不是个什么好东西，但那是另一回事，不去管它，他居然认为曹操不是光明磊落的大丈夫，说：

> 大丈夫行事，宜磊磊落落，如日月皎然，终不效曹孟德、司马仲达，欺人寡妇孤儿，狐媚以取天下也。

所以说问题并不那么简单，至于裴松之注《三国志》所征引的更数不清，举不胜举；即使非历史传奇之类书，如刘宋时期的刘义庆所著的《世说新语》一书，也是差不多，其中共约有十四条和曹操直接有关系的，看起来恰是“毁誉参半”，各占七条。过去有所谓“盖棺论定”之说，到南北朝应该是论定的阶段，那么，曹操便是功罪相兼，既好且坏的人；同时，后世强调了他的坏处，只能说是夸大了，却不能说是绝对“歪曲”了。

不管是否夸大或“歪曲”，到两宋憎恶曹操的确实愈来愈多，所谓“拥刘反曹”的态度逐渐趋于一致，普遍而突出了，这种奇怪的现象，不是“封建意识”一词所能概括得了，似乎值得仔细研究后才能予以具体分析，原因不太简单。宋代虽仍间有对曹操怀好感的如《亳州魏武帝帐庙记》作者穆修那样的人，究竟是说坏话的居多，另一种是佩服他某一点，却又反对他某一点，如洪迈的态度就是这样，《容斋随笔》卷十二“曹操用人”条：

> 曹操为汉鬼蜮，君子所不道；然知人善任使，实后世之所难及。荀彧、荀攸、郭嘉皆腹心谋臣……皆以少制众，分方面忧，操无敌于建安之时，非幸也。

这是有贬有褒；又如《容斋随笔》卷第十“贼臣迁都”条：

> 自汉以来，贼臣窃国命，将欲移鼎，必先迁都以自便。董卓以山东兵起，谋徙都长安……高欢自洛阳迁魏于邺……朱全忠自长安迁唐于洛……曹操迎天子都许，卒覆刘氏。魏、唐之祚，竟为高、朱所倾，凶盗设心积虑，由来一揆也。

这儿就把他归入董卓、高欢、朱全忠一类了。但由宋代人对曹操的态度而论，有一点大致跟前乎宋和后乎宋的历代人一样，那就是对曹操的军事、政治和文学的才能始终都是十分佩服的，尤其对他的“打击豪强”“唯才是举”等优点都相当称赞，甚至连《三国演义》的作者们也不抹杀他是个“不世出”的英雄，足见“公道自在人心”。我们知道《通鉴纲目》的作者朱熹总算最强调蜀汉的了，他虽曾说曹操是“命世奸雄”，却还不能不说句公道话：“然仆终爱之，不忍与司马昭诸人争雄也。”为什么爱？为什么不忍？还是为了佩服他的雄才。贬他的原因自然不一，像朱熹那样就由于封建的“正统观念”，他人也不少由于此；可是，不能简单化，原因还是相当复杂的，也有为了他生性残酷好杀人民的，我想不能抹杀这一点，尤其自诩自己心中最关怀最热爱人民的人，至少应该站在汉末大部分人民的立场想想；何况除了这些以外，或更有由于其他种原因而谴责曹操也说不定，总之，必须细致地分析。

好，先举几个宋代的例子吧，苏东坡《志林》所载的，已为人所周知，可是有人说：

这当然不是凭空虚构，但那是曹操的形象被歪曲了以后的事，不能用来证明人民的选择。

我同意“不是凭空虚构”一语，下文还需待考，民间传说的来源是深远的，在我们还没有划定曹操被所谓“歪曲”的开始时间之前，很难断定传说是“歪曲了以后的事”。并且这位论者说明不是由于“人民的选择”，也只重用郭老文中所引《魏书·文帝纪》裴注《献帝传》里张鲁说过“宁为曹公奴，不为刘备上客”这两句话，其实，张鲁说过没有，很难确定；即使有，也是在迫于曹操强大的兵力之下不得不乞降时说服众人，而众人不相信曹操比刘备好，张鲁才发怒说出这两句话的。张鲁是早年的“农民领袖”，不错！那些不听话而又终于跟曹操作战的也是早年的“农民领袖”，而且还有汉中的人民在内，《张鲁传》中就说：

鲁欲举汉中降，其弟卫不肯，率众数万人，拒关坚守。

也就是仅张鲁“宁为曹公奴”，而那些人不但不肯，还有“宁为刘备奴”之意，尤其当时汉中的人民有可能那样想的。实则，这时张鲁的思想意识未必还如二十多年前一样和农民的思想意识共通，因他早已成为“镇夷中郎将，领汉宁太守”，并且几成为“汉宁王”，道地的统治阶级里的一员，拿他的话来代表当时人民的意志，恐不十分恰当。同时当初刘璋要刘备去击张鲁，刘备是“未即讨鲁，厚树恩德，以收众心”，到了“曹公定汉中，张鲁遁走巴西，先主闻之……遣黄权将兵迎张鲁，张鲁已降曹公”。那么，刘备也不至于为张鲁所不耻到那样地步，我们依常理判断，当时曹操以强大兵力迫降，而刘备以“厚树恩德”争取，汉中人民未必“宁为曹公奴，不为刘备座上客”吧？由此看来，张鲁的话还可能是上书言事的李伏为了颂扬曹操的功德代拟的，只要看一下来源，就知可靠性不大，《献帝传》载李伏的表文中多阿谀之辞，而且鬼话也不少，连他自己也说“人以为谄”，目的仅在于怂恿曹丕代汉而帝，才造些话来捧他的祖宗，使献帝听了只好禅让而已，曹丕就像演戏一样来一番谦让，群众们跟着李伏的一唱而群和，这样，实不足以当作真凭实据。同时，即使是真的，也抵不了更丰富的史实，我们应该从丰富的史实中“实事求是”地得出公允的结论才行。况且张鲁个人不能代表人民选择了曹操，事实正是这样，李伏的表中就说张鲁“后密与臣议策质，国人不协，或欲西通”，这几句话就使张鲁发怒说出那两句话。由此，恰可得出和郭老引那两句话的用意完全相反的结论：所谓“国人”才是真正的人民，他们正想“西通”，选择了西蜀的刘备，这便说明了人民有“自己的选择”，只是张鲁个人选择了“曹公”罢了，我们应当有“求实精神”，不“寻章摘句”，就全文取义。至于人民选择得对不对呢？我不下断言，只请大家拿刘备的“厚树恩德，以收众心”和曹操的“肆行征伐”、乱屠乱坑比较一下，就可得知人民的选择和张鲁选择究是哪一面正确的了。老实说，张鲁本身确实是比较好的人，汉中人民也拥护他，不过张鲁在建安二十多年这一当口，能否还算是“农民领袖”，已成问题。这头衔实早已成为“历史陈迹”，仅是他将近三十年前的光荣经历，现在他是汉末统治阶级中的一员，所以他不许人民自己自由选择，且大发脾气。另外一点史实，更可以辅助说明问题，那就是在张鲁投降之后，曹操还深怕人民将来又实行“自己的选择”来起义，才干脆把汉中八万余“宁为刘备民，不为曹操奴”的人民迁到自己直接控制着的洛、邺地区去了。当然，移民的目的也为了加强中原地区的生产劳动力，但不能说和怕人民不服这一点毫无关系。曹操是瞧不起张鲁这一方的，曾说：“此妖妄之国耳，何能为有无？”其实张鲁治理得并不差，《张鲁传》说：

……各领部众，多者为治头大祭酒，皆教以诚信不欺诈，有病，自首其过，大都为黄巾相拟。诸祭酒皆作义舍，如今之亭传，又置义米肉，悬于义舍，行路者量腹取足，若过多，鬼道辄病之。犯法者三原，然后乃行刑，不置长吏，皆以祭酒为治，民夷便乐之，雄据巴汉，垂三十年。

虽然妖妄，百姓却相安，因此当时的汉中人民不能没有“怀土”之心，被迫远徙的苦痛自不可免，《魏书·杜袭传》说“绥怀开导，百姓自乐”，当非事实，花了很大的力气说服才是当时的事实，“百姓自乐”，绝不会有，汉中“财富土沃”，一共有十几万人口，这八万余口给“开导”了远徙到久经丧乱、地荒土瘠的北方去，怎么也乐不起来，这是可以想见的。在张鲁个人方面，当然有利无害，曹操马上运用羁縻的政治手腕，拜他为“镇南将军”，封“阆中侯”，邑万户，并封他的五个儿子为列侯，甚之“为子彭祖娶鲁女”，结成了儿女亲家，张鲁不仅作为曹公的上客而已。这样看来，我们如果读一下《献帝传》中李伏的原表全文，再认真联系一下当时的史实，不难明白所谓“宁为曹公奴，不为刘备上客”这两句话是不值得我们“津津乐道”的；然而郭老在《蔡文姬》一剧的序文里又道了一次，他说：

但如果农民起义军领袖之一的张鲁，是被曹操打败了的人，他竟也说：“宁为魏公奴，不为刘备上客。”这不表明着：曹操在当时的确是颇得人心的吗？

事实究竟是否“如所云云”，为踏实起见，最好还是待考。

话不絮烦，回过头来说宋代的情况吧。就说那苏东坡，他确对曹操怀恶感，认为“曹操阴贼脸狠，特鬼蜮之雄者耳”。这种看法在两宋很普遍；不过他的老弟苏子由不一样，倒是相当佩服“曹公”的，还拿他来比神宗皇帝呢[①]。这种见解在宋代还有，却究竟是少数。南宋比北宋不同，曹操的名誉就扫地了，是否因人们的“封建意识”和“正统观念”忽特殊浓厚起来呢？值得我们作深长思。这儿，我只能提出主观的看法，对不对，待大家研究。南宋的客观形势是和北宋不同的，现实的客观条件特殊，能不能影响到人们的思想意识呢？我以为“能”。那么，也许因为外患日甚之故，譬如在采石抗金一战胜利之后的第四年，夔州知州王十朋怀念起蜀汉来，他在《谒昭烈庙文》里就拿刘备比汉高祖和光武帝，连带地对曹操不客气了，文的结末有这么两句：“我虽有酒，不祀曹魏。”他不仅对刘备追怀敬仰，在《谒武侯庙文》里对诸葛亮更敬佩，还斥陈寿所说“将略非常”是错误的；同时在文

① 陈善《扪虱新话》提到这一点。按《栾城集》有《编神宗御集奏请表状》二，其一是：“臣伏观历代帝王，如汉武，魏文，唐德、文、宣三宗，皆工于诗骚杂文，举一时文士，比长挈大，至于经纶当世，讲论利害，以文墨尽天下事，则皆不足以仰望先帝之万一。”魏文当系魏武笔误。

末说：

梦观八阵，果至夔府，庙貌仅存，风流可睹。旁有关、张，一龙二虎，安得斯人，以御外侮？

虽然没有把曹操比作当时侵凌中原的金人，已把刘、关、张及他认为“蜀之伊、吕”的诸葛亮作为抗御外侮的民族英雄了，这种怪联想不很奇怪吗？无怪陆放翁怀着爱国主义的激情，同样地写下这样的诗：

邦命中兴汉，天心大讨曹。风云助开泰，河渭荡腥臊。
日避挥戈勇，山齐积甲高。煌煌祖宗业，只在驭群豪。

这是《剑南诗稿》卷四十二中“得建业倅郑觉民书，言虏乱，自淮以北，民苦征调，皆望王师之至”一诗，这些与其说由于“封建意识”的“正统观念”，不如说由于民族的爱国的思想所致来得合适，大概因曹操所占据的是北方，生前时常征伐南方之故，陆放翁处于“赵魏胡尘千丈黄，遗民膏血饱豺狼”的时期，就借以发泄爱民族的感情，其实曹操相反是平定外族的功臣，正如汉献帝策命曹操为魏公的诏书所说：

> 乌丸三种，崇乱二世，袁尚因之，逼据塞北，束马县车，一征而灭，此又君之功也……抚和戎狄，此又君之功也……鲜卑、丁零，重译而至；单于白屋，请吏率职，此又君之功也。

难道是陆放翁错用典故吗？我想是不会的，他并不是记载史实，是写抒情的文艺作品，就不妨“浮想联翩”，他永远怀着“山河未复胡尘暗，一寸孤愁只自知”的爱国情绪，在现实的客观情势示意下，便有意借曹操来作譬。他对曹操有反感，从对诸葛亮有好感而常借《出师表》来暗示必须北伐这一点可以证明，在《书愤》一诗中说：“出师一表真名世，千载谁堪伯仲间！”又在《病起书怀》中说：“天地神灵扶庙社，京华父老望和銮。出师一表通今古，夜半挑灯更细看。”更在《七十二岁吟》中说：“渭滨星陨逾千载，一表何人继出师？”他日夜盼祷在当时有“继出师”者，说明他如何地佩服诸葛亮的言行，抚今追昔，永不忘怀，所以游诸葛武侯书台时就说：“出师一表千载无，远比管乐盖有余。世上俗儒宁办此，高台当日读何书？”原因是他自己总念念不忘“三秦父老应惆怅，不见王师出散关”。宋代人民也同样有这种思想感情，总的原因恐怕是由于唐末五代那个“儿皇帝”石敬瑭为了个人称帝而在公元936年居然把燕云十六州奉送给契丹起，直到公元1368年明太祖朱元璋才收回了北中国这一大片土地，正如明谢肇淛在《五杂俎》里说的：

……盖山后十六州，自石晋予狄几五百年，彼且自以为故物矣，一旦还之中国，彼肯甘心而已耶？其乘间伺隙，无日不在胸中也。

反过来，中国人自然更不能甘心祖国的北方被霸占，况且自北宋起老是北方外族——承契丹之后的金侵凌南方，这长期南北对峙的情况，给那些年代人民心理上留下深刻的印象，影响到他们对一切事物的看法，也就是说，如果没有这样特殊的社会环境，宋、元两代的人民不会那样“异想天开”地憎恨北方统治者的，正如《共产党宣言》里所说的：

人们的观念、观点、概念，简言之，人们的意识，是随着人们的生活条件，人们的社会关系，人们的社会生活改变而改变的。

社会生活环境决定了他们有一种跟唐代迥不相同的看法，这就使曹操这个北方统治者平白地跟着倒了霉，不管他是不是外国人，更不管他相反地有平定外族的功劳，也得被“视同一例”了，两宋人把曹操贬到极点是否跟这一点有关？我不敢武断，但因王十朋文和陆放翁诗的怪联想引出我的怪联想，不妨提出来供大家参考，可能是我的“主观唯心论”。

《三国演义》中同有王十朋、陆放翁那样的激情是不在话下的，宋、元人都生在长期被外族侵凌或压根儿就被外族统治的年代，很可能产生这种激情，于是伸手就拿“汉”和“曹”对抗，不一定全由于“封建意识”或“正统观念”，如果《三国演义》由王十朋、陆放翁执笔编写，也可能相差不远。因而要评论《三国演义》一书的功罪，不能不联系到民间传说和《三国演义》成书的时代条件和社会环境，决不能以“封建意识”或“正统观念”一词来概括一切复杂的原因。“囫囵吞枣”法对古典文学遗产只有坏处，使今人也得不到益处，一切应该“从长计议”，最好勿马上下结论说：“这是反动的”，“那是现实主义，革命的或进步的”，对古典文学作品的肯定或否定都须慎重、细致，精华和糟粕应予以严格的区别，却不是不做具体分析，就能辨别出来的，三言两语的断论，事实上既不能使它长生，也不能使它夭亡。我们当然要对得起今人和后人，但对古人，也得尊重他们的辛勤劳动。

元代人和宋代人的看法差不多，褒曹操的绝少，不贬他过甚倒是有的，如杨朝英《太平乐府》载名杂剧马致远的散曲《叹世》：

> ［庆东原］……三顾茅庐，问高才天下知，笑当时诸葛成何计？出师未回，长星坠地，蜀国空悲！不如醉还醒，醒还醉。夸才智曹孟德，分香贾履纯狐媚，奸雄那里？平生落得只两字征西，不如醉还醒，醒还醉。画筹计，堕泪碑，两贤才德谁相配？一个力扶汉基；一个恢张晋室，可惜都寿与心违，不如醉还醒，醒还醉。

东篱此曲消极颓废的思想，姑不去论它，我引它只为了证明一点：元代人对曹操的看法，大致还以此为比较不偏不倚的，马氏毕竟还尊他跟诸葛亮一样是才德少人相配的“贤者”，只对他的阴险性格作风有厌恶之感，并讥刺他一生奸诈“狐媚以取天下”，徒然恢张了晋室，落个“为人作嫁”的结果。因为时势使然，元代确实极少说曹操好话的人，几乎“异口同声”地谴责曹操诡诈阴险的性格、残忍好杀的行为，这儿不多举例，只举一条可以说明宋、元两代人的思想感情的例，元人陶宗仪《辍耕录》载：

> 曹操疑冢七十二在漳河上，宋俞应符有诗题之曰：“生前欺天绝汉统，死后欺人设疑冢。人生用智死即休，何曾余机到丘垄？人言疑冢我不疑，我有一法君未知：直须尽发疑冢七十二，必有一冢藏君尸。”此亦诗之斧钺也。

一个好人何必设置那么许多“疑冢”？难怪后人疑惑他生前做了什么亏心事，宋范成大奉使过“疑冢”时的诗也说：“一棺何用棺如林，谁复如公负此心？”怪不得其他一些宋、元两代人居然都有鞭曹操之尸的意思，这些是直接指着他的鼻子骂的，我们还可以看看间接的，也就是同情他的敌方的。同情这一方，等于不同情那一方，杜甫歌颂诸葛亮的诗为人所周知，并有更多的诗人歌颂他，这些唐代人的且不说，我只要举北宋一个例子，张耒《明道杂志》：

> 京师有富家子，少孤，专财，群无赖百方诱导之，而此子甚好看弄影戏，每弄至斩关羽，辄为之泣下，属弄者且缓之……

张文潜生于仁宗皇祐四年（1052年），卒于徽宗政和二年（1112年），这时《三国》故事已有浓烈的“拥刘反曹”倾向，而这富家子不是历史家，也不是士大夫，只能算一般小市民，这种感情和《东坡志林》中所说的“涂巷小儿”所具有的一样[①]，虽然这些材料都在北宋时期，但我们可以设想民间的《三国》传说决不会在北宋才开始形成，因为唐代的小孩子们已在看《三国》戏或听讲史后学《三国》人物的样子玩了，李商隐《骄儿诗》中就提到：

……归来学客面，闶败秉爷笏。或谑张飞胡，或笑邓艾吃。豪鹰毛崱屶，猛马气佶傈。截得青筼筜，骑走恣唐突。忽复学参军，按声唤苍鹘……

鲁迅氏《中国小说史略》对此一事说：“似当时已有说三国故事者，然未详。”据我看，还不只当时已有说《三国》故事者，而是已有演《三国》故事的“参军戏”，因这儿用“砌末”（道具）笏，尤其以“青筼筜”代马（后世以马鞭代马的前身），至于“参军”“苍鹘”正是“参军戏”里仅有的两个

① 苏东坡生于仁宗景祐三年（1036年），卒于徽宗建中靖国元年（1101年）。

角色的称呼。这且不去说，《三国》故事的形式当在唐代以前，可能就在南北朝时期，倘使是这样早，当时人去魏、晋未远，不会完全脱离真实历史，那么，曹操的言行遭到“歪曲”，当不会太大。同时，即使是汉末的全中国人民，事实上绝大部分不可能深切了解曹操所做的好事——那些推动历史发展的进步性作用。为什么呢？因曹操终一生只统一了北方，人民讲究现实利益，受到过实惠的人才会了解他而说他的好话，可是北方的人民早因连年战乱不是死亡便是逃亡，所剩下来在饥饿线上挣扎的已经不多，固然，那些逃亡出去的后来有些陆续回到中原地区来，却仍有不少人的前辈曾尝过曹操“屠之”或“坑之”的滋味，《曹瞒传》就这样说：

董卓之乱，人民流移东出，多依彭城间，遇太祖至，坑杀男女数万口于泗水，水为不流。

同样地，由南方迁到北方来的，他们的前辈或自己都曾受过曹操损害，例如曹操在大破袁绍之后，把那些人民移徙到黄河以西；后来破张鲁，又把汉中人民八万余口迁去实长安和三辅。这些人民都有怀土之心，不乐迁徙，迫于势，不得不服从，以前就有过一次事实可证，《魏书·蒋济传》：

……然百姓怀土，实不乐徙，惧必不安。太祖不从，而江、淮间十余万众，皆惊走吴。

这就说明了被强迫迁徙到北方来的，不可能人人都感激曹操的恩德；永远住在南方的人民不用说恨他到极点，领教过无数次的征伐战，事实可能使他们认为曹操不是扶助他们的“后”，而是残虐他们的“仇”。那么，绝大多数人民正义的意见能不能构成民间传说而世世代代相传下来呢？我看十分可能而也是十分正义的，我们绝不能说人民没有自己的选择，也不能“囫囵吞枣”地归咎于“封建思想”或“正统观念”，因为那些人民自己或他们的儿孙都有权诅咒曾带给他们巨大痛苦的统治者。《三国演义》是由民间传说逐渐积累丰富起来的，与其说作者们所依据的有文字记载的如《三国志》和裴松之所注引的各种典籍，毋宁说依据的以口头传说为多，而那些传说形成的时期可能很早，不一定限于在两宋时期开始，章学诚《丙辰札记》说：

《三国衍义》固为小说，事实不免附会，然其取材则颇博赡。如……正史所无，往往出于稗记，不可尽以小说亡稽斥之。其最不可训者“桃园结义”，甚至忘其君臣而直称兄弟，且其书似出《水浒传》后，叙昭烈、关、张、

> 诸葛，俱以《水浒传》中萑苻啸聚行径拟之。诸葛丞相生平以谨慎自命，却因有祭风及制造木牛流马等事，遂撰出无数神奇诡怪，而于昭烈未即位前，君臣僚寀之间，直似《水浒传》中吴用军师，何其陋耶？张桓侯史称其爱君子，是非不知礼者，《衍义》直以拟《水浒》之李逵，则侮慢极矣！关公显圣，亦情理所不近……而无如其识陋耳。

所谓“最不可训”“其识之陋”，其实，恰是古代人民天真纯朴的看法，“忘其君臣而直称兄弟”，正是逸出了封建等级制度的范畴，一种“难能可贵”的进步的思想。像这一类看法和思想为封建文人所不屑，也非一些正史所能有，都来之于历代人民自己制造的口头传说，经过两宋民间艺人们的“说三分”、元代“书会才人”的杂剧和“三国志平话”阶段，又有所增饰，等到《三国演义》由罗贯中最后写定面世，那就不用说了，曹操已成为“众矢之的”，满身积上一层层由人们吐上去的唾沫，脸上不用说被大家抹上厚厚的白粉了，而这白粉可不可说是人民愤怒的结晶？

不过，我们如果仔细读一下《三国演义》，总觉得它何曾一味说曹操的坏话？它依然跟元人的杂剧差不多，还是“毁誉参半”，在比重上虽说偏向于坏的一面，却也不曾完全抹杀曹操所具有的优点，尽管这不一定是作者的主观愿望，事实上往往透露了曹操的英雄性格，因为人物性格毕竟属于客观范畴，作者即使要凭主观意图硬在他的脸上涂白粉或揉红朱，都不能使人物活起来，不会有血肉有灵魂，他不听命于14世纪的作者们摆布，正和也将不会任凭今天的作家们摆布一样。而《三国演义》的作者们正依据客观存在塑造出不止一个既奸又雄的统治者曹操，还精雕出其他一大群人物形象，都有他们各自的欲念、信仰、习惯和爱用的语言，他们的胸中有现实在跳动，在我们面前活了起来；同时在我们面前展开了古代的情景，使我们跟情景中的人物同喜怒，同爱憎，同甘苦，同哀乐。可是有些人偏不太喜欢《三国演义》，据说是因把曹操“歪曲”了；然而，如站在广大群众方面看，正因为作者们使曹操在演义中复活起来，而且特别吸引人们，既喜爱又憎恨，既令人讨厌又令人佩服。至于俗话说的“说曹操，曹操就到”，印象深刻到无可再深，就因为作者们不只塑造了一个人物，而是塑造了一个“真实人物的精华”，在他身上不是混合了一般的矛盾，而是真实地反映了真实生活现象的矛盾，可以称之为“典型”。所以《三国演义》具有那么巨大的力量足以左右大多数人对曹操的看法，可怕吗？我说是可喜的，这就不能不归功于作者们的那股子善善恶恶的激情和刻画形象时的艺术才能了。巴尔扎克说过：

伟大的作品是靠强烈的情绪活下来的。

也正因为《三国演义》有这种以人民的爱憎情感为基础的“强烈情绪”，它所以伟大，所以能左右几百年来人们的看法，这是值得我们尊重而称许的。

虽然《三国演义》和后世依据它而编出来的三国戏表达了广大群众对曹操的看法，但历史家是不会受它影响的，辛亥革命后，尤其近二三十年来写历史书的依据正史材料，并不依据演义和戏剧把曹操当坏蛋，大都认为他是功罪兼有，甚至也有推崇他对历史起促进作用的，仅仅没有像郭老那样颂扬他捧成“忧天下之忧，乐天下之乐”的造时势的英雄罢了，据我看，这不见得太委屈了曹操。那么，所谓“翻案”就好像针对《演义》和三国戏而说了。因此，我有这么一种感觉：郭老的“替曹操翻案”中所肯定曹操生前的功业，大都是人家早肯定过的，另一些创见如曹操是使黄巾义军免于瓦解流离的组织者，反侵略的民族英雄等，还有待于讨论，“且听下回分解”才成，实不能说是“翻定了”。对《演义》来说，确是“翻案”，不过，《蔡文姬》一剧的写法，倘若在戏剧史上回顾一下，清代南都逸史作的《中郎女》传奇似乎已经先走了一步，他曾经把曹操刻画为“赋诗横槊气凌云，仿佛孙吴智若神。我可负人人不负，登高铜雀小乾坤”的“内除巨逆，外扫群凶”的大英雄；并且《红楼梦》作者之祖曹子清（寅）也有《后琵琶》之作，以蔡文姬的配偶离合悲欢为情节，用“外”扮曹操，不涂粉墨，表扬曹操笃念故友，怜才尚义的豪举。两位作者的用心都非常好，只可惜他们的“苦心孤诣”并没有成功，不曾使正面的曹操艺术形象在舞台上站稳足，作为“案头戏曲”也少有知音的读者。现在郭老继他两人之后，以崭新的立场、观点、方法另行进行创作，使原已被《中郎女》蔡文姬颂扬为“英明睿智，圣武神文”的魏王曹操的“圣德”再发些光芒，为今天的舞台生色，自然值得我们鼓掌叫好，热烈欢迎，在早已“换了人间”的今天，要是还“不分皂白”地把曹操当坏蛋看当然不对，应该替曹操恢复名誉，尤其必要洗刷掉“奸臣”的恶谥，肯定他在历史上确起了一些进步作用；然而我们不能把曹操之所谓受“歪曲”完全归咎于《三国演义》，或归咎于《三国演义》作者们的“封建意识”或“正统观念”，原因确实不那么简单。

跟我在上边所举的好像是相反的例子，郭老也曾举出过一个，那就是明末人民起义军领袖罗汝才自称“曹操王”。对的，后代不为《三国演义》所束缚的人当然有；不过明、清两代的人民起义领袖，据我所知为所束缚的似乎更多，张献忠、李自成、张格尔、洪秀全、杨秀清等都是最爱《三国演义》，而且崇拜书中蜀汉方面的人物，尤其是诸葛亮和五虎将的军事才能和忠勇善战，所以他们都拿它作为“玉帐秘本”来学习作战策略和技术，关于这些，仅是少见文字记载罢了，这儿还可以举为人少见的杨秀清的诗——而也是太平天国军队中的宣传品为例：

果然英雄

匡扶真主到天堂，弟妹真忠万古扬。

扫灭世间妖百万，英雄胜比汉关张。

果然雄壮

壮勇人人志可风，豪雄胜愈蜀黄忠。

牵（搴）旗斩将谁能敌？指日升平奏武功。

果然英雄

古称关张最英雄，天国名臣志亦同。

报国有心欣御侮，浑身是胆喜冲锋。

开疆拓土诚无敌，斩将牵（搴）旗实可风。

扫荡胡氛如反掌，果然英雄果然忠。

这几首诗都见之《天情道理书》。并且王阮亭的《陇蜀余闻》中提到张献忠在绵州七曲山上为关羽建祠并题诗立碑；顾深在《虎穴生还记》里说到在太平军中常讲《三国演义》，全军官兵都“环而听之如堵”，足以证明它的艺术魅力束缚了大多数人民起义军。那么，郭老强调的罗汝才自号“曹操王”这一个例子，便成为“孤证”了，很可惜！罗汝才是志在“横行天下”而不想其他的人，他是不是以曹操作为“横行天下”的典范，我们实在无法知道；并且罗汝才这样自许，是否就像郭老所说：“想移动一下这个铁案”呢？恐也只有罗汝才自己明白究竟从什么心理出发而称“曹操王”。相反地，我倒可以举出一个很清楚从敌视曹操的，也从爱国、爱民族的心理出发的例子，那就是元末起义领袖朱元璋给明玉珍的信中说：

> 王保保（即扩廓帖木儿）以铁骑劲兵，虎踞中原，其志殆不在曹操下。

曹操是镇压汉末黄巾的刽子手；王保保是镇压元末红巾的刽子手，真是“无独有偶”！朱元璋这比喻可说很确切，肯定了“铁案”。另外，郭老还举出唐玄宗以曹操的小名自号。是的，唐玄宗在诸亲，尤其在宁王面前常自称“阿瞒”，不管是否此“阿瞒”由彼“阿瞒”来，总之，玄宗究由何种心理出发这样称呼，我们无法测之，同时玄宗也不只“尝自称阿瞒”，还自称“鸦”呢，《唐语林》卷四“贤媛”条载：

> 玄宗在禁中尝称“阿瞒”，亦称“鸦”。寿安公主是曹野那姬所生也，以其九月而诞，遂不出降。常令衣道衣，主香火，小字虫娘，元宗呼为师娘。时代宗起居，上曰：“汝在东宫，甚有令誉也。”因指寿安曰：“虫娘是鸦女，汝后可与一名号。”及代宗在灵州，遂命苏发尚之，封寿安公主也。

他所采取的意义，实很难解，所以我们最好不去臆测。

虽然这样说，实际上我并不想“囫囵吞枣”地否定曹操，只是觉得功罪必须分清，同样希望为曹操“正视听”，我肯定他本人“功多于过”，而且他那些功对历史发展确起推动作用，必须予以宣扬；仅觉得《三国演义》深入人心已好几百年，倘使仅有历史家把曹操那些功歌颂一下，即使挽回一点儿声誉，还是有限度的，不足以使“先入之见”完全消失，最好还是多出几部有关于曹操的文艺作品，希望更多像郭老那样地以如椽之笔“双管齐下”，既写“替曹操翻案”的论文，又写《蔡文姬》剧本的新文艺作家出来多塑造几个曹操的正面的艺术形象，但不希望慌慌忙忙地非打倒《三国演义》中曹操的反面的艺术形象不可，因为它已依据历史真实，尤其是生活真实，“难能可贵”地获得了高度的艺术真实。即使单就曹操这个形象来说，不是模糊脸像的蜡人，而是生动的创造物，在他身上显示了统治阶级的本质，历史年代的烙印和生活的真理，我们还未便轻易地抹杀，而且抹杀不了，他活生生地站在我们的面前，尽管有人想方设法去抹掉他。就退一步说，让旧曹操形象和新曹操形象“各有千秋”地存在，不也很好吗？

自然，曹操是好是坏，取决于过去的人民，也取决于今后的人民，我们不能强要过去的和今后的人民非爱曹操不可，也没有强要他们非憎曹操不可的必要，还该让人民自己自由选择。我绝对相信曹操在历史上曾起过好作用，适当地颂扬曹操是应当而且正确的，因而也绝对相信郭老在《蔡文姬》或其他作家在别的什么书中所塑造的曹操形象，能达到如下一种情况时，那么《三国演义》中的曹操必然会很主动地退隐深山，作为一个世外之人，“湮没无闻”。所谓如下的情况就是这样——清梁章钜《制艺丛话》卷七引陈大士《太乙山房稿自序》中说：

> 是年（按系明神宗万历七年，陈际泰约十三岁）冬月，从族舅钟济川借《三国演义》，向墙角曝背观之，母呼食粥，不应；呼午饭，又不应。即饥，索粥饭，皆冷。母捉襟将与杖，既而释之；母或饭济川，问舅："何故借而甥书？书上载有人马相杀事，甥耽之，大废眠食。"

只要做到使青少年们都耽读新写的有关曹操的书至于"废寝忘餐"，《三国演义》中的曹操就不打自倒，问题只在于我们能不能加倍努力超过以罗贯中为代表的宋、元两代那些"雄辩社"的"老郎"们？不消说，我们应该而且能够超越前人。

1959年4月4日夜于不试故艺斋（长沙）

整理后记

1954年，董每戡先生在中山大学举办的科学讨论会上，做了一场关于古典小说《三国演义》的专题学术报告。讲稿于次年由古典文学出版社以《〈三国演义〉试论》为题出版。

在人民政权刚刚建立不久的50年代，各个领域百废待兴，古典文学研究领域亦方兴未艾，人们一反过去的研究方法，纷纷试图用全新的马克思主义的观点来对待古典文学遗产。但总的来说，50年代对《三国演义》的研究，还是一个薄弱的环节。就笔者所见，当时发表的论文并不多，作家出版社出过一部《三国演义研究论文集》，可谓是集当时单篇论文的大成，而其总字数亦不过13.5万；个人专著则只有孙昌熙著《怎样阅读〈三国演义〉》、鲁地著《〈三国演义〉论集》和董每戡先生这部《〈三国演义〉试论》，以上这些，可说是从1949年到1957年间有关《三国演义》研究成果的全部。董先生的《试论》在这些著作中是突出的一部。它触及《三国演义》的时代、作者和艺术诸问题，对《三国演义》中较为敏感而引起争议的诸如正统观念、忠义观念、爱国主义、历史真实和艺术真实等等，均有较为详尽的论述，提出了个人的独得之见，达到了当时所能达到的水平，因此，至今还有不少人记得这本书。

1957年夏季董每戡先生被错划为“右派”，受到不公正的批判。“城门失火，殃及池鱼”，《〈三国演义〉试论》亦被视为具有“反动思想”的作品而遭讨伐并打入冷宫。身处逆境的董先生并未因此气馁，仍然潜心著述，并且时刻关注着学术界对《三国演义》研究的进展。在1959年元月开始的“为曹操翻案”的讨论中，由于个别权威对《三国演义》的轻率否定，部分论者由为历史人物曹操翻案，进而要为《三国演义》中的艺术形象曹操翻案。此时董每戡先生已不可能公开发表自己的意见，便默默地开始了对《〈三国演义〉试论》的增补工作，以此来加入讨论。

今天，当这部《〈三国演义〉试论》（增改本）呈献在读者们面前的时候，细心的读者或许不需要整理者的提示，就能够辨认出来，哪些是初版所有，哪些是增补的部分。因为初版的段落基本上为正面论述，而增补的部分多为参加讨论，具有论辩的形式与内容。随着时间的推移，讨论的范围逐渐展开，增补的内容亦逐渐广泛。及至“文革”中评法批儒，诸葛亮、曹操被谥为法家，对《三国演义》的否定风升格，董先生更不可能公开发表意见了，只能继续通过对《试论》的增补进行默默的耕耘，以表达对“四人帮”搞“评法批儒”阴谋的义愤。值得提醒读者注意的是，在1959年国庆十周年前夕，董先生完成了他的巨著《中国戏剧发展史》初稿，此后一直到1966年“文革”开始的前夕，都在不断地进行着修改和定稿的工作。在此期间对《〈三国演义〉试论》的增补内容中，很自然地融进了许多有关《三国演义》对戏剧的影响等内容，尤其是一些对三国戏进行考据和分析的段落，最值得重视。因为董先生精心结撰的《中国戏剧发展史》原稿早已毁于“文革”初期抄家之风，粉碎“四人帮”后董先生曾满怀壮志，打算重写失稿。由于他的去世，这项庞大的计划未能实现。对董先生的剧论有兴趣的朋友，大概可以从这本《试论》的增补部分得到些许的满足。

董先生生前对这个增改本十分重视。它的第一稿据董先生自己估计有20万字，且已定稿，但在“文革”初期与其他书稿一同被抄没，下落不明。董先生在动乱的年代里随即再起炉灶，凭着记忆在初版原书上重新增改。我们现在见到的这个本子，就是他被抄家后再次努力的结果。他在落实政策回到中大以后，曾向与此书初版本的出版单位有些渊源关系的某出版社联系过，询问有无重印增改本的计划，对方以“纸张紧张”之故而未果。由于增补部分的内容和字数都对初版有所突破（增补字数超过初版本的百分之六十），所以，这个增改本与初版本比较，是一个全新的本子，如正文的第四节“我对《三国演义》的管见”就全部是新增写的。在整理过程中，我们对引文都做了核对；对于董先生本人的文句则保持原貌，决不擅做改动。为适应五六十年代的学术空气，书中引述了几段当年流行的经典言论，这曾使我们颇费踌躇，最后还是决定保留下来。这一方面固然是出于对历经磨难的前辈学者的尊重，另一方面则可以让今天年青一代的学人看看，我们的学术研究经过了一条多么曲折的道路，我们上一辈的知识分子是在什么条件下摸索前进的。我们今天整理出版这个增改本，也是为了保存一点学术研究的史料，因为董先生在这部著作中所提出、所论述的那些问题，至今并未完全解决，仍然是近年几次《三国演义》学术讨论会经常提起的热门话题。看看前辈学者在二十至三十年前曾经提出过哪些观点，对于促进今天的《三国演义》研究，当会有些益处。况且书中尚有不少精彩论述，至今读来仍然令人觉得新鲜。只是在初版的正文前原有一篇《批判胡适〈三国志演义序〉》，鉴于那是为了参加当年批判胡适的运动而写，具有那个时代的特殊烙印，而且文章的基本观点已经包含在《试论》里面，所以新版增改本没有再收进去，这是需要向广大读者说明的。

董每戡先生（1907—1980年）是我国著名的戏剧理论家、戏剧史家。他早年从事话剧的编、导工作，为话剧在我国的发展做出过贡献。抗日战争中期开始转向中国戏剧史的理论研究，几十年来，成绩斐然，硕果累累。有《说剧》《中国戏剧简史》《西洋戏剧简史》《西洋诗歌简史》《琵琶记简说》《戏剧的欣赏和创作》《五大名剧论》等专著行世，对于古典小说的研究纯系配合教学需要而偶然涉及。由于在中国文学史上戏剧和小说之间的那种难以分割的、交叉的渊源关系，使得董先生在戏剧史研究中所涉及对小说史的研究，亦是十分深刻的。这部《〈三国演义〉试论》增改本恰可以作为这一方面的佐证（另有新版《说剧》的末篇也是关于小说史方面的论著）。

现在，我们终于有幸将这个增改本整理出版了，它是经历了“文革”的罡风之后董先生遗稿中的一部分。董先生在生命的最后几个月里，在和疾病做顽强斗争之余，孜孜于《说剧》《五大名剧论》的定稿和重写《中国戏剧发展史》的准备工作，没有来得及对本稿做最后整理就去世了。虽然笔者在先生身处逆境时期无数次面聆教诲，一旦承担整理重责，仍感力不从心。因此，对于整理工作中存在的缺点错误，恳请读者诸君不吝赐教。

朱树人

1987年5月5日

国家新闻出版广电总局
首届向全国推荐中华优秀传统文化普及图书

大家小书书目

国学救亡讲演录	章太炎 著 蒙 木 编
门外文谈	鲁 迅 著
经典常谈	朱自清 著
语言与文化	罗常培 著
习坎庸言校正	罗 庸 著 杜志勇 校注
鸭池十讲（增订本）	罗 庸 著 杜志勇 编订
古代汉语常识	王 力 著
国学概论新编	谭正璧 编著
文言尺牍入门	谭正璧 著
日用交谊尺牍	谭正璧 著
敦煌学概论	姜亮夫 著
训诂简论	陆宗达 著
金石丛话	施蛰存 著
常识	周有光 著 叶 芳 编
文言津逮	张中行 著
经学常谈	屈守元 著
国学讲演录	程应镠 著
英语学习	李赋宁 著
中国字典史略	刘叶秋 著
语文修养	刘叶秋 著
笔祸史谈丛	黄 裳 著
古典目录学浅说	来新夏 著
闲谈写对联	白化文 著
汉字知识	郭锡良 著
怎样使用标点符号（增订本）	苏培成 著
汉字构型学讲座	王 宁 著

诗境浅说	俞陛云　著
唐五代词境浅说	俞陛云　著
北宋词境浅说	俞陛云　著
南宋词境浅说	俞陛云　著
人间词话新注	王国维　著　滕咸惠　校注
苏辛词说	顾　随　著　陈　均　校
诗论	朱光潜　著
唐五代两宋词史稿	郑振铎　著
唐诗杂论	闻一多　著
诗词格律概要	王　力　著
唐宋词欣赏	夏承焘　著
槐屋古诗说	俞平伯　著
词学十讲	龙榆生　著
词曲概论	龙榆生　著
唐宋词格律	龙榆生　著
楚辞讲录	姜亮夫　著
读词偶记	詹安泰　著
中国古典诗歌讲稿	浦江清　著 浦汉明　彭书麟　整理
唐人绝句启蒙	李霁野　著
唐宋词启蒙	李霁野　著
唐诗研究	胡云翼　著
风诗心赏	萧涤非　著　萧光乾　萧海川　编
人民诗人杜甫	萧涤非　著　萧光乾　萧海川　编
唐宋词概说	吴世昌　著
宋词赏析	沈祖棻　著
唐人七绝诗浅释	沈祖棻　著
道教徒的诗人李白及其痛苦	李长之　著
英美现代诗谈	王佐良　著　董伯韬　编
闲坐说诗经	金性尧　著
陶渊明批评	萧望卿　著

古典诗文述略	吴小如　著
诗的魅力 ——郑敏谈外国诗歌	郑　敏　著
新诗与传统	郑　敏　著
一诗一世界	邵燕祥　著
舒芜说诗	舒　芜　著
名篇词例选说	叶嘉莹　著
汉魏六朝诗简说	王运熙　著　董伯韬　编
唐诗纵横谈	周勋初　著
楚辞讲座	汤炳正　著 汤序波　汤文瑞　整理
好诗不厌百回读	袁行霈　著
山水有清音 ——古代山水田园诗鉴要	葛晓音　著
红楼梦考证	胡　适　著
《水浒传》考证	胡　适　著
《水浒传》与中国社会	萨孟武　著
《西游记》与中国古代政治	萨孟武　著
《红楼梦》与中国旧家庭	萨孟武　著
《金瓶梅》人物	孟　超　著　张光宇　绘
水泊梁山英雄谱	孟　超　著　张光宇　绘
水浒五论	聂绀弩　著
《三国演义》试论	董每戡　著
《红楼梦》的艺术生命	吴组缃　著　刘勇强　编
《红楼梦》探源	吴世昌　著
《西游记》漫话	林　庚　著
史诗《红楼梦》	何其芳　著 王叔晖　图　蒙　木　编
细说红楼	周绍良　著
红楼小讲	周汝昌　著　周伦玲　整理

曹雪芹的故事	周汝昌　著　周伦玲　整理
古典小说漫稿	吴小如　著
三生石上旧精魂 ——中国古代小说与宗教	白化文　著
《金瓶梅》十二讲	宁宗一　著
中国古典小说十五讲	宁宗一　著
古体小说论要	程毅中　著
近体小说论要	程毅中　著
《聊斋志异》面面观	马振方　著
《儒林外史》简说	何满子　著
我的杂学	周作人　著　张丽华　编
写作常谈	叶圣陶　著
中国骈文概论	瞿兑之　著
谈修养	朱光潜　著
给青年的十二封信	朱光潜　著
论雅俗共赏	朱自清　著
文学概论讲义	老　舍　著
中国文学史导论	罗　庸　著　杜志勇　辑校
给少男少女	李霁野　著
古典文学略述	王季思　著　王兆凯　编
古典戏曲略说	王季思　著　王兆凯　编
鲁迅批判	李长之　著
唐代进士行卷与文学	程千帆　著
说八股	启　功　张中行　金克木　著
译余偶拾	杨宪益　著
文学漫识	杨宪益　著
三国谈心录	金性尧　著
夜阑话韩柳	金性尧　著
漫谈西方文学	李赋宁　著
历代笔记概述	刘叶秋　著

周作人概观	舒　芜　著
古代文学入门	王运熙　著　董伯韬　编
有琴一张	资中筠　著
中国文化与世界文化	乐黛云　著
新文学小讲	严家炎　著
回归，还是出发	高尔泰　著
文学的阅读	洪子诚　著
中国文学1949—1989	洪子诚　著
鲁迅作品细读	钱理群　著
中国戏曲	么书仪　著
元曲十题	么书仪　著
唐宋八大家——古代散文的典范	葛晓音　选译

辛亥革命亲历记	吴玉章　著
中国历史讲话	熊十力　著
中国史学入门	顾颉刚　著　何启君　整理
秦汉的方士与儒生	顾颉刚　著
三国史话	吕思勉　著
史学要论	李大钊　著
中国近代史	蒋廷黻　著
民族与古代中国史	傅斯年　著
五谷史话	万国鼎　著　徐定懿　编
民族文话	郑振铎　著
史料与史学	翦伯赞　著
秦汉史九讲	翦伯赞　著
唐代社会概略	黄现璠　著
清史简述	郑天挺　著
两汉社会生活概述	谢国桢　著
中国文化与中国的兵	雷海宗　著
元史讲座	韩儒林　著

魏晋南北朝史稿	贺昌群 著
汉唐精神	贺昌群 著
海上丝路与文化交流	常任侠 著
中国史纲	张荫麟 著
两宋史纲	张荫麟 著
北宋政治改革家王安石	邓广铭 著
从紫禁城到故宫——营建、艺术、史事	单士元 著
春秋史	童书业 著
明史简述	吴 晗 著
朱元璋传	吴 晗 著
明朝开国史	吴 晗 著
旧史新谈	吴 晗 著 习 之 编
史学遗产六讲	白寿彝 著
先秦思想讲话	杨向奎 著
司马迁之人格与风格	李长之 著
历史人物	郭沫若 著
屈原研究（增订本）	郭沫若 著
考古寻根记	苏秉琦 著
舆地勾稽六十年	谭其骧 著
魏晋南北朝隋唐史	唐长孺 著
秦汉史略	何兹全 著
魏晋南北朝史略	何兹全 著
司马迁	季镇淮 著
唐王朝的崛起与兴盛	汪 篯 著
南北朝史话	程应镠 著
二千年间	胡 绳 著
论三国人物	方诗铭 著
辽代史话	陈 述 著
考古发现与中西文化交流	宿 白 著
清史三百年	戴 逸 著

清史寻踪	戴　逸　著
走出中国近代史	章开沅　著
中国古代政治文明讲略	张传玺　著
艺术、神话与祭祀	张光直　著 刘　静　乌鲁木加甫　译
中国古代衣食住行	许嘉璐　著
辽夏金元小史	邱树森　著
中国古代史学十讲	瞿林东　著
历代官制概述	瞿宣颖　著
宾虹论画	黄宾虹　著
中国绘画史	陈师曾　著
和青年朋友谈书法	沈尹默　著
中国画法研究	吕凤子　著
桥梁史话	茅以升　著
中国戏剧史讲座	周贻白　著
中国戏剧简史	董每戡　著
西洋戏剧简史	董每戡　著
俞平伯说昆曲	俞平伯　著　陈　均　编
新建筑与流派	童　寯　著
论园	童　寯　著
拙匠随笔	梁思成　著　林　洙　编
中国建筑艺术	梁思成　著　林　洙　编
沈从文讲文物	沈从文　著　王　风　编
中国画的艺术	徐悲鸿　著　马小起　编
中国绘画史纲	傅抱石　著
龙坡谈艺	台静农　著
中国舞蹈史话	常任侠　著
中国美术史谈	常任侠　著
说书与戏曲	金受申　著
世界美术名作二十讲	傅　雷　著

中国画论体系及其批评	李长之　著
金石书画漫谈	启　功　著　赵仁珪　编
吞山怀谷 ——中国山水园林艺术	汪菊渊　著
故宫探微	朱家溍　著
中国古代音乐与舞蹈	阴法鲁　著　刘玉才　编
梓翁说园	陈从周　著
旧戏新谈	黄　裳　著
民间年画十讲	王树村　著　姜彦文　编
民间美术与民俗	王树村　著　姜彦文　编
长城史话	罗哲文　著
天工人巧 ——中国古园林六讲	罗哲文　著
现代建筑奠基人	罗小未　著
世界桥梁趣谈	唐寰澄　著
如何欣赏一座桥	唐寰澄　著
桥梁的故事	唐寰澄　著
园林的意境	周维权　著
万方安和 ——皇家园林的故事	周维权　著
乡土漫谈	陈志华　著
现代建筑的故事	吴焕加　著
中国古代建筑概说	傅熹年　著
简易哲学纲要	蔡元培　著
大学教育	蔡元培　著 北大元培学院　编
老子、孔子、墨子及其学派	梁启超　著
春秋战国思想史话	嵇文甫　著
晚明思想史论	嵇文甫　著
新人生论	冯友兰　著

中国哲学与未来世界哲学	冯友兰　著
谈美	朱光潜　著
谈美书简	朱光潜　著
中国古代心理学思想	潘　菽　著
新人生观	罗家伦　著
佛教基本知识	周叔迦　著
儒学述要	罗　庸　著　杜志勇　辑校
老子其人其书及其学派	詹剑峰　著
周易简要	李镜池　著　李铭建　编
希腊漫话	罗念生　著
佛教常识答问	赵朴初　著
维也纳学派哲学	洪　谦　著
大一统与儒家思想	杨向奎　著
孔子的故事	李长之　著
西洋哲学史	李长之　著
哲学讲话	艾思奇　著
中国文化六讲	何兹全　著
墨子与墨家	任继愈　著
中华慧命续千年	萧萐父　著
儒学十讲	汤一介　著
汉化佛教与佛寺	白化文　著
传统文化六讲	金开诚　著　金舒年　徐令缘　编
美是自由的象征	高尔泰　著
艺术的觉醒	高尔泰　著
中华文化片论	冯天瑜　著
儒者的智慧	郭齐勇　著
中国政治思想史	吕思勉　著
市政制度	张慰慈　著
政治学大纲	张慰慈　著
民俗与迷信	江绍原　著　陈泳超　整理

政治的学问	钱端升　著　钱元强　编
从古典经济学派到马克思	陈岱孙　著
乡土中国	费孝通　著
社会调查自白	费孝通　著
怎样做好律师	张思之　著　孙国栋　编
中西之交	陈乐民　著
律师与法治	江　平　著　孙国栋　编
中华法文化史镜鉴	张晋藩　著
新闻艺术（增订本）	徐铸成　著
经济学常识	吴敬琏　著　马国川　编
中国化学史稿	张子高　编著
中国机械工程发明史	刘仙洲　著
天道与人文	竺可桢　著　施爱东　编
中国医学史略	范行准　著
优选法与统筹法平话	华罗庚　著
数学知识竞赛五讲	华罗庚　著
中国历史上的科学发明（插图本）	钱伟长　著

出版说明

“大家小书”多是一代大家的经典著作，在还属于手抄的著述年代里，每个字都是经过作者精琢细磨之后所拣选的。为尊重作者写作习惯和遣词风格、尊重语言文字自身发展流变的规律，为读者提供一个可靠的版本，“大家小书”对于已经经典化的作品不进行现代汉语的规范化处理。

提请读者特别注意。

北京出版社